考試分數大躍進
累積實力
百萬考生見證
模考權威
JLPT
根據日本國際交流基金考試相關概要

N1

言語知識・読解・聴解

（單字・文法・閱讀・聽力）

新制日檢！絕對合格

全真模考三回＋詳解

吉松由美・田中陽子・西村惠子・山田社日檢題庫小組＊合著

山田社

配合最新出題趨勢，模考內容全面換新！

百萬考生見證，權威題庫，就是這麼威！
出題的日本老師通通在日本，
持續追蹤日檢出題內容，重新分析出題重點，精準摸清試題方向！
讓您輕鬆取得加薪證照！

您是否做完模考後，都是感覺良好，但最後分數總是沒有想像的好呢？做模擬試題的關鍵，不是在於您做了多少回，而是，您是不是能把每一回都「做懂，做透，做爛」！

一本好的模擬試題，就是能讓您得到考試的節奏感，練出考試的好手感，並擁有一套自己的解題思路和技巧，對於千變萬化的題型，都能心中有數！

新日檢萬變，高分不變：

為掌握最新出題趨勢，本書的出題日本老師，通通在日本長年持續追蹤新日檢出題內容，徹底分析了歷年的新舊日檢考題，完美地剖析新日檢的出題心理。發現，日檢考題有逐漸變難的傾向，所以我們將新日檢模擬試題內容全面換新，製作了擬真度 100 % 的模擬試題。讓考生迅速熟悉考試內容，完全掌握必考重點，贏得高分！

摸透出題法則，搶分關鍵：

摸透出題法則的模擬考題，才是搶分關鍵，例如：「日語漢字的發音難點、把老外考得七葷八素的漢字筆畫，都是熱門考點；如何根據句意確定詞，根據詞意確定字；如何正確把握詞義，如近義詞的區別，多義詞的辨識；能否辨別句間邏輯關係，相互呼應的關係；如何掌握固定搭配、約定成俗的慣用型，就能加快答題速度，提高準確度；閱讀部分，品質和速度同時決定了最終的得分，如何在大腦裡建立好文章的框架」。只有徹底解析出題心理，合格證書才能輕鬆到手！

決勝日檢，全科備戰：

新日檢的成績，只要一科沒有到達低標，就無法拿到合格證書！而「聽解」測驗，經常為取得證書的絆腳石。

本書不僅擁有大量的模擬聽解試題，更依照 JLPT 官方公佈的正式考試規格，請專業日籍老師錄製符合程度的標準東京腔光碟。透過模擬考的練習，把本書「聽懂，聽透，聽爛」，來鍛鍊出「日語敏銳耳」！讓您題目一聽完，就知道答案了。

掌握考試的節奏感，輕鬆取得加薪證照：

為了讓您有真實的應考體驗，本書收錄「超擬真模擬試題」，完全複製了整個新日檢的考試配分及題型。請您一口氣做完一回，不要做一半就做別的事。考試時要如臨考場：「審題要仔細，題意要弄清，遇到攔路虎，不妨繞道行；細中求速度，快中不忘穩；不要急著交頭卷，檢查要認真。」

這樣能夠體會真實考試中可能遇到的心理和生理問題，並調整好生物鐘，使自己的興奮點和考試時間同步，培養出良好的答題節奏感，從而更好的面對考試，輕鬆取得加薪證照。

找出一套解題思路和技巧，贏得高分：

為了幫您贏得高分，本書分析並深度研究了舊制及新制的日檢考題，不管日檢考試變得多刁鑽，掌握了原理原則，就掌握了一切！

確實做完本書，然後認真分析，拾漏補缺，記錄難點，來回修改，將重點的內容重點複習，也就是做懂，做透，做爛。這樣，您必定對解題思路和技巧都能爛熟於心。而且，把真題的題型做透，其實考題就那幾種，掌握了就一切搞定了。

相信自己，絕對合格：

有了良好的準備，最後，就剩下考試當天的心理調整了。不只要相信自己的實力，更要相信自己的運氣，心裡默唸「這個難度我一定沒問題」，您就「絕對合格」啦！

目録もくじ

模擬練習　摸透出題法則　**N1** 合格

一、什麼是新日本語能力試驗呢

1. 新制「日語能力測驗」

從2010年起實施的新制「日語能力測驗」（以下簡稱為新制測驗）。

1－1　實施對象與目的

　　新制測驗與舊制測驗相同，原則上，實施對象為非以日語作為母語者。其目的在於，為廣泛階層的學習與使用日語者舉行測驗，以及認證其日語能力。

1－2　改制的重點

改制的重點有以下四項：

1　測驗解決各種問題所需的語言溝通能力

　　新制測驗重視的是結合日語的相關知識，以及實際活用的日語能力。因此，擬針對以下兩項舉行測驗：一是文字、語彙、文法這三項語言知識；二是活用這些語言知識解決各種溝通問題的能力。

2　由四個級數增為五個級數

　　新制測驗由舊制測驗的四個級數（1級、2級、3級、4級），增加為五個級數（N1、N2、N3、N4、N5）。新制測驗與舊制測驗的級數對照，如下所示。最大的不同是在舊制測驗的2級與3級之間，新增了N3級數。

N1	難易度比舊制測驗的1級稍難。合格基準與舊制測驗幾乎相同。
N2	難易度與舊制測驗的2級幾乎相同。
N3	難易度介於舊制測驗的2級與3級之間。（新增）
N4	難易度與舊制測驗的3級幾乎相同。
N5	難易度與舊制測驗的4級幾乎相同。

＊「N」代表「Nihongo（日語）」以及「New（新的）」。

3 施行「得分等化」

由於在不同時期實施的測驗，其試題均不相同，無論如何慎重出題，每次測驗的難易度總會有或多或少的差異。因此在新制測驗中，導入「等化」的計分方式後，便能將不同時期的測驗分數，於共同量尺上相互比較。因此，無論是在什麼時候接受測驗，只要是相同級數的測驗，其得分均可予以比較。目前全球幾種主要的語言測驗，均廣泛採用這種「得分等化」的計分方式。

新制日檢的目的，是要把所學的單字、文法、句型…都加以活用喔。

4 提供「日本語能力試驗Can-do 自我評量表」（簡稱JPT Can-do）

為了瞭解通過各級數測驗者的實際日語能力，新制測驗經過調查後，提供「日本語能力試驗Can-do 自我評量表」。該表列載通過測驗認證者的實際日語能力範例。希望通過測驗認證者本人以及其他人，皆可藉由該表格，更加具體明瞭測驗成績代表的意義。

喔～原來如此，學日語，就是要活用在生活上嘛！

1－3 所謂「解決各種問題所需的語言溝通能力」

我們在生活中會面對各式各樣的「問題」。例如，「看著地圖前往目的地」或是「讀著說明書使用電器用品」等等。種種問題有時需要語言的協助，有時候不需要。

為了順利完成需要語言協助的問題，我們必須具備「語言知識」，例如文字、發音、語彙的相關知識、組合語詞成為文章段落的文法知識、判斷串連文句的順序以便清楚說明的知識等等。此外，亦必須能配合當前的問題，擁有實際運用自己所具備的語言知識的能力。

舉個例子，我們來想一想關於「聽了氣象預報以後，得知東京明天的天氣」這個課題。想要「知道東京明天的天氣」，必須具備以下的知識：「晴れ（晴天）、くもり（陰天）、雨（雨天）」等代表天氣的語彙；「東京は明日は晴れでしょう（東京明日應是晴天）」的文句結構；還有，也要知道氣象預報的播報順序等。除此以外，尚須能從播報的各地氣象中，分辨出哪一則是東京的天氣。

如上所述的「運用包含文字、語彙、文法的語言知識做語言溝通，進而具備解決各種問題所需的語言溝通能力」，在新制測驗中稱

為「解決各種問題所需的語言溝通能力」。

新制測驗將「解決各種問題所需的語言溝通能力」分成以下「語言知識」、「讀解」、「聽解」等三個項目做測驗。

Q&A

Q：新制日檢級數前的「N」是指什麼？

A：「N」指的是「New（新的）」跟「Nihongo（日語）」兩層意思。

語言知識	各種問題所需之日語的文字、語彙、文法的相關知識。
讀　解	運用語言知識以理解文字內容，具備解決各種問題所需的能力。
聽　解	運用語言知識以理解口語內容，具備解決各種問題所需的能力。

作答方式與舊制測驗相同，將多重選項的答案劃記於答案卡上。此外，並沒有直接測驗口語或書寫能力的科目。

2. 認證基準

新制測驗共分為N1、N2、N3、N4、N5五個級數。最容易的級數為N5，最困難的級數為N1。

與舊制測驗最大的不同，在於由四個級數增加為五個級數。以往有許多通過3級認證者常抱怨「遲遲無法取得2級認證」。為因應這種情況，於舊制測驗的2級與3級之間，新增了N3級數。

新制測驗級數的認證基準，如表1的「讀」與「聽」的語言動作所示。該表雖未明載，但應試者也必須具備為表現各語言動作所需的語言知識。

N4與N5主要是測驗應試者在教室習得的基礎日語的理解程度；N1與N2是測驗應試者於現實生活的廣泛情境下，對日語理解程度；至於新增的N3，則是介於N1與N2，以及N4與N5之間的「過渡」級數。關於各級數的「讀」與「聽」的具體題材（內容），請參照表1。

■ 表1　新「日語能力測驗」認證基準

Q&A

Q：以前是4個級數，現在呢？

A：新制日檢改分為N1-N5。N3是新增的，程度介於舊制的2、3級之間。過去有許多考生反應，舊制2、3級層度落差太大，所以在這兩個級數之間，多設了一個N3的級數，您就想成是，準2級就行啦！

困難 *

級數	認證基準
級數	各級數的認證基準，如以下【讀】與【聽】的語言動作所示。各級數亦必須具備為表現各語言動作所需的語言知識。
N1	能理解在廣泛情境下所使用的日語 【讀】・可閱讀話題廣泛的報紙社論與評論等論述性較複雜及較抽象的文章，且能理解其文章結構與內容。 ・可閱讀各種話題內容較具深度的讀物，且能理解其脈絡及詳細的表達意涵。 【聽】・在廣泛情境下，可聽懂常速且連貫的對話、新聞報導及講課，且能充分理解話題走向、內容、人物關係、以及說話內容的論述結構等，並確實掌握其大意。
N2	除日常生活所使用的日語之外，也能大致理解較廣泛情境下的日語 【讀】・可看懂報紙與雜誌所刊載的各類報導、解說、簡易評論等主旨明確的文章。 ・可閱讀一般話題的讀物，並能理解其脈絡及表達意涵。 【聽】・除日常生活情境外，在大部分的情境下，可聽懂接近常速且連貫的對話與新聞報導，亦能理解其話題走向、內容、以及人物關係，並可掌握其大意。
N3	能大致理解日常生活所使用的日語 【讀】・可看懂與日常生活相關的具體內容的文章。 ・可由報紙標題等，掌握概要的資訊。 ・於日常生活情境下接觸難度稍高的文章，經換個方式敘述，即可理解其大意。 【聽】・在日常生活情境下，面對稍微接近常速且連貫的對話，經彙整談話的具體內容與人物關係等資訊後，即可大致理解。

* 容 易 ↓	N4	能理解基礎日語 【讀】‧可看懂以基本語彙及漢字描述的貼近日常生活相關 　　　話題的文章。 【聽】‧可大致聽懂速度較慢的日常會話。
	N5	能大致理解基礎日語 【讀】‧可看懂以平假名、片假名或一般日常生活使用的基 　　　本漢字所書寫的固定詞句、短文、以及文章。 【聽】‧在課堂上或周遭等日常生活中常接觸的情境下，如 　　　為速度較慢的簡短對話，可從中聽取必要資訊。

＊N1最難，N5最簡單。

3. 測驗科目

　　新制測驗的測驗科目與測驗時間如表2所示。

■ 表2　測驗科目與測驗時間 ＊①

級數	測驗科目 （測驗時間）			
N1	語言知識（文字、語彙、文法）、 讀解 （110分）		聽解 （60分）	→	測驗科目為 「語言知識 （文字、語 彙、文法）、 讀解」；以及 「聽解」共2 科目。
N2	語言知識（文字、語彙、文法）、 讀解 （105分）		聽解 （50分）	→
N3	語言知識 （文字、語彙） （30分）	語言知識（文法）、 讀解 （70分）	聽解 （40分）	→	測驗科目為 「語言知識 （文字、語 彙）」； 「語言知識 （文法）、讀 解」；以及 「聽解」共3 科目。
N4	語言知識 （文字、語彙） （30分）	語言知識（文法）、 讀解 （60分）	聽解 （35分）	→
N5	語言知識 （文字、語彙） （25分）	語言知識（文法）、 讀解 （50分）	聽解 （30分）	→

N1與N2的測驗科目為「語言知識（文字、語彙、文法）、讀解」以及「聽解」共2科目；N3、N4、N5的測驗科目為「語言知識（文字、語彙）」、「語言知識（文法）、讀解」、「聽解」共3科目。

由於N3、N4、N5的試題中，包含較少的漢字、語彙、以及文法項目，因此當與N1、N2測驗相同的「語言知識（文字、語彙、文法）、讀解」科目時，有時會使某幾道試題成為其他題目的提示。為避免這個情況，因此將「語言知識（文字、語彙、文法）、讀解」，分成「語言知識（文字、語彙）」和「語言知識（文法）、讀解」施測。

＊①：聽解因測驗試題的錄音長度不同，致使測驗時間會有些許差異。

4. 測驗成績

4−1　量尺得分

舊制測驗的得分，答對的題數以「原始得分」呈現；相對的，新制測驗的得分以「量尺得分」呈現。

「量尺得分」是經過「等化」轉換後所得的分數。以下，本手冊將新制測驗的「量尺得分」，簡稱為「得分」。

4−2　測驗成績的呈現

新制測驗的測驗成績，如表3的計分科目所示。N1、N2、N3的計分科目分為「語言知識（文字、語彙、文法）」、「讀解」、以及「聽解」3項；N4、N5的計分科目分為「語言知識（文字、語彙、文法）、讀解」以及「聽解」2項。

會將N4、N5的「語言知識（文字、語彙、文法）」和「讀解」合併成一項，是因為在學習日語的基礎階段，「語言知識」與「讀解」方面的重疊性高，所以將「語言知識」與「讀解」合併計分，比較符合學習者於該階段的日語能力特徵。

■ 表3　各級數的計分科目及得分範圍

級數	計分科目	得分範圍
N1	語言知識（文字、語彙、文法）	0～60
	讀解	0～60
	聽解	0～60
	總分	0～180

N2	語言知識（文字、語彙、文法）	0～60
	讀解	0～60
	聽解	0～60
	總分	0～180
N3	語言知識（文字、語彙、文法）	0～60
	讀解	0～60
	聽解	0～60
	總分	0～180
N4	語言知識（文字、語彙、文法）、讀解	0～120
	聽解	0～60
	總分	0～180
N5	語言知識（文字、語彙、文法）、讀解	0～120
	聽解	0～60
	總分	0～180

各級數的得分範圍，如表3所示。N1、N2、N3的「語言知識（文字、語彙、文法）」、「讀解」、「聽解」的得分範圍各為0～60分，三項合計的總分範圍是0～180分。「語言知識（文字、語彙、文法）」、「讀解」、「聽解」各占總分的比例是1：1：1。

N4、N5的「語言知識（文字、語彙、文法）、讀解」的得分範圍為0～120分，「聽解」的得分範圍為0～60分，二項合計的總分範圍是0～180分。「語言知識（文字、語彙、文法）、讀解」與「聽解」各占總分的比例是2：1。還有，「語言知識（文字、語彙、文法）、讀解」的得分，不能拆解成「語言知識（文字、語彙、文法）」與「讀解」二項。

除此之外，在所有的級數中，「聽解」均占總分的三分之一，較舊制測驗的四分之一為高。

4－3 合格基準

舊制測驗是以總分作為合格基準；相對的，新制測驗是以總分與分項成績的門檻二者作為合格基準。所謂的門檻，是指各分項成績至少必須高於該分數。假如有一科分項成績未達門檻，無論總分有多高，都不合格。

4－4 測驗結果通知

　　依級數判定是否合格後，寄發「合否結果通知書」予應試者；合格者同時寄發「日本語能力認定書」。

■ N1, N2, N3

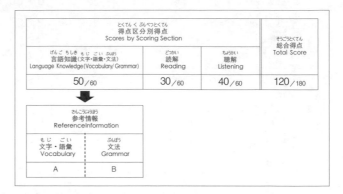

■ N4, N5

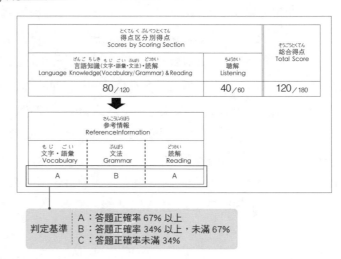

	判定基準	A：答題正確率 67% 以上
		B：答題正確率 34% 以上，未滿 67%
		C：答題正確率未滿 34%

※各節測驗如有一節缺考就不予計分，即判定為不合格。雖會寄發「合否結果通知書」但所有分項成績，含已出席科目在內，均不予計分。各欄成績以「＊」表示，如「＊＊／60」。

※所有科目皆缺席者，不寄發「合否結果通知書」。

5. N1 題型分析

測驗科目 （測驗時間）		試題內容			
		題型		小題 題數 *	分析
語言知識、讀解 (110分)	文字、語彙	1	漢字讀音 ◇	6	測驗漢字語彙的讀音。
		2	選擇文脈語彙 ○	7	測驗根據文脈選擇適切語彙。
		3	同義詞替換 ○	6	測驗根據試題的語彙或說法，選擇同義詞或同義說法。
		4	用法語彙 ○	6	測驗試題的語彙在文句裡的用法。
	文法	5	文句的文法 1 （文法形式判斷）○	10	測驗辨別哪種文法形式符合文句內容。
		6	文句的文法 2 （文句組構）◆	5	測驗是否能夠組織文法正確且文義通順的句子。
		7	文章段落的文法 ◆	5	測驗辨別該文句有無符合文脈。
	讀解 *	8	理解內容 （短文）○	4	於讀完包含生活與工作之各種題材的說明文或指示文等，約 200 字左右的文章段落之後，測驗是否能夠理解其內容。
		9	理解內容 （中文）○	9	於讀完包含評論、解說、散文等，約 500 字左右的文章段落之後，測驗是否能夠理解其因果關係或理由。
		10	理解內容 （長文）○	4	於讀完包含解說、散文、小說等，約 1000 字左右的文章段落之後，測驗是否能夠理解其概要或作者的想法。
		11	綜合理解 ◆	3	於讀完幾段文章（合計 600 字左右）之後，測驗是否能夠將之綜合比較並且理解其內容。
		12	理解想法 （長文）◇	4	於讀完包含抽象性與論理性的社論或評論等，約 1000 字左右的文章之後，測驗是否能夠掌握全文想表達的想法或意見。
		13	蒐整資訊 ◆	2	測驗是否能夠從廣告、傳單、提供各類訊息的雜誌、商業文書等資訊題材（700 字左右）中，找出所需的訊息。

聽力變得好重要喔！

沒錯，以前比重只佔整體的1/4，現在新制高達1/3喔。

聽解 (60分)	1	理解問題	◇	6	於聽取完整的會話段落之後，測驗是否能夠理解其內容（於聽完解決問題所需的具體訊息之後，測驗是否能夠理解應當採取的下一個適切步驟）。
	2	理解重點	◇	7	於聽取完整的會話段落之後，測驗是否能夠理解其內容（依據剛才已聽過的提示，測驗是否能夠抓住應當聽取的重點）。
	3	理解概要	◇	6	於聽取完整的會話段落之後，測驗是否能夠理解其內容（測驗是否能夠從整段會話中理解說話者的用意與想法）。
	4	即時應答	◆	14	於聽完簡短的詢問之後，測驗是否能夠選擇適切的應答。
	5	綜合理解	◇	4	於聽完較長的會話段落之後，測驗是否能夠將之綜合比較並且理解其內容。

＊「小題題數」為每次測驗的約略題數，與實際測驗時的題數可能未盡相同。此外，亦有可能會變更小題題數。

＊有時在「讀解」科目中，同一段文章可能會有數道小題。

＊符號標示：「◆」舊制測驗沒有出現過的嶄新題型；「◇」沿襲舊制測驗的題型，但是更動部分形式；「○」與舊制測驗一樣的題型。

資料來源：《日本語能力試驗JLPT官方網站：分項成績‧合格判定‧合否結果通知》。2016年1月11日，取自：http://www.jlpt.jp/tw/guideline/results.html

N1 文法速記表

★ 步驟一：沿著虛線剪下《速記表》，並且用你喜歡的方式裝訂起來！

★ 步驟二：請在「讀書計劃」欄中填上日期，依照時間安排按部就班學習，每完成一項，就用螢光筆塗滿格子，看得見的學習，效果加倍！

五十音順	文法		中譯	讀書計畫
あ	あっての		有了…之後…才能…、沒有…就不能（沒有）…	
い	いかん…	いかんだ	…如何，要看…、能否…要看…、取決於…	
		いかんで（は）	要看…如何、取決於…	
		いかんにかかわらず	無論…都…	
		いかんによって（は）	根據…、要看…如何、取決於…	
		いかんによらず、によらず	不管…如何、無論…為何、不按…	
う	うが…	うが、うと（も）	不管是…、即使…也…	
		うが～うが、うと～うと	不管…、…也好…也好、無論是…還是…	
		うが～まいが	不管是…不是…、不管…不…	
	うと～まいと		做…不做…都…、不管…不	
	うにも～ない		即使想…也不能…	
	うものなら		如果要…的話，就…	
か	かぎりだ		真是太…、…得不能再…了、極其…	
	がさいご、たらさいご		（一旦…）就必須…、（一）就非得…	
	かた…	かたがた	順便…、兼…、一面…一面…、邊…邊…	
		かたわら	一邊…一邊…、同時還…	
	がてら		順便、在…同時、借…之便	
	（か）とおもいきや		原以為…、誰知道…	
	がはやいか		剛一…就…	
	がゆえ（に）、がゆえの、（が）ゆえだ		因為是…的關係、…才有的…	
	からある、からする、からの		足有…之多…、值…、…以上	
	かれ～かれ		或…或…、是…是…	
き	きらいがある		有一點…、總愛…	
	きわ…	ぎわに、ぎわの	臨到…、在即…、迫近…	
		きわまる	極其…、非常…、…極了	
		きわまりない	極其…、非常…	
く	くらいなら、ぐらいなら		與其…不如…（比較好）、與其忍受…還不如…	
	ぐるみ		全部的…	
こ	こそ…	こそあれ、こそあるが	雖然、但是；只是（能）	
		こそすれ	只會…、只是…	
	こと…	ごとし、ごとく、ごとき	如…一般（的）、同…一樣（的）	
		ことだし	由於…	
		こととて	（總之）因為…；雖然是…也…	
		ことなしに、なしに	不…就…、沒有…、不…而…	
	この、ここ～というもの		整整…、整個…來	
さ	（さ）せられる		不禁…、不由得…	
し	しまつだ		（結果）竟然…、落到…的結果	
	じゃあるまいし、ではあるまいし		又不是…	
す	ずくめ		清一色、全都是、淨是…	
	ずじまいで、ずじまいだ、ずじまいの		（結果）沒…（的）、沒能…（的）、沒…成（的）	
	ずにはおかない、ないではおかない		不能不…、必須…、一定要…、勢必…	
	すら、ですら		就連…都；甚至連…都	

五十音順	文法		中譯	讀書計畫
そ	そばから		才剛…就…、隨…隨…	
た	ただ…	ただ～のみ	只有…才…、只…、唯…	
		ただ～のみならず	不僅…而且、不只是…也	
	たところ…	たところが	…可是…、結果…	
		たところで～ない	即使…也不…、雖然…但不、儘管…也不…	
	だに		一…就…；連…也（不）…	
	だの～だの		又是…又是…、一下…一下…、…啦…啦	
	たらきりがない、ときりがない、ばきりがない、てもきりがない		沒完沒了	
	たりとも～ない		那怕…也不（可）…、就是…也不（可）…	
	たる（もの）		作為…的…	
つ	つ～つ		（表動作交替進行）一邊…一邊…、時而…時而…	
て	であれ…	であれ、であろうと	即使是…也…、無論…都…	
		であれ～であれ	即使是…也…、無論…都、也…也…	
	てからというもの（は）		自從…以後一直、自從…以來	
	てしかるべきだ		應當…、理應…	
	てすむ、ないですむ、ずにすむ		…就行了、…就可以解決；不…也行、用不著…	
	でなくてなんだろう		難道不是…嗎、不是…又是什麼呢	
	ては…	てはかなわない、てはたまらない	…得受不了、…得要命、…得吃不消	
		てはばからない	不怕…、毫無顧忌…	
	てまえ		由於…所以…	
	てもさしつかえない、でもさしつかえない		…也無妨、即使…也沒關係、…也可以	
	てやまない		…不已、一直…	
と	と～（と）があいまって、～が／は～とあいまって		…加上…、與…相結合、與…相融合	
	とあって		由於…（的關係）、因為…（的關係）	
	とあれば		如果…那就…、假如…那就…	
	といい～といい		不論…還是、…也好…也好	
	という…	というか～というか	該說是…還是…	
		というところだ、といったところだ	頂多…；可說…差不多、可說就是…	
	といえども		即使…也…、雖說…可是…	
	といった…	といった	…等的…、…這樣的…	
		といったらない、といったら	…極了、…到不行	
		といったらありはしない	…之極、極其…、沒有比…更…的了	
	といって～ない、といった～ない		沒有特別的…、沒有值得一提的…	
	といわず～といわず		無論是…還是…、…也好…也好…	
	といわんばかりに、とばかりに		幾乎要說…；簡直就像…、顯出…的神色、似乎…一般地	
	ときたら		說到…來、提起…來	
	ところ（を）		正…之時、…之時、…之中	
	としたところで、としたって		就算…也	
	とは…	とは	連…也、沒想到…、…這…、竟然會…；所謂…	
		とはいえ	雖然…但是…	

五十音順	文法		中譯	讀書計畫
と		とみえて、とみえる	看來…、似乎…	
	とも…	ともあろうものが	身為…卻…、堂堂…竟然…、名為…還…	
		ともなく、ともなしに	無意地、下意識的、不知…、無意中…	
		と（も）なると、と（も）なれば	要是…那就…、如果…那就…	
な	ない…	ないではすまない、ずにはすまない、なしではすまない	不能不…、非…不可	
		ないともかぎらない	也並非不…、不是不…、也許會…	
		ないまでも	沒有…至少也…、就是…也該…、即使不…也…	
		ないものでもない、なくもない	也並非不…、不是不…、也許會…	
	ながら、ながらに、ながらの		邊…邊…；…狀（的）	
	なく…	なくして（は）～ない	如果沒有…就不…、沒有…就沒有…	
		なくはない、なくもない	也不是沒…、並非完全不…	
	なしに（は）～ない、なしでは～ない		沒有…不、沒有…就不能…	
	なみ		相當於…、和…同等程度	
	なら…	ならいざしらず、はいざしらず、だったらいざしらず	（關於）我不得而知…、姑且不論…、（關於）…還情有可原	
		ならでは（の）	正因為…才有（的）、只有…才有（的）、若不是…是不…（的）	
	なり…	なり	剛…就立刻…、一…就馬上…	
		なり～なり	或是…或是…、…也好…也好	
		なりに、なりの	那般…（的）、那樣…（的）、這套…（的）	
に	にあって（は／も）		在…之下、處於…情況下；即使身處…的情況下	
	にいたって（は）、にいたっても		到…階段（才）；至於、談到；雖然到了…程度	
	にいたる…	にいたる	到達…、發展到…程度	
		にいたるまで	…至…、直到…	
	にかぎったことではない		不僅僅…、不光是…、不只有…	
	にかぎる		就是要…、最好…	
	にかこつけて		以…為藉口、托故…	
	にかたくない		不難…、很容易就能…	
	にして		在…（階段）時才…；是…而且也…；雖然…但是…；僅僅…	
	にそくして、にそくした		依…（的）、根據…（的）、依照…（的）、基於…（的）	
	にたえる、にたえない		經得起…、可忍受…；值得…；不堪…、忍受不住…；不勝…	
	にたる、にたりない		可以…、足以…、值得…；不夠…；不足以…、不值得…	
	にとどまらず（～も）		不僅…還…、不限於…、不僅僅…	
	には…	には、におかれましては	在…來說	
		に（は）あたらない	不需要…、不必…、用不著…；不相當於…	
		にはおよばない	不必…、用不著…、不值得…	
	にひきかえ～は		與…相反、和…比起來、相較起…、反而…	
	によらず		不論…、不分…、不按照…	
	にもまして		更加地…、加倍的…、比…更…、比…勝過…	

五十音順	文法			中譯	讀書計畫
の	のいたり（だ）			真是…到了極點、真是…、極其…、無比…	
	のきわみ（だ）			真是…極了、十分地…、極其…	
は	はいうにおよばず、はいうまでもなく			不用説…（連）也、不必説…就連…	
	はおろか			不用説…、就連…	
	ばこそ			就是因為…才…、正因為…才…	
	はさておき、はさておいて			暫且不説…、姑且不提…	
	ばそれまでだ、たらそれまでだ			…就完了、…就到此結束	
	はどう（で）あれ			不管…、不論…	
ひ	ひとり…	ひとり〜だけで（は）なく		不只是…、不單是…、不僅僅…	
		ひとり〜のみならず〜（も）		不單是…、不僅是…、不僅僅…	
へ	べからず、べからざる			不得…（的）、禁止…（的）、勿…（的）、莫…（的）	
	べく…	べく		為了…而…、想要…、打算…	
		べくもない		無法…、無從…、不可能…	
	べし			應該…、必須…、值得…	
ま	まぎわに（は）、まぎわの			迫近…、…在即	
	まじ、まじき			不該有（的）…、不該出現（的）…	
	まで…	までだ、までのことだ		大不了…而已、只是…、只好…、也就是…；純粹是…	
		まで（のこと）もない		用不著…、不必…、不必説…	
	まみれ			沾滿…、滿是…	
め	めく			像…的樣子、有…的意味、有…的傾向	
も	もさることながら〜も			不用説…、…（不）更是…	
	もなんでもない、もなんともない			也不是…什麼的、也沒有…什麼的	
	（〜ば／ても）〜ものを			可是…、卻…、然而卻…	
や	や、やいなや			剛…就…、一…馬上就…	
を	を〜にひかえて			臨進…、靠近…、面臨…	
	をおいて、をおいて〜ない			除了…之外	
	をかぎりに、かぎりで			從…起…、從…之後就不（沒）…、以…為分界	
	をかわきりに、をかわきりにして、をかわきりとして			以…為開端開始…、從…開始	
	をきんじえない			不禁…、禁不住就…、忍不住…	
	をふまえて			根據…、以…為基礎	
	をもって…	をもって		以此…、用以…；至…為止	
		をもってすれば、をもってしても		只要用…；即使以…也…	
	をものともせず（に）			不當…一回事、把…不放在眼裡、不顧…	
	をよぎなくされる、をよぎなくさせる			只得…、只好…、沒辦法就只能…；迫使…	
	をよそに			不管…、無視…	
ん	んがため（に）、んがための			為了…而…（的）、因為要…所以…（的）	
	んばかり（だ／に／の）			簡直是…、幾乎要…（的）、差點就…（的）	

JLPTN1

しけんもんだい
試験問題

STS

第 1 回

言語知識（文字・語彙）

問題1 ＿＿＿の言葉の読み方として最もよいものを、1・2・3・4から一つ選びなさい。

1 日本の神話には、ギリシャ神話との類似点があるという。
　　1　るいじ　　　　2　るいに　　　　3　るいい　　　　4　るいいん

2 写真の背景には、懐かしい故郷の山が写っていた。
　　1　はいきょう　　2　はいけい　　　3　せきょう　　　4　せけい

3 絵画の保存には、部屋の温度や湿度を一定に保つ必要がある。
　　1　うつ　　　　　2　たつ　　　　　3　もつ　　　　　4　たもつ

4 食糧は3日で尽き、救助を待つしかなかった。
　　1　つき　　　　　2　あき　　　　　3　おき　　　　　4　いき

5 半端な気持ちでやるなら、いっそやらない方がましだ。
　　1　はんば　　　　2　はんたん　　　3　はんぱ　　　　4　はんたん

6 イギリス育ちだけあって、発音が滑らかだね。
　　1　ほがらか　　　2　きよらか　　　3　あきらか　　　4　なめらか

問題2 （　　）に入れるのに最もよいものを、1・2・3・4から一つ選びなさい。

7 昨日のマラソン大会は、体調不良により途中で（　　　）する選手が続出した。
1 不振　　　　　　2 棄権　　　　　　3 脱退　　　　　　4 反撃

8 カードを紛失された場合、再（　　　）の手数料として500円頂戴します。
1 作成　　　　　　2 発信　　　　　　3 提出　　　　　　4 発行

9 工場の建設により、周囲の自然環境は（　　　）悪化した。
1 強いて　　　　　2 著しく　　　　　3 一向に　　　　　4 代わる代わる

10 いじめ問題の解決には、子供の発するサインを周囲の大人がしっかり（　　　）
することが大切だ。
1 リード　　　　　2 キャッチ　　　　3 オーバー　　　　4 キープ

11 絶滅が危ぶまれる動植物の（　　　）輸入が跡を絶たない。
1 密　　　　　　　2 不　　　　　　　3 過　　　　　　　4 裏

12 その男は取り調べに対して（　　　）無言を貫いた。
1 直に　　　　　　2 危うく　　　　　3 終始　　　　　　4 一概に

13 ミスをしても、頭を（　　　）、次に進むことが成功に繋がる。
1 切り替えて　　　2 乗り切って　　　3 立て直して　　　4 折り返して

問題3 ＿＿の言葉に意味が最も近いものを1・2・3・4から一つ選びなさい。

14 あなたがそのように主張する根拠はなんですか。

　1 結果　　　　　2 理由　　　　　3 経緯　　　　　4 推測

15 人と接する仕事なので、言葉遣いには気をつけています。

　1 応対する　　　2 担当する　　　3 取材する　　　4 訴える

16 彼はその平凡な生活を心から愛していたのだ。

　1 穏やかな　　　2 理想の　　　　3 気楽な　　　　4 普通の

17 宣伝費に大金を費やした結果、A社はイメージアップに成功した。

　1 収益　　　　　2 合併　　　　　3 感想　　　　　4 印象

18 思い切って佐々木さんを映画に誘ったのだが、断られた。どうも脈はなさそうだ。

　1 のぞみ　　　　2 うわさ　　　　3 ききめ　　　　4 このみ

19 仕事で失敗したからといって、いちいち落ち込んでいる暇はない。

　1 反省して　　　　　　　　　2 元気をなくして
　3 中止して　　　　　　　　　4 速度を落として

問題4　次の言葉の使い方として最もよいものを、1・2・3・4から一つ選びなさい。

20 最善

1　最善の材料を使った当店特製スープです。

2　最善を尽くしたので、後悔はない。

3　あなたの最善の長所は、その正直なところだ。

4　数学の成績は常にクラスで最善でした。

21 紛らわしい

1　忘れ物をしたり、遅刻をしたり、君はちょっと紛らわしいね。

2　引っ越しをすると、住所変更などの手続きが紛らわしい。

3　昔のことなので、記憶が紛らわしいのですが。

4　同姓同名の人が3人もいて、本当に紛らわしい。

22 浮かぶ

1　一晩寝たら、いいアイディアが浮かんだ。

2　今日は給料日なので、朝から気持ちが浮かぶ。

3　パンにチーズやトマトを浮かべて焼く。

4　木の枝に鳥の巣が浮かんでいる。

23 スペース

1　10時東京駅発の新幹線のスペースはまだありますか。

2　ここはサービススペースの圏外ですので、携帯電話は使用できません。

3　こんな大きなソファを置くスペースはうちにはないよ。

4　彼は、どんなに忙しい時でも、自分のスペースを崩さない。

24 打ち込む

1　彼はこの10年、伝染病の研究に打ち込んでいる。

2　新事業に失敗して、会社の業績が打ち込んだ。

3　時計台の時計が3時を打ち込んだ。

4　駅のホームで並んでいたら、酔っ払いが列に打ち込んできた。

25 取り入れる

1 審議委員にはさまざまな分野の専門家が<u>取り入れられた</u>。

2 若者の意見を<u>取り入れて</u>、時代に合った商品の開発を進める。

3 男は小さな瓶を、そっとかばんの中に<u>取り入れた</u>。

4 給料から毎月5万円、銀行に<u>取り入れる</u>ようにしている。

問題5 （　　　）に入れるのに最もよいものを、1・2・3・4から一つ選びなさい。

26 手術を（　　　　）、できるだけ早い方がいいと医者に言われた。

1 するものなら　　　　　　　　　2 するとしたら

3 しようものなら　　　　　　　　4 しようとしたら

27 A議員の発言を（　　　　　）、若手の議員から法案に対する反対意見が次々と出された。

1 皮切りに　　　　2 限りに　　　　　3 おいて　　　　　4 もって

28 彼は、親の期待（　　　　）、大学を中退して、田舎で喫茶店を始めた。

1 を問わず　　　2 をよそに　　　3 はおろか　　　4 であれ

29 高橋部長がマイクを（　　　　）最後、10曲は聞かされるから、覚悟しておけよ。

1 握っても　　　2 握ろうと　　　3 握ったが　　　4 握るなり

30 A社の技術力（　　　　）、時代の波には勝てなかったというわけだ。

1 に至っては　　　　　　　　　2 にとどまらず

3 をものともせずに　　　　　　4 をもってしても

31 この問題について、私（　　　　）考えを述べさせていただきます。

1 なりの　　　　2 ゆえに　　　　3 といえば　　　4 といえども

32 政府が対応を誤ったために、被害が拡大した。これが人災（　　　　）。

1 であろうはずがない　　　　　　2 といったところだ

3 には当たらない　　　　　　　　4 でなくてなんであろう

33 あいつに酒を飲ませてはいけないよ。どなったり暴れたりしたあげく、最後には（　　　　）。

1 泣き出してやまない　　　　　　2 泣き出しっぱなしだ

3 泣き出すまでだ　　　　　　　　4 泣き出す始末だ

34 企業の海外進出により、国内の産業は衰退を余儀なく（　　　）。

1　されている

2　させている

3　している

4　させられている

35 父は体調を崩して、先月から入院して（　　　）。

1　いらっしゃいます

2　おられます

3　おります

4　ございます

問題6　次の文の＿＿★＿＿に入る最もよいものを、1・2・3・4から一つ選びなさい。

（問題例）

あそこで＿＿＿　＿＿＿　＿★＿　＿＿＿　は山田さんです。

1　テレビ　　2　見ている　　3　を　　4　人

（回答のしかた）

1. 正しい文はこうです。

> あそこで＿＿＿　＿＿＿　＿★＿　＿＿＿は山田さんです。
> 1　テレビ　　　3　を　　　2　見ている　　　4　人

2. ＿★＿に入る番号を解答用紙にマークします。

（解答用紙）　（例）　① ● ③ ④

36　社長の時代錯誤な提案に、＿＿＿　＿＿＿　＿★＿　＿＿＿としていなかった。

1　一人　　　　2　社員は　　　　3　唱える　　　　4　反対意見を

37　仕事を始めてから＿＿＿　＿＿＿　＿★＿　＿＿＿日はない。

1　もっと勉強しておく　　　　　　2　思わない

3　というもの　　　　　　　　　　4　べきだったと

38　後になって＿＿＿　＿＿＿　＿★＿　＿＿＿べきではない。

1　最初から　　2　断る　　　3　引き受ける　　4　くらいなら

39　女性の労働環境は厳しい。子供のいる独身女性＿＿＿　＿＿＿　＿★＿　＿＿＿を越えるという。

1　貧困率　　　　2　に至っては　　　3　が　　　　4　5割

40　この作品は、＿＿＿　＿＿＿　＿★＿　＿＿＿の出世作です。

1　私が　　　2　井上先生　　　3　やまない　　　4　尊敬して

問題7　次の文章を読んで、文章全体の趣旨を踏まえて、 41 から 45 の中に
　　　　入る最もよいものを、1・2・3・4から一つ選びなさい。

日本の敬語

　人に物を差し上げるとき、日本人は、「ほんの 41-a 物ですが、おひと
つ。」などと言う。これに対して外国人は「とても 41-b 物ですので、どう
ぞ。」と言うそうだ。そんな外国人にとって、日本人のこの言葉はとても不
思議で 42 という。なぜ、「つまらない物」を人にあげるのかと、不思議
に思うらしいのだ。

　なぜこのような違いがあるのだろうか。

　日本人は、相手の心を考えて話すからであると思われる。どんなに立派
な物でも、「とても立派なものです。」「高価なものです」と言われれば、
43 いる気がして、いい気持ちはしない。そんな嫌な気持ちにさせないた
めに、自分の物を低めて「つまらない物」「ほんの少し」などと言うのだ。
いわば、謙譲語(注1)の一つである。

　謙譲語の精神は、自分の側を謙遜して言うことによって、相手をいい気持
ちにさせるということである。例えば、自分の息子のことを「愚息(ぐそく)」という
のも 44 である。人の心というのは不思議なもので、「私の優秀な息子で
す。」と紹介されれば自慢されているようで反発を感じるし、逆に「愚息で
す」と言われると、なんとなく安心する気持ちになるのだ。

　尊敬語(注2)は、 45-a だけでな 45-b にもあると聞く。何かしてほしいと頼ん
だりするとき、命令するような言い方ではなく、へりくだった態度で丁寧に
頼む言い方であるが、それは日本語の謙譲語とは異なる。「立派な物」「高
価な物」と言って贈り物をする彼らのことだから、多分謙譲語というものは
ないのではなかろうか。

（注1）謙譲語：敬語の一種で、自分をへりくだって控えめに言う言葉。

（注2）尊敬語：敬語の一種で、相手を高めて尊敬の気持ちを表す言い方。

41

1 a おいしい／b つまらない

2 a つまらない／b おいしい

3 a おいしくない／b おいしい

4 a 差し上げる／b いただく

42

1 理解しがたい   2 理解できる

3 理解したい   4 よくわかる

43

1 馬鹿にされて   2 追いかけられて

3 困って   4 威張られて

44

1 いる   2 あれ

3 それ   4 一種で

45

1 a 外国語／b 日本語

2 a 日本語／b 外国語

3 a 敬語／b 謙譲語

4 a それ／b これ

問題 8　次の (1) から (3) の文章を読んで、後の問いに対する答えとして最もよいも
　　　　のを、1・2・3・4 から一つ選びなさい。

(1)

　「コリアンダー」、「シャンツァイ」などとも呼ばれる香味野菜パクチーは、その好き嫌いが極度に分かれることで知られているが、日本国内では、エスニック料理のブームを背景に、急速に需要が高まっている。これにともない、これまで主に輸入に頼ってきたパクチーを日本で作ろうという動きも活発化し、国内で栽培を始める農家が増えている。

　国内産は輸入品に比べて新鮮で傷みが少なく、生産者の顔が見えるという安心感もあり、売れ行きも好調だ。こうした動きは、バナナ、アボカド、コーヒー豆などでも見られ、各地の農業の活性化にもつながっている。

46　「こうした動き」とは何か。
　1　需要の高い農作物の輸入を活発化させる動き。
　2　輸入品が多かった農作物を国内で生産する動き。
　3　輸入品よりも国内産の農作物を購入する動き。
　4　農業の活性化のため新たな農作物を輸入する動き。

(2)

2015年3月に世界ランキング4位となった錦織圭選手は、わずか13歳で奨学金制度を利用して単身アメリカに渡り、世界で通用する選手になるためテニスを学んだ。

男子テニスは日本人にとって、体格面で世界トップとの距離が最も遠いスポーツの一つだ。錦織選手も身長178センチとプロテニス界では小柄なほうで、実際、トッププレーヤーたちとの体格差では、かなり苦しんだ。しかし、そのハンディキャップを、スピードとフットワーク、そしてメンタル面で補った。

これには、13歳から留学して厳しい鍛錬に励んだこともももちろんだが、身長175センチながらかつて全仏大会を制した同じアジア系のマイケル・チャンコーチとの出会いが、強く影響したのは言うまでもない。

47 「これ」は何を指しているか。

1 技術と精神を鍛えて体格面の弱点を乗り越えたこと。
2 世界のトップレベルの選手たちとの体格差で悩んだこと。
3 日本人テニス選手にとって体格面で世界の壁が厚いこと。
4 身長差を克服して世界的に活躍したコーチの指導を受けたこと。

Check ☐1 ☐2 ☐3

031

(3)

　最近耳にすることが少なくなったと感じる日本語の一つに、「おかげさまで」という言葉がある。「〜のおかげで」を丁寧にした表現として、「ありがたいことに」という意味で、「ご両親はお元気ですか。」「はい。おかげさまで。」というように挨拶の一つとしてよく使われる。「おかげさまで」は、特に相手から直接恩恵を受けていない場合でも、漠然とした感謝の気持ちを表す言葉として使われるのだが、この言葉が最近あまり聞かれなくなったことには、具体的な神や仏でなくとも、なにか人間の力を超えたものに対する畏怖のようなものが、日本人の心から急速に失われつつあることが関係しているのではないかと思えてならない。^(注)

(注) 畏怖：神聖なものを前にして、謙虚になる気持ち。

48 筆者の考えに合うのはどれか。

1 「おかげさまで」が使われるのは、日本人が曖昧な気持ちを表現したいからだ。

2 「おかげさまで」を使うことによって、日本人は相手への感謝を直接表現してきた。

3 「おかげさまで」を使わないのは、日本人が具体的な神を信じなくなったからだ。

4 「おかげさまで」が使われないのは、日本人から畏怖の念が消えつつあるからだ。

問題9　次の(1)から(3)の文章を読んで、後の問いに対する答えとして最もよいものを、1・2・3・4から一つ選びなさい。

(1)

　2016年1月、安保法案に反対する高校生たちのメンバーが都内で記者会見し、東京や大阪などで、2月21日に安保法案に抗議する高校生の一斉デモを実施する旨を発表した。会見でメンバーは「安保法案で戦争に行ったりするのは私たちだ。今の政治に将来を任せることはできない。」と訴えた。

　昨年(2015年)秋、北海道の高校3年生Tくんは、全国の高校生や大学生がインターネットで時事問題を議論し合う①「ぼくらの対話ネット」を始めた。選挙権年齢が18歳以上に引き下げられたことに向けて、自分たちを鍛え、知を磨くためだという。その取り組みをまとめたT君の論文が、全国高校生小論文コンテストの最優秀賞に選ばれた。

　対話ネットには、現在北海道から沖縄までの約50人が参加し、毎日のように意見が交わされているという。

　また、2016年1月19日、ブラックバイトユニオンは、コンビニでアルバイトをしている高校3年生の男子生徒の未払い賃金の支払いなどを求めて、コンビニ側に団体交渉を申し入れた。

　以上の例のように、このところ高校生の政治的な活躍が目立つ。高校生全体の数から言えば、このような活動をしている人は、もしかしたら少ないのかもしれない。それにしても、②このような傾向は、これまであまり見られなかったのではないだろうか。選挙権が18歳以上になったことを一部の大人たちは危惧しているようだが、高校生のこれらの活躍を見ていると、とても頼もしいものを感じる。我々日本の大人たちが得意でなかったこと、特に政府や経営者に向かって自分たちの声を上げること、が、これらの若い人たちに期待できそうな気がするからだ。

（『頼もしい高校生の活躍』より）

（注１）安保法案<ruby>安保法案<rt>あんぽほうあん</rt></ruby>：安全保障関連法案。日本および国際社会の安全を確保するために自衛隊法等の一部を改正しようとする法案。違憲だとして多くの人々が反対している。

（注２）時事問題：その時々の社会の問題。

（注３）ブラックバイトユニオン：ブラックバイトから学生たちを守るための労働組合。

（注４）危惧：心配

49　①「ぼくらの対話ネット」の目的は何か。

1　安保法案について、政府に抗議すること。

2　高校生の小論文コンテストに応募すること。

3　18歳選挙権に対応できるように勉強し力をつけること。

4　社会や政治の矛盾をなくすこと。

50　②このような傾向とは、どのようなことを指すか。

1　選挙権が引き下げられるという傾向。

2　選挙権の引き下げに対して大人たちが危惧する傾向。

3　政治的な活動をする高校生が減少する傾向。

4　政治的な活躍をする高校生が目に付く傾向。

51　筆者は高校生たちの活躍に対してどのように思っているか。

1　日本の将来に期待できそうで、頼もしく思っている。

2　高校生の軽率な行動を見て、心配している。

3　選挙権を18歳に引き下げることに対して危惧している。

4　大人の行動をもっと見習うべきだと思っている。

(2)

　2012 年、日本貿易振興機構（ジェトロ）が 7 つの国や地域で日本料理に対する関心度や印象などについて調べた。それによると、好きな外国料理については、他国を大きく引き離して日本料理が一位に選ばれた。好きな日本料理としては、1 位「すし・刺身」、2 位「焼き鳥」、3 位「てんぷら」、4 位「ラーメン」で、そのほか、「カレーライス」なども上位に入っているようである。

　また、ここ数年、海外の日本食レストランが増えているそうである。中国や台湾、韓国などのアジア圏内だけでなく、アメリカやフランスにも多くなった。フランス国内では、2015 年、3167 店もの日本食料理店がある。これは、2 年前の約 1.5 倍である。

　このように、日本食が世界で注目されている理由としては、まず、2013 年、和食がユネスコの無形文化遺産に登録されたことが挙げられるが、そのほか和食がヘル
シーであることに加え、安全であることが挙げられる。さらには、日本のアニメなどの中でカレーライスや弁当を食べるシーンが登場し、関心が高まっていることもその理由の一つだそうだ。日本食の普及に、アニメが一役買っているのは意外である。

　食べ物だけでなく、近年ではフランスなどをはじめとして日本茶も普及しているそうだ。また、東京のフランス料理店でシェフをしている人の話によると、ここ10 年ぐらいで、フランスの若い料理人が、昆布や鰹節を使った日本の「だし」を
フランス料理に活かしているということである。これらの「だし」こそ本当の和食に欠かせない、世界に誇るべきものである。

　これからも世界中から観光客が日本にやってきて、本当の和食を食べてくれるようになれば、日本食は、今後ますます世界に広がっていくだろう。

（『世界に誇る日本食』より）

（注 1）無形文化遺産：人々が残した文化的に優れた無形のもの。

（注 2）一役買っている：ある役目を果たしている。ある役に立っている。

（注 3）昆布・鰹節：海藻や魚から作られたもので、日本料理に使う「だし」（スープ）
　　　　を取るためのもの。

Check □1 □2 □3

52 和食が世界で注目されている理由として、この文章で挙げられていないものはどれか。

1 材料が安くて豊富であること。

2 無形文化遺産として登録されてこと。

3 健康的で安全であること。

4 日本のアニメに日本食を食べるシーンがよく出てくること。

53 この文章で、フランスの事情として挙げられていないものはどれか。

1 日本食料理店が急速に増えていること。

2 食べ物だけでなく、日本のお茶も普及していること。

3 日本のだしが、料理に使われていること。

4 日本のアニメが日本食の普及に役立っていること。

54 筆者は、日本食についてどのように考えているか。

1 本当の和食がこれからもますます普及するだろう。

2 アメリカやフランスには和食がますます広まるだろう。

3 味の好みが似ているアジア圏には和食が普及するだろう。

4 日本国内では、逆に和食が好まれなくなるだろう。

(3)

　毎年、年末になると、書店の店先に日記帳が並ぶ。新しい年のための日記帳だ。

　日本人で、日記を書いたことがない人や読んだことがない人はほとんどいないだろう。

　小学校でも、国語の学習の一つとして日記が取り上げられているほどだ。

　また、平安時代には、日本文学のジャンルの一つとして日記文学が盛んであった。「土佐日記」(注1)「紫式部日記」「和泉式部日記」などである。

　なお、太平洋戦争中は、兵士たちに武器とともに日記帳が配られていたという。(注2)それらの日記の一部は、南洋の島で、日本軍の遺留品として回収された。読むと、兵士たちの追い詰められた気持ちが痛いほど胸に迫ってくる。(注3)

　このように考えると、日記はまさに<u>日本文化の一つ</u>である。

　日記は、人に見せるために書くものではないが、残っている限りいつか誰かの目に触れる。読んだ人は、書いた人の心の内を読み取ることができ、また、当時の現実を知ることができるのだ。

　いっぽう、日記を書くことにはどんな利点があるだろうか。

　まずは、その日の出来事を忘れないようにメモしておくという役目がある。これは、現実的に役立つことだ。また、自分の心を見つめることで自分自身を知ることができる。これは、自分の進歩のためであるし、ときにはストレスをなくすことにもなるかもしれない。さらには、日記を書くことで文章力が増す。

　以上のように考えると、日記を書くことは、何よりも自分自身のためになることがわかる。毎日でなくても、立派な文章でなくてもよい。日記を書くことを実行してみよう。

（注1）平安時代：794年〜1185（1192）年。

（注2）太平洋戦争：1941年〜1945年アメリカ・イギリスの連合国と日本との戦争。

（注3）遺留品：あとに残された品物。

55 日本文化の一つとは、どういうことか。

1 その時代の出来事を詳しく語るもの。

2 時代による日本人の精神を表すもの。

3 その時代の最も優れた文化。

4 日記を書いた人の性格を表すもの。

56 日記を書く利点として、筆者が本文で挙げていないのは何か。

1 一日のできごとをメモしておくことができる。

2 自分の心を見つめることで自分を知り自分の進歩につながる。

3 文章を書く力が伸びる。

4 人に読んでもらい批評してもらうことができる。

57 本文で筆者が最も言いたいことは何か。

1 読む人のためにもなるので、日記を書くことを実行してみよう。

2 日本の文化のために、日記を書くことを実行してみよう。

3 自分自身のために、日記を書くことを実行してみよう。

4 文章力をつけるために、日記を書くことを実行してみよう。

問題10　次の文章を読んで、後の問いに対する答えとして最もよいものを、1・2・3・4から一つ選びなさい。

　　最近、観光地はもちろん普通の街でも外国人の姿を見かけることが多くなった。政府の発表でも、従来目標としていた年間訪日外国人2000万人の目標は今年(2016年)中にも達成できる見通しだという。特に、①中国や台湾、韓国、タイなどからの観光客の増加は著しいという。

　　では、観光客は日本の何に憧れ、何を求めて日本を訪れるのだろうか。

　　明治時代、諸外国の人々が持つ日本のイメージは「フジヤマ・ゲイシャ」であったという。「フジヤマ」つまり、富士山は、その美しい姿が時代や国を問わず外国人の憧れであり、日本のイメージを表すものとしてふさわしいものであったが、一方、「ゲイシャ」は、当時でさえ、消えゆく日本文化を代表するものであった。

　　しかし、やはり、外国人には「フジヤマ、ゲイシャの国、日本」というイメージが強かったようである。②それには、浮世絵が関係しているらしい。明治時代初めにかけて、多くの浮世絵が海外に流出し、ヨーロッパの絵画にも大きな影響を与えたが、その絵の中の美人画が「ゲイシャ」と見なされ、やはり浮世絵に描かれた富士山とともに日本の象徴になったのでは、ということである。

　　現在、日本を訪れる外国人は、果たして日本に何を期待しているのだろうか。インターネットによると、まず、日本を訪れる外国人観光客はアジアの人々が多く、全体の75%を占めることがわかる。そして、その目的は、日本の食べ物やお酒、旅館や温泉、花見などの四季の自然、神社や寺などの歴史的建築物とともに、賑やかな街の様子やショッピングなどが多数を占めている。また、近年特に増加が目立つものとして、アニメ、秋葉原…などが挙げられる。つまり、買い物を目当てに訪日する者や、アニメや漫画に憧れる者など、かつては考えられなかった動機で日本を訪れる者が多くなっているということである。

　　このように、③日本を訪れる外国人観光客の目的も、時代とともに変わってきた。和服や神社仏閣などといった伝統的な日本の姿だけでなく、新しい時代の日本を求めて、いろいろな国から観光客が訪れるようになったことは喜ばしいことであるし、これからもますます多くの外国人が日本を訪れてくれるようであってほしい。

　しかし、そのためには、日本は現状に満足することなく、新しい時代の日本をPRするメディア戦略、広報宣伝を考えていかなければならない。定番の観光地の宣伝広報に頼るだけでなく、メディアを駆使して、若者に人気のアニメや漫画、最新の音楽や絵画、実体験出来る陶芸や武道や古民家宿泊、日本の農業と若者との交流などを前面に押し出してみたらどうだろうか。そうすれば、日本は古さと新しさを同時に体験出来る未来に発展する国として世界に認識され、これからもますます多くの若者が日本を訪れてくれるだろう。

（『世界に向けて』による）

（注1）明治時代：1868 年～ 1912 年。

（注2）流出：流れ出ること。

（注3）秋葉原：家電量販店や電子機器、ゲーム機などを売る店がずらりと並んでいる街の名前。

（注4）陶芸：陶器や磁器を作る芸術。

58 ①中国や台湾、韓国、タイなどからの観光客の増加は著しいとあるが、それらの国々からの観光客の割合は、全体のどのくらいか。

1　半分

2　90％

3　3分の2

4　4分の3

59 ②それとはどんなことを指すか。

1　日本のイメージがいつの間にか固定されていたこと。

2　「ゲイシャ」は、すでに古い日本文化であったこと。

3　「フジヤマ、ゲイシャ」が、外国人の日本に対するイメージであったこと。

4　日本のイメージとして「フジヤマ」より「ゲイシャ」の方が強かったこと。

60 ③日本を訪れる外国人観光客の目的も、時代とともに変わってきたとあるが、どのように変わってきたか。

1 浮世絵の中で見る和服や神社の建物など、日本らしい文化を見ることを目的に訪れるようになった。

2 伝統的な日本文化や日本の自然を目的に訪れる外国人は、ほとんどいなくなった。

3 伝統的な日本文化だけでなく、日本の街や買い物を目的に訪れるようになった。

4 アジアの人々は買い物を目的とすることが多くなり、欧米人は、日本食を目的とすることが多くなった。

61 筆者は、今後ますます外国人観光客を増やすためにどのようなことを提案しているか。

1 メディアを使って日本の新しい文化や現状を世界に宣伝すること。

2 神社仏閣などの古い建築物の補修に力を入れ、大いに PR すること。

3 陶芸や武道、農業体験などを中心に、若い観光客を増やすこと。

4 秋葉原などの街の様子を宣伝し、ショッピングで観光客を呼ぶこと。

問題11　次のAとBは、ブータンの幸福と日本人の幸福について書かれた文章である。後の問いに対する答えとして最もよいものを1・2・3・4から一つ選びなさい。

A

　2011年の東日本大震災から半年後、ブータンの国王夫妻が来日し、震災後の落ち込んだ日本人に向けて発せられた慰めの言葉と真摯な態度は多くの日本人の心を捉えて幸福について考えさせた。_(注1)

　ヒマラヤの小さな山国に過ぎないブータンの人びとに、「あなたは今幸福ですか」と尋ねたら、97パーセントもの人が「幸福です」と答えたという。それを見て世界がブータンを「世界一幸福な国」だと賞賛している。まだまだ国も国民も貧しく教育や文化も遅れているのに、ブータンの人びとは現状の暮らしに満足し、心やすらかに「幸せ」な日々を送っている。それはなぜなのか。

　ブータンは仏教国である。その仏教の教えが人びとの日常生活に大きな影響を与えているようだ。毎日時間に追われ、人より一歩でも先にと競争心むき出しの先進国の人びとと違って、彼らは他人とむやみに比べたり競争したりしない。彼らはいつも調和の心と謙虚な気持ちで欲望を抑え、質素に、そして穏やかな日々を送ることが何よりも「幸福」なことだと思っている。彼らの「幸福」の基準は我々とは全く異なるのだ。ブータンの人びとに教わることは多い。

B

　　日本の社会でより豊かに生きるためには、他人よりも抜きん出なければならない。他人に勝つことは難しいが一度抜きん出れば、周りからあの人は優秀だ、出来る人だと認められる。そのとき、人は勝ったという誇らしさで優越感を満足させられる。さらに気分も高揚し、心も満ち足りてきっと幸せな気持ちが生まれるだろう。

　　その幸せな気持ちすなわち「幸福」になることを夢見て、人びとは子供の時から入学試験を初めとして、あらゆる競争に打ち勝つことが求められる。大変だが、このことは決して否定されることではない。大いなる競争心を持って、他人に負けないように頑張ることは、自分にとって生きる上で大きな刺激となり活力ともなる。さらに自分の夢が公の社会で実現したとき生まれる優越感はまさに最高に達し、このときほど「幸福」を感じる時はないだろう。

　　まさに競争こそが自分にとっても社会にとっても絶対に必要な「幸福」を生む源である。

（注1）真摯：真面目で真剣な様子。

（注2）抜きん出る：人より断然優れていること。

（注3）高揚：高まり盛んになること。

62　幸福と宗教の関係について、Aではどのように述べているか。

1　日本人は宗教がないので、幸福を感じることができないと述べている。

2　ブータンも日本も、宗教と幸福感には何の関係もないと述べている。

3　日本人も昔は仏教を信じていたので幸福感を感じていたと述べている。

4　ブータンの人々の幸福感には、宗教の教えが影響を与えていると述べている。

63 幸福についての考え方について、AとBはどのように述べているか。

 1 Aは、金銭に対する欲望をおさえた貧しい生活こそ幸福だと述べ、Bは、自
   分で努力して豊かな生活を手に入れることこそ幸福だと述べている。

 2 Aは、他人と競争することなく心安らかに暮らすことこそ幸福だと述べ、B
   は、他人にも自分にも打ち勝って社会に認められることが幸福だと述べてい
   る。

 3 Aは、自分の幸せより人の幸せを優先させることが幸福だと述べ、Bは、あ
   らゆる競争に打ち勝つことが幸福だと述べている。

 4 AもBも、幸福とは感じるものであり、幸福だと思えば幸福だし、そうでな
   いと思えばそうでないのだと述べている。

問題 12　次の文章を読んで、後の問いに対する答えとして最もよいものを、1・2・
　　　　　3・4から一つ選びなさい。

　昨年（2015年）6月文部科学省が出した1つの通達が全国の国立大学に大きな衝
撃を与え、大学人はもとより、知識人やマスコミ等を巻き込み社会的な問題となっ
ている。

　通達によると、これからの国立大学は「世界的に優れた教育研究を行う」、「特
色ある分野の研究を進める」、「地域に貢献する」などの特色ある教育研究機関
として存在しなければならない。それ故、今後の人口の減少と社会からの要請に
応えるために現行の教員養成学部や人文・社会系学部は廃止ないし再編成を行う
ことが望ましいというわけだ。

　確かに、人口の動向から見て将来大学に入学する子弟の数が少なくなっていく
のは避けることができない。したがって各大学の教員養成体制も、大学の学部と
して今の形のままで存続させるのは難しいというのも納得出来る。

　また、大学の現状を見ると、人文・社会系の学問・研究分野で世界的な研究成
果を海外に発表するような論文も決して多くない。研究成果が形として現れる理系
に比べ、人文・社会系の研究は成果を上げるまでに研究対象の複雑さと長い時間
を必要とすること、言葉の制約等もありその成果を正しく世界的に評価すること
は非常に難しいとは言える。

　しかし、果たしてこれは日本の将来にとって的を射た提言と言えるのだろうか。
私が思うには、どうもこの通達の裏に人文・社会系学部の学問は理系学部の学問
と違って社会で役に立たないという社会一般の考え方があるように思える。確か
に工学や医学の学問研究は、比較的誰にも明白に見える形で成果を生み出すこと
が多い。それなら人文・社会系分野に進む学生のための学部よりも、産業社会に
即役立つ理系分野の学部を強化した方がいいという考えが出てくるのも当然かも
しれない。そうすれば大学は役に立つ技術者を、社会人を育てて欲しいという産
業社会からの強い要請にも応えることが出来る。

　だからと言って、私達はこのような意見をそのまま受け入れていいのだろうか。
よくないのだ。なぜなら人文系・社会系の学問で養われる知識や教養は、社会を

構成する一人一人の個人の知的水準を高め、物事の本質を捉える力となり、新たなる価値観を生むものだからである。さらに人が生きる上で絶対に必要な情緒を養い、理性を磨く基礎となる。人は決して一人では生きられない。それ故人文・社会系の学問は、私達の社会生活をよりよく生きるための人間社会に絶対不可欠の学問である。そしてそれは理系の学問で優れた成果を挙げるための基礎ともなる学問分野なのだ。

　短期間で成果を求める理系の学問だけを重視し人間そのものを見ない社会の未来は決して明るいものではないだろう。人文系・社会系を軽視してはならない。

（「文系学部廃止を考える―文系学部の再編成」による）

（注1）文部科学省：教育や科学技術などの事務を扱う中央官庁。

（注2）通達：上の役所からの知らせ。

（注3）再編成：組織しなおすこと。

（注4）理系：理科や数学の系統。対するものは「文系」。

（注5）的を射た：うまく要点を捉えた。うまく言い表した。

64 通達の要点はどのようなことだったか。

1　これからの国立大学は、特色ある分野の研究を進めるべきだ。

2　国立大学の研究は、その地域に貢献するものでなければならない。

3　今後の社会の要請に応えるために人文系の学部を更に充実させるべきだ。

4　今ある人文・社会系の学部は廃止したり編成し直したりするべきだ。

65 筆者は、通達について、どのように考えているか。

1　人文系・社会系の学問を軽視するのは間違っている。

2　人口が減少している現代においては、当然のことだ。

3　教員養成学部を今のままの形で存続させるべきだ。

4　人文・社会系の学問は、いずれなくなるだろう。

66 <u>このような意見</u>とは、どのような意見か。

1　研究成果が明白で社会の役に立つ理系分野の学部を強化したほうがよい。

2　人文・社会系の学部も理系分野の学部と並行して強化すべきである。

3　人文・社会系の学部を存続させるのは難しい。

4　人文・社会系の研究成果は、論文として海外に発表できない。

67 この文章中で筆者が述べていることはどれか。

1　人文・社会系の学部をこのまま存続させるためには、社会の一人一人の知的水準を高めなければならない。

2　産業社会にすぐに役立つ理系の学問を強化したほうがいいというのは納得できるが、時期的に早すぎるだろう。

3　人文・社会系の学問は、人が一人で生きるために不可欠なものであるので、ますます重要になるだろう。

4　人文・社会系の学問は人間社会に不可欠なものであり、また、理系の学問で優れた成果を挙げる基礎でもある。

問題13　右のページは女性の就業状態の推移を表したグラフである。下の問いに対
する答えとして最もよいものを1・2・3・4から一つ選びなさい。

68 グラフの説明として正しくないものはどれか。

1　平成19年と24年を比較すると、50代、60代の有業率は24年の方が高い。

2　平成19年、24年ともに有業率が最も高いのは20代後半の女性である。

3　平成19年の20代から40代の女性で最も有業率が低いのは30代前半である。

4　平成24年の20代から40代の女性で最も有業率が低いのは30代後半である。

69 平成24年に40代未満の有業率が19年を下回った年代はどれか。

1　10代後半と20代前半

2　10代後半と20代後半

3　20代前半と30代前半

4　20代前半と30代後半

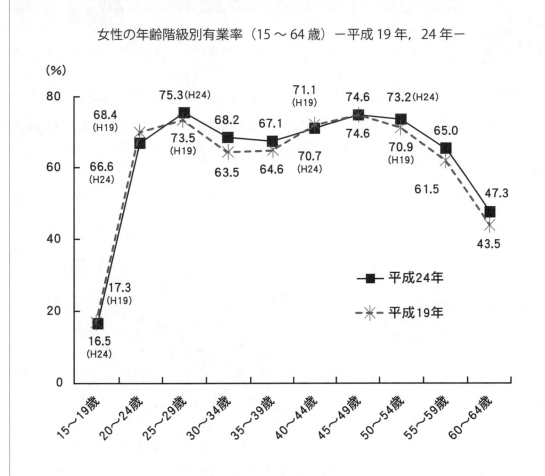

女性の年齢階級別有業率（15〜64歳）－平成19年，24年－

統計局ホームページ　2　女性の就業状況齢女性の年齢階級別有業率（15〜64歳）－平成19年，24年－
http://www.stat.go.jp/data/shugyou/topics/topi740.htm#ikuji

聴解

T1-1 ～ 1-9

もんだい
問題 1

　問題1では、まず質問を聞いてください。それから話を聞いて、問題用紙の1から4の中から、最もよいものを一つ選んでください。

例

1　タクシーに乗る
2　飲み物を買う
3　パーティに行く
4　ケーキを作る

1番

1 破れてしまった制服を縫う

2 ポスターを作る

3 親に制服リサイクルの趣旨を説明する

4 子どもたちにリサイクルについて説明をする

2番

1 自分に自信を持つこと

2 絶対にミスをしないこと

3 謙虚になること

4 仲間との協調性を大切にすること

3番

1　近い場所の予約をする
2　日帰りの旅行に申し込む
3　息子に帰国後のスケジュールを聞く
4　妻に息子の予定を聞く

4番

1　デパートに行く
2　洗濯物を片付ける
3　父親を駅に送る
4　ガソリンスタンドに行く

Check □1 □2 □3

5番

1 商品開発ができる仕事を探す

2 営業の仕事がしたいと上司に返事をする

3 食品関係の仕事を探す

4 マーケティングの仕事を探す

6番

1 地震の被害について論文を書く

2 地震の被害についてアンケート調査をする

3 地震で大きい被害が出た場所に行く

4 知人に調査への協力を頼む

Check ☐1 ☐2 ☐3

053

問題2

T1-10～1-19

問題2では、まず質問を聞いてください。そのあと、問題用紙のせんたくしを読んでください。読む時間があります。それから話を聞いて、問題用紙の1から4の中から最もよいものを一つ選んでください。

例

1 パソコンを使い過ぎたから

2 コーヒーを飲みすぎたから

3 部長の話が長かったから

4 会議室の椅子が柔らかすぎるから

1番<ruby>番<rt>ばん</rt></ruby>

1 <ruby>相手<rt>あいて</rt></ruby>の<ruby>男<rt>おとこ</rt></ruby>の<ruby>人<rt>ひと</rt></ruby>に<ruby>対<rt>たい</rt></ruby>して<ruby>申<rt>もう</rt></ruby>し<ruby>訳<rt>わけ</rt></ruby>ない

2 <ruby>杉本<rt>すぎもと</rt></ruby>さん<ruby>一人<rt>ひとり</rt></ruby>でこの<ruby>仕事<rt>しごと</rt></ruby>ができるか<ruby>心配<rt>しんぱい</rt></ruby>

3 <ruby>杉本<rt>すぎもと</rt></ruby>さんに<ruby>仕事<rt>しごと</rt></ruby>をさせるのはかわいそうだ

4 <ruby>相手<rt>あいて</rt></ruby>の<ruby>男<rt>おとこ</rt></ruby>の<ruby>人<rt>ひと</rt></ruby>に<ruby>不信感<rt>ふしんかん</rt></ruby>を<ruby>持<rt>も</rt></ruby>っている

2番<ruby>番<rt>ばん</rt></ruby>

1 <ruby>夫<rt>おっと</rt></ruby>が<ruby>帰<rt>かえ</rt></ruby>るのを<ruby>待<rt>ま</rt></ruby>っている

2 <ruby>息子<rt>むすこ</rt></ruby>が<ruby>帰<rt>かえ</rt></ruby>るのを<ruby>待<rt>ま</rt></ruby>っている

3 <ruby>管理会社<rt>かんりがいしゃ</rt></ruby>の<ruby>人<rt>ひと</rt></ruby>が<ruby>来<rt>く</rt></ruby>るのを<ruby>待<rt>ま</rt></ruby>っている

4 お<ruby>客<rt>きゃく</rt></ruby>が<ruby>来<rt>く</rt></ruby>るのを<ruby>待<rt>ま</rt></ruby>っている

3番

1 友達の夫
2 昔の同僚
3 昔の恋人
4 大学の先輩

4番

1 料理がまずかったこと
2 料理を間違えていたこと
3 態度が悪い店員がいたこと
4 料理が来るのが遅かったこと

5 番
ばん

1 コンビニ

2 美容院
びょういん

3 喫茶店
きっさてん

4 学習塾
がくしゅうじゅく

6 番
ばん

1 目的地まで歩く
もくてきち　　ある

2 反対側のバスに乗る
はんたいがわ　　　　　の

3 地下鉄の駅まで歩く
ちかてつ　えき　　ある

4 タクシーを呼ぶ
よ

7番<ruby>番<rt>ばん</rt></ruby>

1 <ruby>女子学生<rt>じょしがくせい</rt></ruby>の<ruby>本<rt>ほん</rt></ruby>を<ruby>借<rt>か</rt></ruby>りたい
2 <ruby>女子学生<rt>じょしがくせい</rt></ruby>が<ruby>参考<rt>さんこう</rt></ruby>にしたページのコピーを<ruby>見<rt>み</rt></ruby>せてほしい
3 <ruby>女子学生<rt>じょしがくせい</rt></ruby>にレポートを<ruby>書<rt>か</rt></ruby>いてほしい
4 <ruby>女子学生<rt>じょしがくせい</rt></ruby>の<ruby>出<rt>だ</rt></ruby>したレポートを<ruby>読<rt>よ</rt></ruby>ませてほしい

Check □1 □2 □3

もんだい
問題3

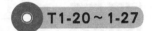

回數

1

2

3

　問題3では、問題用紙に何も印刷されていません。この問題は、全体としてどんな内容かを聞く問題です。話の前に質問はありません。まず話を聞いてください。それから、質問とせんたくしを聞いて、1から4の中から、最もよいものを一つ選んでください。

もんだい
問題4

T1-28～1-42

　問題4では、問題用紙に何も印刷されていません。まず文を聞いてください。それから、それに対する返事を聞いて、1から3の中から、最もよいものを一つ選んでください。

－メモ－

もんだい
問題 5

◉ T1-43 ～ 1-47

問題5では、長めの話を聞きます。この問題には練習がありません。

メモをとってもかまいません。

1番、2番

問題用紙に何も印刷されていません。まず話を聞いてください。それから、質問とせんたくしを聞いて、1から4の中から、最もよいものを一つ選んでください。

―メモ―

3番
<ruby>番<rt>ばん</rt></ruby>

まず<ruby>話<rt>はなし</rt></ruby>を<ruby>聞<rt>き</rt></ruby>いてください。それから、<ruby>二<rt>ふた</rt></ruby>つの<ruby>質問<rt>しつもん</rt></ruby>を<ruby>聞<rt>き</rt></ruby>いて、それぞれ<ruby>問題用紙<rt>もんだいようし</rt></ruby>の 1から4の<ruby>中<rt>なか</rt></ruby>から、<ruby>最<rt>もっと</rt></ruby>もよいものを<ruby>一<rt>ひと</rt></ruby>つ<ruby>選<rt>えら</rt></ruby>んでください。

質問1
<ruby>質問<rt>しつもん</rt></ruby>

1　<ruby>健康<rt>けんこう</rt></ruby>が<ruby>気<rt>き</rt></ruby>になるとき

2　<ruby>時間<rt>じかん</rt></ruby>がたっぷりあるとき

3　ゴルフをしているとき

4　<ruby>災害<rt>さいがい</rt></ruby>の<ruby>時<rt>とき</rt></ruby>

質問2
<ruby>質問<rt>しつもん</rt></ruby>

1　<ruby>自分<rt>じぶん</rt></ruby>にはあまり<ruby>役<rt>やく</rt></ruby>に<ruby>立<rt>た</rt></ruby>たないから<ruby>欲<rt>ほ</rt></ruby>しくない

2　<ruby>高<rt>たか</rt></ruby>いから<ruby>買<rt>か</rt></ruby>わない

3　<ruby>短時間<rt>たんじかん</rt></ruby>で<ruby>充電<rt>じゅうでん</rt></ruby>できれば<ruby>買<rt>か</rt></ruby>いたい

4　<ruby>将来<rt>しょうらい</rt></ruby>は<ruby>役<rt>やく</rt></ruby>に<ruby>立<rt>た</rt></ruby>つかもしれないが、<ruby>今<rt>いま</rt></ruby>はまだ<ruby>欲<rt>ほ</rt></ruby>しくない

Check □1 □2 □3

第 2 回

言語知識（文字・語彙）

問題1 ＿＿＿の言葉の読み方として最もよいものを、1・2・3・4から一つ選びなさい。

1 電気製品の寿命は 10 年といわれている。
　1　じゅめい　　　2　じゅうめい　　　3　じゅみょう　　　4　じゅうみょう

2 彼の話は建前ばかりで、本音がまるで見えてこない。
　1　たてさき　　　2　たてまえ　　　3　けんせん　　　4　けんぜん

3 彼は小さいころから、打てば響くような子でしたよ。
　1　ひびく　　　2　えがく　　　3　きずく　　　4　かがやく

4 セーターを手洗いしたら、縮んでしまった。
　1　からんで　　　2　はずんで　　　3　のぞんで　　　4　ちぢんで

5 景気回復の兆しが見えるというが、到底実感できない。
　1　ふかし　　　2　しるし　　　3　きざし　　　4　こころざし

6 料理人といっても、私なんて専ら皿洗いですよ。
　1　もっぱら　　　2　かたわら　　　3　やたら　　　4　ひたすら

問題2 （　　）に入れるのに最もよいものを、1・2・3・4から一つ選びなさい。

7 最近の詐欺は、（　　　）が実に巧妙だ。

1 手際　　　　　2 手順　　　　　3 手口　　　　　4 手取り

8 こんな器じゃ、せっかくの料理が（　　　）だよ。

1 あべこべ　　　2 由来　　　　　3 台無し　　　　4 色違い

9 電車の中で大声でけんかするなんて、（　　　）まねはやめろ。

1 みっともない　2 めざましい　　3 にくらしい　　4 そそっかしい

10 この地域は、戦争中、敵国の支配（　　　）にあった。

1 状　　　　　　2 下　　　　　　3 圏　　　　　　4 層

11 たまには授業を（　　　　）、映画でも見に行きたいな。

1 おしんで　　　2 まぎれて　　　3 はずして　　　4 サボって

12 30年続いた料理番組は、テレビ局の都合により、この秋で（　　　）こととなった。

1 打ち切られる　　　　　　　　　2 取り組まれる

3 受け止められる　　　　　　　　4 使い果たされる

13 どうしてもやるというなら、（　　　）君の責任においてやってくれ。

1 ろくに　　　　2 どうせ　　　　3 あくまで　　　　4 案の定

問題3 ＿＿＿の言葉に意味が最も近いものを1・2・3・4から一つ選びなさい。

回数

1

2

3

14 高速道路の建設は、この春着工の予定だ。

1 開始　　　　　2 開業　　　　　3 着陸　　　　　4 完了

15 母親は、冷たくなった子どもの身体をさすり続けた。

1 抱き　　　　　2 たたき　　　　3 こすり　　　　4 探し

16 現政権は、他よりまし、という理由で国民から支持されているそうだ。

1 だいぶ強い　　2 やや大きい　　3 とても速い　　4 少しよい

17 安価な農作物が海外から大量に輸入され、国産品は一段と売り上げを減らした。

1 すぐに　　　　2 ますます　　　3 いくらか　　　4 だんだん

18 開発された技術によって、長年にわたる問題はあっさり解決した。

1 すんなり　　　2 きっぱり　　　3 しっかり　　　4 てっきり

19 支払い期限は今日だから、よかったら立て替えておくよ。

1 直して　　　　2 預けて　　　　3 貸して　　　　4 整えて

問題4　次の言葉の使い方として最もよいものを、1・2・3・4から一つ選びなさい。

20 過労

1　長時間労働による社員の過労は、会社の責任だ。

2　この業界はどこも人手不足で、職員は毎日深夜まで過労している。

3　今回の件では、過労をおかけし、誠に申し訳ございません。

4　成功したければ、寝る間を惜しんで過労しなさい。

21 さっさと

1　宿題をさっさと片付けて、遊びに行こう。

2　どうぞ、熱いうちにさっさとお召し上がりください。

3　配布した資料は、次の会議までにさっさと目を通しておくこと。

4　ようやく渋滞を抜けて、車はさっさと動き始めた。

22 もれる

1　彼女の目から一粒の涙がもれた。

2　夜の間に、小屋からニワトリがもれたようだ。

3　顧客データが社外にもれてしまった。

4　口の周りにケチャップがもれているよ。

23 オーバー

1　先生の本を読んで、オーバーに感動しました。

2　オーケストラによるオーバーな音楽を楽しむ。

3　オーバーした表現はかえって心に響かないものだ。

4　彼は何でもオーバーに言うから、信用できない。

24 ほぼ

1　この番組は、子供からお年寄りまで、ほぼ人気がある。

2　20年ぶりの同窓会には、クラスのほぼ全員が集まった。

3　今朝、家の猫がほぼ4匹の子猫を産んだ。

4　来年の今頃は、君もほぼ大学生か。

25 溶け込む

1 先月転校してきた彼女は、もうすっかりクラスに溶け込んでいる。

2 春になって、溶け込むような天気の日が続いている。

3 雨水が靴の中まで溶け込んできて、気持ちが悪い。

4 公共料金の相次ぐ値上げから1年がたち、国民の生活はすっかり溶け込んだ。

言語知識（文法）

問題5 （　　）に入れるのに最もよいものを、1・2・3・4から一つ選びなさい。

26 あの遊園地のお化け屋敷は、（　　　　）泣き出す人が続出していると評判だ。
1　あまりに怖さで　　　　　　　　　　2　怖いのあまりで
3　怖さあまりに　　　　　　　　　　　4　あまりの怖さに

27 複雑な過去を持つこの主人公を演じられるのは、彼を（　　　）他にいない
だろう。
1　よそに　　　　　2　おいて　　　　3　もって　　　　4　限りに

28 戦争の悲惨さを後世に（　　　　）べく、体験記を出版する運びとなった。
1　伝わる　　　　　2　伝える　　　　3　伝えられる　　　4　伝わらない

29 子供（　　　）、帰れと言われてそのまま帰ってきたのか。
1　じゃあるまいし　　　　　　　　　　2　ともなると
3　いかんによらず　　　　　　　　　　4　ながらに

30 大成功とは言わないまでも、（　　　　）。
1　成功とは言い難い　　　　　　　　　2　もう二度と失敗できない
3　次に期待している　　　　　　　　　4　なかなかの出来だ

31 この薬の開発を待っている患者が全国にいるのだ。完成するまで1分（　　　）
無駄にはできない。
1　なり　　　　　　　　　　　　　　　2　かたがた
3　たりとも　　　　　　　　　　　　　4　もさることながら

32 転勤に当たり、部下が壮行会を開いてくれるそうで、（　　　）限りだ。
1　感謝する　　　　2　参加したい　　　3　嬉しい　　　　4　楽しみな

　　　　　　　　　　　　　　　　　　　　　Check □1 □2 □3

33 僕の先生は、頑固で意地悪、（　　　　）ケチだ。

　1　すなわち　　　　2　おまけに　　　　　3　ちなみに　　　　4　それゆえ

34 ボランティアの献身的な活動（　　　　）、この町の再建はなかったといえる。

　1　なくして　　　　2　をもって　　　　　3　をよそに　　　　4　といえども

35 私の過失ではないのに、彼と同じグループだという理由で、彼の起こした事
　　故の責任を（　　　　）。

　1　とられた　　　　2　とらせた　　　　　3　とらされた　　　　4　とられさせた

問題6 次の文の __★__ に入る最もよいものを、1・2・3・4から一つ選びなさい。

（問題例）

あそこで_____ _____ __★__ _____ は山田さんです。

1 テレビ　　2 見ている　　3 を　　4 人

（回答のしかた）

1. 正しい文はこうです。

> あそこで_____ _____ __★__ _____ は山田さんです。
>
> 1 テレビ　　　3 を　　　2 見ている　　　4 人

2. __★__ に入る番号を解答用紙にマークします。

（解答用紙）　　（例）① ● ③ ④

---

36 この病気は_____ _____ __★__ _____ 、毎日の生活習慣を改める必要があるのです。

1 という　　　2 治る　　　3 ものではなく　　4 薬を飲めば

37 個人商店ですから、売り上げ_____ _____ __★__ _____です。

1 月に100万　　　　　　2 せいぜい

3 といっても　　　　　　4 といったところ

38 _____ _____ __★__ _____、どの選手も緊張を隠せない様子だった。

1 とあって　　　　　　2 をかけた

3 試合　　　　　　　　4 オリンピック出場

39 彼が＿＿＿＿ ＿＿＿＿ ＿★＿＿ ＿＿＿＿なかった。

1　ことは　　　　　　　　　　2　までも

3　がっかりしている　　　　　4　見る

40 森君に関しては、成績が下がったこと＿＿＿＿ ＿＿＿＿ ＿★＿＿ ＿＿＿＿こと
が心配です。

1　最近　　　　　2　元気がない　　　3　まして　　　　4　にも

問題7　次の文章を読んで、文章全体の趣旨を踏まえて、 41 から 45 の中に
　　　　入る最もよいものを、1・2・3・4から一つ選びなさい。

暦(こよみ)

　　昔の暦は、自然と人々の暮らしとを結びつけるものであった。新月が満
ちて欠けるまでをひと月としたのが太陰暦、地球が太陽を一周する期間を 1
年とするのが太陽暦。その両方を組み合わせたものを太陰太陽暦(たいいんたいようれき)(旧暦)と
いった。

　　旧暦に基づけば、1 年に 11 日ほどのずれが生じる。それを 41 、数
年に一度、13 か月ある年を作っていた。 42-a 、そうすると、暦と実際の
季節がずれてしまい、生活上大変不便なことが生じる。 42-b 考え出された
のが「二十四節気」「七十二候」という区分である。二十四節気は、一年を
二十四等分に区切ったもの、つまり、約 15 日。「七十二候」は、それをさ
らに三等分にしたもので、 43-a 古代中国で 43-b ものである。七十二候の
方は、江戸時代に日本の暦学者(れきがくしゃ)によって、日本の気候風土に合うように改訂
されたものである。ちなみに「気候」という言葉は、「二十四節気」の「気」
と、「七十二候」の「候」が組み合わさって出来た言葉だそうである。

　　「二十四節気」「七十二候」によれば、例えば、春の第一節気は「立春(りっしゅん)」、
暦の上では春の始まりだ。その第 1 候は「東風(とうふう)氷を解く」、第 2 候は「うぐ
いすなく」、第 3 候は「魚(うお)氷に上(のぼ)る」という。どれも、短い言葉でその季節
の特徴をよく言い表している。

　　現在使われているのはグレゴリオ暦で、単に太陽暦(新暦)といっている。
　　この 44 では、例えば「3 月 5 日」のように、月と日にちを数字で表す
単純なものだが、たまに旧暦の「二十四節気」「七十二候」に目を向けてみ
て、自然に密着した(注3)日本人の生活や美意識を再認識してみたいものだ。それ
に、昔の人の知恵が、現代の生活に(注4) 45 とも限らない。

（注1）新月：陰暦で、月の初めに出る細い月。

（注2）江戸時代：1603 年〜1867 年。徳川幕府が政権を握っていた時代。

（注3）密着：ぴったりとくっついていること。

（注4）美意識：美しさを感じ取る感覚。

41

1 解決するのは 　　　　　　　　　　2 解決するために

3 解決しても 　　　　　　　　　　　4 解決しなければ

42

1 a それで／b しかし

2 a ところで／b つまり

3 a しかし／b そこで

4 a だが／b ところが

43

1 a もとは／b 組み合わせた

2 a 最近／b 考え出された

3 a 昔から／b 考えられる

4 a もともと／b 考え出された

44

1 旧暦 　　　　　　　　　　　　　　2 新月

3 新暦 　　　　　　　　　　　　　　4 太陰太陽暦

45

1 役に立たない 　　　　　　　　　　2 役に立つ

3 役に立たされる 　　　　　　　　　4 役に立つかもしれない

読解

問題8　次の (1) から (3) の文章を読んで、後の問いに対する答えとして最もよいもの
　　　　のを、1・2・3・4から一つ選びなさい。

(1)

　アクティブシニアという呼び方がある。多くは戦後すぐに生まれた団塊の世代^(注1)で、定年退職後も趣味など多くの活動に意欲的で、とても元気だ。戦後の大きな変化の中を生きてきただけあって新しいものを生み出す力も強く、従来のシニア像^(注2)を一新させた。

　ところで最近、国立機関による高齢者 14,000 人余りの 4 年にわたる追跡調査で、「幸福感や満足度など、前向きな感情を多く持つ人ほど認知症になるリスクが減る。」という研究結果が発表された。前向きな気持ちが行動や人との交流を活発^(注3)にして脳にいい刺激を与えるなら、アクティブシニアの老い方は超高齢社会を生き抜くための知恵なのかもしれない。

（注1）団塊の世代：戦後の 1947 年〜1949 年に生まれた第一次ベビーブームの世代。
（注2）シニア像：高齢者のイメージ。
（注3）認知症：さまざまな理由で脳の細胞が壊れるなどして、生活に支障が出る
　　　　　障害。

[46]　筆者の考えに合うのはどれか。
　1　超高齢化が進む中、前向きで活動的な団塊の世代が多いのはもっともなことだ。
　2　前向きな気持ちの人と交流することで、脳は活性化され、認知症が改善される。
　3　変化を楽しむ感情が行動を活発化させ、脳はより強い刺激を求めるようになる。
　4　戦後社会が豊かさを求め続けてきた結果、高齢者の幸福度や満足度が上がった。

(2)

　信号機のない円形交差点<u>ラウンドアバウト</u>が注目されている。これは、中央の円形地帯に沿った環状道路を車両が一方向に進んで目的の道へと抜け出る方式の交差点で、2013 年には日本でも長野県飯田市で、従来の信号機を撤去して導入された。

　交通量の多い都市部では機能しにくいが、正面衝突など重大事故のリスクや、信号待ちによる渋滞などが減る、災害時に停電しても交通に支障が出にくいなど、メリットは多い。

　ラウンドアバウトの設計には、交通量の把握、十分なスペースの確保、構造上の工夫など課題も多いが、今後さらなる普及が見込まれている。

47　「ラウンドアバウト」の説明として合うのはどれか。

1　中央の円形地帯の周囲で道路を交差させるため、信号機は従来より少なくて済む。

2　交通量によって利便性が制限されないため、全国各地で導入が可能である。

3　従来より安全性が高く、電力消費も抑えられるため、導入が増えそうである。

4　十分なスペースさえあれば設計は容易なため、郊外を中心に導入されている。

(3)

　村上春樹の作品は 40 を超える言語に翻訳され、アジアはもとより、アメリカ、ロシア、ヨーロッパなど海外でも人気が高い。2006 年には、優れた現代文学作家に与えられるフランツ・カフカ賞を受賞した。毎年ノーベル賞の季節になると文学賞の候補に挙げられるものの受賞を逸し、そのたびにかえって本が売れるというような現象が繰り返されている。

　もちろん一読して、「合わない」という人も少なくない。しかし、自分のためだけに書かれたというような思いを抱き、たちまち魅了されてハルキストとなる人は、新たな彼の作品に手を伸ばさずにはいられなくなる。それが日本国内だけ^(注)でなく、海外でも同じように起きているのである。

(注) ハルキスト：小説家村上春樹のファン。

---

48 「それ」は何を指しているか。

1　村上春樹の作品が、国内だけでなく海外の読者のためにも書かれているということ。

2　村上春樹の作品の世界に引き込まれて、彼の作品を読まずにいられなくなること。

3　村上春樹が毎年ノーベル賞候補に挙げられては、受賞を逃していること。

4　村上春樹の作品が多くの言語に翻訳され、海外でも人気を博していること。

問題9　次の (1) から (3) の文章を読んで、後の問いに対する答えとして最もよいも
　　　　のを、1・2・3・4から一つ選びなさい。

(1)

　昨年 (2015 年)、二人の日本人科学者がノーベル賞を受章した。そのうちの一人
が、ノーベル医学生理学賞の大村智^{おおむらさとし}さんである。

　大村さんは、地中の微生物が作り出す「エバーメクチン」^(注1)という化合物を見つ
け、それをもとに寄生虫病に効く薬を開発し、アフリカなどで寄生虫病に悩む多
くの人々を、失明の危険性^(注3)から救った。^(注2)

　大村さんは、会見で、「微生物の力で何か役に立つことができないかと考え続
けてきた。微生物がいいことをやってくれているのを頂いただけで、自分が偉い
仕事をしたとは思っていない。ノーベル賞を受賞するとは思っていなかったが、
今日ではこの病気のために失明する子どもはいない。多くの人々を救えたと思っ
ている。」と語った。

　大村さんは科学研究者であるだけでなく、いろいろな才能を持つ。ゴルフが好
きで、また、美術への造詣も深い。40 年以上にわたって絵画や陶器などを収集し、
そのコレクションを、故郷に自ら創立した美術館に寄付した^(注4)という。そんな大村
さんは「科学と芸術は創造と想像が不可欠で、根本は同じ。両者の融合が人類を
好ましい方向に導く。」と言っている。^(注5)

　そのほか、故郷山梨県の発展にも力を尽くしている。20 年前、「山梨科学アカ
デミー」を創立。そこで、多くの子どもたちが科学者たちの講義をうけてきたと
いう。

　よく、例えば「科学者ばか」とか「役者ばか」と言って、専門のこと以外何に
も知らない人がいるが、それでは、専門の分野についても底が浅いものになって
しまう。大村さんのように、多方面に興味や関心を持つことが出来る人こそ、専
門分野でも深い研究が出来るのかもしれない。

（注１）微生物：単細胞生物など、目には見えない非常に小さい生物。

（注２）寄生虫病：寄生虫（他の生物の体から栄養を取って生きる虫）による病気。

（注３）失明：目が見えなくなること。

（注４）造詣：知識が深く、優れていること。
ぞうけい

（注５）融合：一緒になってとけあうこと。

49 大村智さんは、どのような功績によりノーベル医学生理学賞を受賞したか。
おおむらさとし

1 地中から失明を防ぐ薬「エバーメクチン」を発見し、寄生虫病の人々を救った。

2 長年、地中にいる微生物を採集し、新しい微生物を発見した。

3 地中の微生物が作り出す化合物を発見し、それで寄生虫病に効く薬を開発
した。

4 「エバーメクチン」という微生物を発見して寄生虫病に効く薬を作った。

50 両者とは、何と何か。

1 創造と想像

2 科学と芸術

3 科学と想像

4 芸術と創造

51 筆者は、優秀な科学者である大村さんが美術などへの造詣も深いことに対し
て、どのように思っているか。

1 多方面にわたる知識が豊富だということは、才能に恵まれているというこ
とだ。

2 専門分野にのみ力をそそぐことで、もっと深い研究ができるのではないだろ
うか。

3 多方面において才能があるということは、すべてにおいて底が浅いというこ
とだ。

4 多方面に興味や関心を持つ人だからこそ、専門分野の研究が深いものになる
のだ。

Check □1 □2 □3

(2)

　「児童労働」とは、教育を受けるべき年齢の子ども(14、5歳まで)が教育を受けずに働くこと、及び、18歳未満の子どもが危険で有害な仕事をすることである。

　世界の子どもの9人に1人、1億6800万人が、児童労働に従事していると言われている。そのうち、子ども兵士や人身売買を含む危険・有害労働に従事する子どもは、なんと、8534万人にのぼるということである。(2013年ILO報告書による。^(注1)2012年において。)

　児童労働が多いのはアジアやアフリカで、アフリカでは、5人に1人の子どもが児童労働に従事している。どの産業でいちばん多く働いているかというと、「農林水産業」が58.6％で、コーヒーや紅茶、ゴム、タバコなどの農場で雇われている。次に「サービス業」が32.3％で、道路で物を売ったり、市場で物を運んだり、人の家で家事を手伝ったりして働いている。そして、縫製工場やマッチの製造工場工業で働いている「工業・製造業」が7.2％である。

　ほとんどの国が、児童労働を禁止する法律を持っているだけでなく、国際条約でも定義・禁止されている。1989年に国連で採択された「子どもの権利条約」には、18歳未満を「子ども」と定義すること、子どもには教育を受ける権利や、経済的搾取を含むあらゆる搾取や暴力、虐待から保護される権利があることなどを、54^(注2)の条文ではっきり記している。

　例えば、ガーナでは、カカオ農園で働く子どもの64％が14歳以下で、人身売買などで働かされていると指摘されたため、2002年、国際機関や民間の団体などが共同で児童労働予防プロジェクトを発足させ、日本のNPO法人なども支援^(注3)している。

　このような努力の結果、児童労働は年々減少しているとは言え、世界的に見ればまだ多くの子どもたちが労働を強いられている。企業が海外に進出し、輸入に頼っている日本も世界の児童労働と無関係ではない。企業が利益のためにコストを削減すれば、そのしわ寄せは途上国の生産者が受けることになり、果ては子どもが働^(注4)　　　^(注5)かされることになるからだ。

　チョコレートの向こうには、カカオ農園で働かされているガーナの子どもたちがいることを私たちは忘れてはならない。

（『世界の児童労働』による）

（注１）人身売買：人間をお金で売り買いすること。

（注２）搾取：労働者の利益などを独り占めすること。

（注３）NPO 法人：利益を目的としない法人で、福祉的な活動をする。

（注４）しわ寄せ：無理や矛盾の悪い影響が他に及ぶこと。

（注５）途上国：発展の途中にある国。

52 「児童労働」について、間違っているのはどれか。

1　義務教育を受けながら働くこと。

2　子どもが危険・有害な仕事をすること。

3　2012 年には、世界の子どもの９人に１人が児童労働に従事している。

4　児童労働が多いのは、アジアやアフリカである。

53 児童労働が最も多いのはどの産業か。

1　サービス業

2　農林水産業

3　工業・製造業

4　土木・建設業

54 筆者は、児童労働と日本の関係についてどのように考えているか。

1　児童労働についての法律が整っている日本は、児童労働とは関係がない。

2　日本企業が海外に進出することで途上国の児童労働を増やしている。

3　日本企業の姿勢が途上国の児童労働を増やす結果となっていることもある。

4　日本の NPO 法人などの活動の結果、世界の児童労働は激減している。

(3)

　「貧困の連鎖」が心配されている。生活が苦しい家庭の子どもは、進学のため
の塾に行くことや、必要な本を買うことができず、十分な教育を受けることがで
きない。その結果、卒業しても待遇がよくない企業に就職することになり、結婚
しても貧困家庭を作ることになってしまうのだ。

　このような問題に対して、自治体での取り組みが始まっている。滋賀県の野洲市
では、母子家庭などの貧困家庭の子どもに勉強を教える仕組みを作り、連鎖を断
ち切ることを目指している。無料で学べる中学生の塾を作ったのだ。先生は、大
学生や現場の教員だ。

　お腹がすいていたら勉強ができないだろうということで、ボランティアの女性
を募集。塾の日には簡単なおやつを作って中学生に食べさせる。費用をどうする
かが問題になったが、地元の農業青年団が、米を寄付してくれることになった。
塾に入ることができるのは、母子家庭を中心に、児童扶養手当を受けている市内
の中学生である。

　また、2015 年 6 月に発足した「子どもの貧困対策センター・あすのば」の若者
たちは、貧困家庭の子どもたちのために募金活動を始めた。目標は来年春までに
600 万円。それを全国の 160 人の子供たちに 3 ～ 5 万円ずつ送るという計画だっ
たが、この 3 月の時点で、目標を上回る 756 万円の寄付が集まったということだ。

　政府も、寄付や募金を集めて「子供の未来応援基金」をつくり、貧困対策に取
り組む計画だという。しかし、なぜ、政府が「寄付や募金」に頼らなくてはなら
ないのか。

　日本の将来にとって最も大切な子どもの教育がおろそかにされているような気
がしてならない。

（『貧困の連鎖』による）

（注1）連鎖：鎖のように、同じことがつながること。

（注2）児童扶養手当：一人親家庭などの児童のために自治体が支給するお金。

55 「貧困の連鎖」とはどういうことか。

1 貧困家庭の子どもが親になって、また貧困家庭を作ること。

2 貧しい家庭の子どもは、大人になっても相変わらず貧しいということ。

3 生活が貧しい家庭の子どもは待遇が悪い企業に就職することが多いこと。

4 貧困家庭の子どもは、十分な教育を受けることができないこと。

56 無料で学べる中学生の塾は、どのような人のどんな協力によってなされたかについて、本文で書かれていないものはどれか。

1 大学生や現場の教員が塾の先生を引き受けた。

2 ボランティアの女性が塾に来る中学生のおやつを作った。

3 地元の青年団がおやつに使う米を寄付してくれた。

4 市内の青年たちが貧困家庭の子どもたちのために募金活動をした。

57 筆者が本文で最も言いたいことは何か。

1 貧困の連鎖を断ち切るためには、自治体や民間の協力が必要だ。

2 貧困対策として政府が寄付や募金を集めるのはよいことだ。

3 大切な子どもの未来のために、もっと国の予算を使うべきだ。

4 貧困対策として寄付や募金に頼るのは、限りがある。

問題10　次の文章を読んで、後の問いに対する答えとして最もよいものを、1・2・3・4から一つ選びなさい。

　読書の大切さについては、いまさら言うまでもないだろう。昔から哲学者のショウペンハウエルや小説家の丸谷オ一が、また最近では評論家の松岡正剛や内田樹など内外の多くの識者が読書の効用について述べている。読書は知識を得るために、教養を身に付けるために、よりよく生きるために、そして楽しむために、まさに誰もが手軽に取り組むことが出来る最良のものである。

　だからと言って、読書はどんな本でもただ読めばいいというものではない。特に学術書や専門書の場合、読む前に自分は何のために読むのかという目的を確認することだ。今から読もうとしている本は自分の目的に合う本なのか、果たして自分が選んだ本が真に読むに値する本なのかを知る必要がある。そのために、①著者はどんな経歴の人なのか、この本の他にどんな本を書いているのか、その本はいつ発行されたのか等を調べた方がよい。

　そして、書評や周囲の意見などを参考にして読む本が決まったら、実際に読書に取りかかる前に②幾つかの準備作業をすることが大切である。まず本を開き、目次と前書きや後書きに目を通し、本書で著者はどんなことを言おうとしているかを知ることである。なぜなら、そこにはこの本が書かれた理由が必ず述べられているからである。そして出来たら章の見出しや興味が持てそうな本文の短い一章でも目を通すのがよい。

　読書に入る前に十分な準備作業をして取り掛かれば、実際に読み終わった後、本の内容を表面だけの理解にとどまらず、著者の主張を真に生きたものとして吸収出来るようになるだろう。

　このように、本と真剣に対峙する姿勢があれば、結果として語彙や知識が増え、考える力が自分のものになる。さらにこの読書で得た情報や知識を活用することにより表現力も養われる。表現力が豊かになれば、他人と協調して物を見ることや考えることも出来るようになる。他人と協調出来れば、期せずして良好な人間関係を築くことにも繋がっていくのである。

　また、読書を通して自分と向き合うことは、自分を高めるだけでなく想像力、発想力を養うことにも役立ち、新たな自己発展のヒントも得られ、未知の新たな世界へ旅立つきっかけも与えてくれる。

　このように見てくると、読書は自分の学ぶ姿勢によって知識だけでない新たな道を開き、人生を楽しむ最高の手引きともなる。改めて読書がいかに多くの効用を生み出すかに驚くだろう。③読書の効用は限りなく大きいと言える。

（池永陽一『読書の効用』による）

（注1）識者：知識が深く、物事を判断する力が優れている人。知識人。

（注2）効用：効果。

（注3）前書き・後書き：書物の前と後に書かれている文章。

（注4）対峙：向き合うこと。

58 学術書や専門書を読む場合、まず、しなければならないのはどんなことか。

1　その本についての評判を聞いておくこと。

2　自分がその本を読む目的を確かめておくこと。

3　著者の主張や考えを書評からとらえておくこと。

4　著者が有名な人かどうかを確認すること。

59 ①著者はどんな経歴の人なのか、この本の他にどんな本を書いているのか、その本はいつ発行されたのか等を調べたほうがいいのは何のためか。

1　選んだ本が最近書かれた新しい本であるかどうかを知るため。

2　選んだ本の著者が多くの著書がある偉い人であるかどうかを知るため。

3　選んだ本が自分の目的に合い、読む価値があるかどうかを知るため。

4　選んだ本の著者が自分と同年代の人であるかどうかを知るため。

60 読む本が決まったら、読み始める前に②幾つかの準備作業をすることが大切であると書かれているが、そうすることで、読書後、どのような効果があるか。

1 内容の表面的な理解だけでなく、著者の主張を真に吸収できる。

2 著者の主張をあらかじめ知ることで、自分の主張と比べることができる。

3 著者が前書きで述べたことと後書きで述べたことを比較できる。

4 自分がこの本を選んだのが本当に正しかったかどうかわかる。

61 筆者は③読書の効用は限りなく大きいと述べているが、それは、どのような読書について言えることか。

1 手当たり次第にどんな本でも読むことで、語彙や知識が増えるような読書。

2 本と真剣に向き合うことを通じて自分を高め、新たな道を開くきっかけともなるような読書。

3 自分に興味のない分野の本を読むことで、広い知識を得ることができるような読書。

4 気軽に本と向き合うことを通じて、教養を身に付け人生を楽しむことができるような読書。

問題11　次のＡとＢは、早期教育についてのＡとＢの意見である。後の問いに対す
　　　　る答えとして最もよいものを、1・2・3・4から一つ選びなさい。

A

　子供が3、4歳ぐらいになると、先を争うかのようにピアノや英語など色々の習い事を子供にやらせ始める親は多い。確かに音楽や絵画などの芸術分野や各種のスポーツ、英語などは、なるべく早い時期から始める方が、後で始めた子供よりも上達が早いようである。

　子供を早くから専門的な指導者の下で教育すると、子供の脳の働き、特に右脳の発達が促進され、直観的、空間的な認識が必要とされる芸術やスポーツなどで特に目覚ましい成果が見られるという。そこで早期教育は多少親からの強制^(注1)であっても、教育の最中に子供が興味を覚え、やる気も出てくればその後の各種の技能の習得にも大きな力となる。

　早期教育が子供の成長・発達に大いに役立つことを知れば、親ならば誰もが子供のための習い事は出来るだけ早くから始めたいと思うのは当然のことである。

B

　果たして子供の早期教育は、いいことばかりであろうか。世阿弥(ぜあみ)の有名な『花伝書』(かでんしょ)のなかに「芸に於いて、大方(おおかた)七歳をもてはじめとす。さのみに、善し悪しきとは教ふべからず。あまりにいたく諫(いさ)れば　気を失いて、能ものぐさくなり」(注2)とあるように、「教えることは7歳から始めても、いいとか、悪いとかは教えてはいけない。期待するあまりひどく怒ったりすれば、子供はやる気を失い、いい加減になってしまう」と言っているほどである。

　早期教育は子供からの自発的(注3)なものでないため、ともすれば子供は受け身とならざるを得ず、また親の過度の期待が子供の発達段階を越える押し付けにもなる。さらに親から他の人よりも「早く、上手に、正しく」と競争させられることで習い事がいやになったりして興味を失くしかねない。そしてまた、本来の自由な子供らしさが失われ、子供の心が傷ついてしまうかもしれない。このように見てくると早期教育にはかなり問題が多いと言える。

（注1）目覚しい：目に見えて素晴らしい。

（注2）さのみに：それだけで。

（注3）自発的：自分から進んでする様子。

62　ＡとＢは、早期教育について、どのような観点から見ているか。

　1　ＡもＢも、早期教育の是非について述べている。

　2　ＡもＢも、早期教育における親の役割について述べている。

　3　ＡもＢも、早期教育のもたらす弊害について述べている。

　4　ＡもＢも、早期教育をした結果を報告している。

63 早期教育について、AとBはどのように述べているか。

1 Aは、専門的な指導者のもとで早期教育をすれば効果があると述べ、Bは、子供に競争させてでも早期教育をすべきだと述べている。

2 Aは、子供にやる気があればなるべく小さいうちに早期教育をしたほうがいいと述べ、Bは、早期教育は子供らしさをなくすものだと述べている。

3 Aは、子供のためには早期教育をすべきだと述べ、Bは、早期教育はよいとばかりは言えず、いろいろな弊害があると述べている。

4 Aは、早期教育をするのは親として当然の義務であると述べ、Bは、早期教育は、むしろ子供をいい加減な性格にしてしまうと述べている。

Check □1 □2 □3

問題 12　次の文章を読んで、後の問いに対する答えとして最もよいものを、1・2・
　　　　　3・4から一つ選びなさい。

　毎年、桜咲く 4 月になると、日本のあちこちで入学式が行われる。高レベルの
難しい入学試験を乗り越えた明るい笑顔の新入生たちはキラキラと目を輝かせ、
何の悩みもなく幸せそのもののように見える。

　しかし、彼等の笑顔の前には、実は見過ごすことの出来ない厳しい社会の現実
が待ち受けている。彼等がここまで来るために親が費やした費用は、塾の費用を
初めとして半端ではない。それは全て子を思う親心あればこそなのだが、これで
終わりではない。子供にとっても親にとっても入学は、これまで以上の出費を伴
う新たなる出発なのだ。決して安くない入学料と授業料、学生生活を送るための
生活費や住居費など、これからの何年間にも渡って多額の出費が必要となる。

　これを賄える高額収入の家庭だったら問題は少ないかもしれないが、現在の厳
しい社会状況では、入学後の経済負担は大変なものだ。最近の調査によると、親
元を離れて学生生活を送る子供に、ひと頃月 8 万円を超えていた仕送りも現在で
は月平均 6 万 8 千円程度しかなく、これでは授業料だけで精一杯で、住居費、食
費等の生活費まではとても賄いきれない。

　そこで学生は仕方なくアルバイトをして生活費を稼ぐ必要に迫られる。でも少々
のアルバイトの収入では、とても補えるものではない。授業を捨てて長時間のア
ルバイトに精を出せば、本来の学業がおろそかになる。実際どんな優秀な学生で
も、他からの経済的援助を受けられなければ学業を諦めざるを得ない。

　そこで学生が頼らざるを得ないのが奨学金である。現在 2 人に 1 人が奨学金に
頼って大学生活を送っており、日本学生支援機構によると、2014 年度の奨学金
利用者は 141 万人で、その奨学金の多くが卒業したら返還することを前提とした
貸与型である。つまり、運よく奨学金を貰えて卒業出来ても厳しい取り立てが待っ
(注1)
ているのだ。思うように就職が出来ないとか、賃金が低いとか、病気とかで、返
済を 3 か月以上延滞している人は 17 万人もいるという。毎月の返還が出来ない者
がそれだけ多いということは、卒業後に降りかかる現実が予想以上に厳しい状況
にあるということだ。

　そもそも奨学金は、本来我われの国の将来を担う人物を育てるために役立てるべきものである。それも意欲ある優秀な学生なら誰にもただで支給され、返還義務のない給付型であるべきものである。現在のような貸与型の奨学金は単なる貸付金^(注2)に過ぎず、とうてい奨学金とは言えない。米英独などの諸外国と比べても日本の奨学金制度はあまりにも不十分である。入学時キラキラした目を輝かせた学生たちが、お金の心配なく勉学に専心^(注3)できるような国を挙げての奨学金制度を早急に作り直さなければならない。

（「奨学金問題を考える」による）

（注1）貸与型：返してもらうことを前提として貸すタイプ。
（注2）貸付金：貸すお金。
（注3）専心：目的に向かって、ひたすら突き進むこと。

---

64 半端ではないとは、ここではどういうことか。

1　多いとも少ないとも言えないということ。

2　よくわからないということ。

3　とても多いということ。

4　だんだん増えているということ。

65 親元を離れて学生生活を送る子供に対する仕送りがひところより減ったということは、どのようなことを表しているか。

1　学校生活にかかる費用が減ってきているということ。

2　社会の経済的状況が厳しくなってきているということ。

3　授業料や入学金が高くなったということ。

4　親の生活費が高くなったということ。

66 筆者は、奨学金についてどのように考えているか。

1　貸与型でもいいので、返還期間を長くするべきだ。

2　卒業後の返還を無利子にするべきだ。

3　全て変換する義務がない給付型にするべきだ。

4　貸与型のままで、取立てを厳しくするべきだ。

67 この文章で筆者が言いたいのはどんなことか。

1　学生がお金の心配なく勉強できるように、親からの仕送りを多くするべきである。

2　若者たちがアルバイトなどしないで勉学に専心できるように、大学の授業料を無料にするべきである。

3　国の援助などに頼らず、若者はもっと自立した学生生活を目指すべきである。

4　国の将来を担う若者たちが勉学に専心できるように、奨学金制度を至急作り直すべきである。

問題 13　右のページは書道教室からのメールである。下の問いに対する答えとして
　　　　最もよいものを1・2・3・4から一つ選びなさい。

68 メールの件名として正しいものはどれか。

　1　展示会のお知らせ

　2　新年会のお知らせ

　3　情報交換会のお知らせ

　4　書道教室のお知らせ

69 メールに書いていないことは、次のうちのどれか。

　1　一年に一度のチャンスなのでぜひ参加してほしい。

　2　新年会に出席できるかどうかを書いて返信してほしい。

　3　出席する場合、乾杯の飲み物を選んでほしい。

　4　銀座教室にあるお茶をおみやげとして持って帰ってほしい。

宛先 http://www.bibo.com
件名

書道教室会員の皆様

今年もはや12月となりました。

毎年多数の方々にご参加いただいております書道教室新年親睦会を、下記のとおり開催いたします。

ぜひご一緒に会食をしながら、おしゃべりや情報交換を楽しみましょう。

年に一度顔合わせができる貴重な機会ですので、ぜひご出席くださいますよう、お願い申し上げます。

なお、新年会の後、銀座教室にてお茶の用意をいたしますので、あわせてご参加いただければ幸いです。

..................................記..................................

日時 平成28年　1月24（日）　午後13時〜14時半頃

会費 3,000円（乾杯の飲み物代含む）
＊2杯目以降は、各自注文してください。

場所 白菊 (日本料理)
中央区銀座2-18-12 ワラクビル101
TEL(03)xxxx－5511
地図　www://xxxx.xxxxxxxx

＊ご出欠を下記にご記入の上12月23日迄にinfo@waraku.xxxへご返信ください。

＊1月20日以降のキャンセルにつきましては会費全額をいただく場合がありますのでお気をつけください。

平成27年　師走
スタッフ一同

- -

お名前＿＿＿＿＿＿＿＿＿＿＿＿＿＿＿＿

★　1月24日（日）の　新年会に
　　□出席　　　　　□欠席　　　　します。

　　なお、ご出席の方は、乾杯のお飲物をお選びください。

★　お飲物：□ ビール
　　　　　　□ ソフトドリンク（ウーロン茶、ジンジャエール、リンゴジュース）

聴解

もんだい
問題 1

問題 1 では、まず質問を聞いてください。それから話を聞いて、問題用紙の 1 から 4 の中から、最もよいものを一つ選んでください。

れい
例

1 タクシーに乗る

2 飲み物を買う

3 パーティに行く

4 ケーキを作る

Check ☐1 ☐2 ☐3

1番

1 イラストの修整をする
2 イラストを課長に送る
3 会議の報告書を部長に送る
4 香港に出発する

2番

1 昼ご飯を食べる
2 電車に乗って市内に行く
3 博物館に行く
4 ラーメン屋を探す

3番

1 男の人が失礼だから

2 引っ越し料金が高いから

3 希望の時間に予約できないから

4 男の人がうそをついたから

4番

1 傘を買う

2 図書館へ行く

3 女子学生を待つ

4 女子学生に傘を借りる

　　　　　　　　　　　　　　Check □1 □2 □3

5番

1　薬を飲みながらしばらく様子をみる
2　薬を飲んでから検査を受ける
3　すぐ総合病院に行く
4　仕事を休んで禁酒、禁煙する

6番

1　スキー靴と靴下
2　手袋と靴下
3　靴下とスキーパンツ
4　帽子とスキーパンツ

もんだい
問題 2

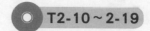

問題 2 では、まず質問を聞いてください。そのあと、問題用紙のせんたくしを読んでください。読む時間があります。それから話を聞いて、問題用紙の 1 から 4 の中から最もよいものを一つ選んでください。

例

1　パソコンを使い過ぎたから

2　コーヒーを飲みすぎたから

3　部長の話が長かったから

4　会議室の椅子が柔らかすぎるから

1番
<ruby>ばん<rt></rt></ruby>

1　元同僚が活躍していたから

2　期待していた契約ができないことがわかったから

3　元同僚に失礼なことを言われたから

4　契約したかった会社の担当者に会えなかったから

2番

1　時代ものに感動した

2　悲しい話ばかりだった

3　よく理解できたのでおもしろかった

4　内容がよくわからなかった

3番

1 帰りの電車がなくなりそうだから
2 出張が増えるから
3 仕事が増えるから
4 男の人がまじめに仕事をしないから

4番

1 京都
2 鎌倉
3 日光
4 広島

Check □1 □2 □3

5番

1 宴会に行けなかったから

2 早く酔っぱらったから

3 宴会の途中で帰ったから

4 料理がおいしい店を選んだから

6番

1 どんな場所でも早く話せるようにすること

2 ふだんから人と多く接するように心がけること

3 パソコンのソフトを使いこなすこと

4 説明する準備と練習を十分行うこと

7 番
ばん

1 日本語学校の欠席が多かったから
にほんごがっこう　けっせき　おお

2 志望理由がはっきりしないから
しぼうりゆう

3 学校のことをよく知らなかったから
がっこう　　　　　　し

4 緊張しすぎていたから
きんちょう

もんだい
問題3

T2-20 ～ 2-27

　問題3では、問題用紙に何も印刷されていません。この問題は、全体としてどんな内容かを聞く問題です。話の前に質問はありません。まず話を聞いてください。それから、質問とせんたくしを聞いて、1から4の中から、最もよいものを一つ選んでください。

聴
解

もんだい
問題 4

T2-28 〜 2-42

問題4では、問題用紙に何も印刷されていません。まず文を聞いてください。それから、それに対する返事を聞いて、1から3の中から、最もよいものを一つ選んでください。

―メモ―

Check □1 □2 □3

もんだい
問題 5

T2-43 ～ 2-47

問題 5 では、長めの話を聞きます。この問題には練習はありません。

メモをとってもかまいません。

1番、2番

問題用紙に何も印刷されていません。まず話を聞いてください。それから、質問とせんたくしを聞いて、1 から 4 の中から、最もよいものを一つ選んでください。

―メモ―

3番

まず話を聞いてください。それから、二つの質問を聞いて、それぞれ問題用紙の1から4の中から、最もよいものを一つ選んでください。

質問1

1 法律的に正しいのはどちらか裁判で決める

2 トラブルが起きたらすぐにコミュニケーションを図る

3 早めに第三者に判断してもらうように努力する

4 今後も付き合いがあることを忘れず、まずよく話し合う

質問2

1 不愛想でぶっきらぼうなので付き合いにくい

2 世話好きで親切なので感謝している

3 子どもに厳しい人だが尊敬できる

4 口うるさい人なのでなるべく距離を置きたい

第３回

言語知識（文字・語彙）

問題1 ＿＿＿の言葉の読み方として最もよいものを、1・2・3・4から一つ選びなさい。

1 選挙が正しく行われるためには、制度の是正が不可欠だ。
　1 ていせい　　　　2 だいせい　　　　3 しょうせい　　　　4 ぜせい

2 山に響く不気味な音の正体は、噴火による爆発だった。
　1 ふぎみ　　　　2 ふきみ　　　　3 ぶぎみ　　　　4 ぶきみ

3 両親は小さな雑貨屋を営んでいます。
　1 いとなんで　　2 いどんで　　　3 つつしんで　　　4 あゆんで

4 船から下をのぞくと、海底が透き通って見えた。
　1 すきとおって　　　　　　　　2 ひきとおって
　3 ときとおって　　　　　　　　4 いきとおって

5 運がよければ、と淡い期待を抱いていたが、結果は厳しいものだった。
　1 あらい　　　　2 ゆるい　　　　3 うすい　　　　4 あわい

6 データの値をコンピュータに入力する仕事をしています。
　1 わざ　　　　　2 ふだ　　　　　3 あたい　　　　4 おつり

問題2 （　　）に入れるのに最もよいものを、1・2・3・4から一つ選びなさい。

7 企業はもっと利益を社会に（　　　）すべきだ。

1　回収　　　　　2　出資　　　　　3　譲歩　　　　　4　還元

8 住民の（　　　）は、ゴミ処理場の移転に反対している。

1　最大数　　　　2　多大数　　　　3　大多数　　　　4　超過数

9 A：あなたは世界一美しい。

B：そんな（　　　）には騙されないわよ。

1　お世辞　　　　2　愚痴　　　　　3　お説教　　　　4　お節介

10 部下からは頼られ、上司からは期待される。課長という（　　　）は辛いよ。

1　プレゼン　　　2　ポジション　　3　レギュラー　　4　エリート

11 A社の倒産が噂されている。A社との共同事業からは（　　　）を引くべきだ。

1　手　　　　　　2　足　　　　　　3　腰　　　　　　4　頭

12 薬局へ行くなら、（　　　）シャンプー買ってきて。

1　ひいては　　　2　ついでに　　　3　そもそも　　　4　てっきり

13 私の言い方が気に（　　　）ら、ごめんなさい。

1　やんだ　　　　2　かかった　　　3　さわった　　　4　しみた

問題3　＿＿＿の言葉に意味が最も近いものを1・2・3・4から一つ選びなさい。

14　退職してからは、植木の手入れをするのが父の日課です。

　　1　購入　　　　　　2　処分　　　　　　3　分担　　　　　4　世話

15　映像を見て、子どもの頃の記憶が一挙に蘇った。

　　1　ようやく　　　　2　一度に　　　　　3　素早く　　　　4　簡単に

16　絶対安静のため、家族以外の面会は控えてください。

　　1　やめて　　　　　2　ことわって　　　3　待って　　　　4　延期して

17　団体旅行ですので、勝手な行動は謹んでください。

　　1　わがままな　　　2　一人だけの　　　3　別方向の　　　4　危険な

18　実際に営業部を仕切っているのは、部長じゃなくて鈴木主任らしいよ。

　　1　紹介して　　　　2　昇進して　　　　3　まとめて　　　　4　進めて

19　責任者としては、この企画を投げ出すことはできない。

　　1　断る　　　　　　2　他の人に頼む　　3　安く売る　　　4　途中でやめる

問題4 次の言葉の使い方として最もよいものを、1・2・3・4から一つ選びなさい。

20 順調

1 問題は全部で5問あります。1番から5番まで順調に答えてください。

2 新製品は順調に売り上げを伸ばしている。

3 景気の悪化に伴い、失業者数は順調に増加している。

4 この湖には、水を求めて野性のシカが順調に集まってくる。

21 重んじる

1 我が校には、個性を重んじる伝統がある。

2 未成年者の犯罪は、近年重んじる傾向にある。

3 無理をしたので、腰痛が重んじてしまった。

4 たくさんの失敗を重んじて、人は成長する。

22 費やす

1 子供の教育のため、無理をしてでも学費を費やす親は多い。

2 大学の寮で暮らしていた頃は、友人たちと有意義な時間を費やしたものだ。

3 新薬の開発に、莫大な費用を費やした。

4 ダムの建設には、多くの作業員を費やした。

23 きっかり

1 この車は小さいから、4人乗ったらきっかりだ。

2 会議は10時きっかりに始められた。

3 この料理には赤ワインがきっかりですね。

4 彼女はいつもきっかりした服装をしている。

24 取り組む

1 会社のお金をこっそり取り組んだのが知られ、首になった。

2 この村では、毎年秋に盛大な収穫祭が取り組まれる。

3 息子は、学校が休みの日は、朝から晩までゲームに取り組んでいる。

4 ボランティアで、被災地の支援活動に取り組んでいます。

25 引き返す

1　家を出てから忘れものに気づいて、<u>引き返した</u>。

2　問い合わせの電話があったので、すぐに調べて<u>引き返した</u>。

3　意地悪をされたので、倍にして<u>引き返して</u>やった。

4　このチケットは 1000 円相当の品物と<u>引き返す</u>ことができます。

文法

問題5（　　）に入れるのに最もよいものを、1・2・3・4から一つ選びなさい。

26 「母は強し」というが、守るものができる（　　　）、人は強くなるものだ。
　　1　と　　　　　　　2　には　　　　　　　3　とは　　　　　　　4　ゆえ

27 体の温まる味噌味の鍋は、寒さの厳しい北海道（　　　）の郷土料理です。
　　1　ばかり　　　　　2　ならでは　　　　　3　なり　　　　　　　4　あって

28 高校で国語の教師をする（　　　）、文芸雑誌にコラムを連載している。
　　1　かたわら　　　　2　そばから　　　　　3　からには　　　　　4　ともなく

29 今さら後悔した（　　　）、事態は何も変わらないよ。
　　1　ことで　　　　　2　もので　　　　　　3　ところで　　　　　4　わけで

30 遅刻厳禁と言った手前、（　　　）。
　　1　私が遅れるわけにはいかない　　　　　2　10分遅れてしまった
　　3　みんな早く来るだろう　　　　　　　　4　早めに家を出てください

31 （　　　）ともなると、母親の言うことなんか、全然聞かないですよ。
　　1　子供　　　　　　2　男の子　　　　　　3　息子　　　　　　　4　中学生

32 多くの犠牲者が出る（　　　）、国はようやく法律の改正に動き出した。
　　1　べく　　　　　　2　に至って　　　　　3　をもって　　　　　4　ようでは

33 移民の中には、学ぶ機会を与えられず、自分の名前（　　　）書けない者もいた。
　　1　だに　　　　　　2　こそ　　　　　　　3　きり　　　　　　　4　すら

34 なんとか入賞することはできたが、コンクールでの私の演奏は、満足（　　　）
　　ものではなかった。
　　1　に足る　　　　　2　に堪える　　　　　3　に得る　　　　　　4　による

35 この店は、本場の中華料理を（　　　　　）。

1　食べさせられる　　　　　　　2　食べさせてもらう

3　食べさせてくれる　　　　　　4　食べられてくれる

問題6　次の文の　★　に入る最もよいものを、1・2・3・4から一つ選びなさい。

（問題例）

あそこで＿＿＿　＿＿＿　★＿　＿＿＿　は山田さんです。

1　テレビ　　　2　見ている　　3　を　　4　人

（回答のしかた）

1. 正しい文はこうです。

> あそこで＿＿＿　＿＿＿　★＿　＿＿＿　は山田さんです。
> 1　テレビ　　　3　を　　　2　見ている　　　4　人

2. ＿★＿に入る番号を解答用紙にマークします。

（解答用紙）　　（例）　① ● ③ ④

36　点字とは、視覚障害者の＿＿＿　＿＿＿　★＿　＿＿＿ことである。

1　指で触れて　　2　文字の　　　　3　読む　　　　4　ための

37　全財産を失ったというのなら＿＿＿　＿＿＿　★＿　＿＿＿落ち込むとは
ね。

1　そんなに　　　　　　2　くらいで

3　いざ知らず　　　　　4　宝くじがはずれた

38　突然の事故で＿＿＿　＿＿＿　★＿　＿＿＿。

1　彼女の悲しみは　　　　2　かたくない

3　想像に　　　　　　　　4　母親を失った

39 逆転に次ぐ逆転で、＿＿＿＿ ＿＿＿＿ ＿★＿＿ ＿＿＿＿試合が続いている。

　1　気を抜くことの　　　　　　　　　2　できない

　3　たりとも　　　　　　　　　　　　4　一瞬

40 娘の好きなアニメ映画を見たが、＿＿＿＿ ＿＿＿＿ ＿★＿＿ ＿＿＿＿素晴らしい
ものだった。

　1　鑑賞に　　　　　2　大人の　　　　　3　堪える　　　　　4　も

問題7　次の文章を読んで、文章全体の趣旨を踏まえて、 41 から 45 の中に
　　　　入る最もよいものを、1・2・3・4から一つ選びなさい。

若者言葉

　いつの時代も、若者特有の若者言葉というものがあるようである。電車の
中などで、中・高生グループの会話を聞いていると、大人にはわからない言
葉がポンポン出てくる。 41 通じない言葉を使うことによって、彼らは仲
間意識を感じているのかもしれない。

　携帯電話やスマートフォンでのSNSやラインでは、それこそ暗号のよう
な若者言葉が飛び交っているらしい。(注1)

　どんな言葉があるか、ネットで 42 覗いてみた。

　「フロリダ」とは、「風呂に入るから一時離脱する」という意味だそうだ。(注2)
お風呂に入るので会話を中断するよ、という時に使うらしい。似た言葉に「イ
チキタ」がある。「一時帰宅する」の略で、1度家に帰ってから出かけよう、
というような時に使うそうだ。どちらも漢字の 43-a を組み合わせた 43-b
だ。

　「り」「りょ」は、「了解」、「おこ」は「怒っている」ということ。こ
こまで極端に 44 と思うのだが、若者はせっかちなのだろうか。

　「ディする」は、英語disrespect（軽蔑する）を日本語の動詞的に使って「軽(注3)
蔑する」という意味。「メンディー」は英語っぽいが「面倒くさい」という
意味だという。

　「ガチしょんぼり沈殿丸」は、何かで激しくしょんぼりしている状態を表(注4)(注5)
すそうだが、これなどちょっと可愛く、センスもあると思われる。

　これらの若者言葉を使っている若者たちも、何年か後には「若者」でなく
なり、若者言葉を卒業することだろう。 45 、言葉の遊びを楽しむのもい
いことかもしれない。

（注１）暗号：秘密の記号。

（注２）離脱：離れて抜け出すこと。

（注３）せっかち：短気な様子。

（注４）しょんぼり：がっかりして元気がない様子。

（注５）沈殿：底に沈むこと。

41

1　若者にしか　　　　　　　2　若者には

3　若者だけには　　　　　　4　若者は

42

1　じっと　　　　　　　　　2　かなり

3　ちらっと　　　　　　　　4　さんざん

43

1　a　読み／b　略語

2　a　意味／b　略語

3　a　形／b　言葉

4　a　読み／b　熟語

44

1　略してもいいのでは

2　組み合わせてもいいのでは

3　判断してはいけないのでは

4　略さなくてもいいのでは

45

1　困ったときには　　　　　2　しばしの間

2　永久に　　　　　　　　　4　さっそく

問題 8　次の (1) から (3) の文章を読んで、後の問いに対する答えとして最もよいも
　　　　のを、1・2・3・4 から一つ選びなさい。

(1)

　マチュピチュは南米ペルーのアンデス山脈の尾根にある古代インカ帝国の遺跡
で、とがった絶壁の山々に囲まれた、「空中都市」ともいわれる世界遺産である。

　2015 年、その麓にあるマチュピチュ村と福島県大玉村との間で友好都市協定が
締結された。なんでも、かつてマチュピチュ村の開発に尽力した村長が、大玉村
出身の日本人野内与吉さんだったことによるらしい。野内さんは 1917 年、21 歳で
移民としてペルーに渡り、線路拡大工事に携わった後、水力発電の設備や観光ホ
テルの建設などを手がけたそうだ。およそ 100 年もの昔に日本から地球の反対側
まで出かけ、地元のために貢献した野内さんの開拓者魂に頭が下がる。
　　　　　　　　　　　　　　　　　　　　　　　　　　　　　　　（注2）

（注 1）友好都市：国同士の外交関係とは別に、文化交流や親善を目的とした地方
　　　　　同士の関係。「姉妹都市」「親善都市」などともいう。
（注 2）貢献：何かのために役立つように力をつくすこと。

46　「頭が下がる」のは何に対してか。
　1　南米ペルーの絶壁の山々に囲まれたマチュピチュ遺跡の壮大な世界遺産。
　2　日本の福島県大玉村と南米ペルーのマチュピチュ村との意外な親善関係。
　3　一世紀も前に、祖国から遠いマチュピチュ村の発展に供した進取の精神。
　4　水力発電、ホテル建設などマチュピチュ村の奇跡ともいえる急速な開発。

(2)

　「ひとりカラオケ」の人気が高まり、専門店や専門ルームも増え、若者から高齢者まで幅広い層が楽しんでいる。仲間と歌う前にこっそり練習する、誰にも邪魔されずに好きな歌を好きなだけ歌う、ストレス発散するなど、動機はさまざまだ。一方で、複数でわいわいと楽しむイメージの強いカラオケに一人で行くのは、寂しい人だと思われそうで気が引けるという声も少なくない。

　一昔前なら、人目を気にして一人で外食することさえためらう女性が少なくなかったが、そんな母親が「うちの高校生の娘、昨日ひとりカラオケにデビューして、ランチのあと三時間も歌ってきたのよ。」と複雑な表情で語る。

(注) 発散：体の外にまき散らすこと。

47　ひとりカラオケに行く動機として、書かれていないものはどれか。

1　ストレスを発散するため。

2　みんなの前で歌う前にこっそり練習。

3　好きな歌を好きなだけ歌うため。

4　寂しい人だと思われたくないため。

(3)

以下は、大学の夏期講座担当者から来たメールである。

小林 恵美 様

　先日は、今年度の夏期講座の日本画コースについてお問い合わせいただき、どうもありがとうございました。その後の情報について、ご連絡いたします。

　テーマは、「日本画と風景」。前半3回は、風景をモチーフにした日本画作品を鑑賞して時代別に考証するとともに、日本人の自然観も探ります。後半3回では、庭園での写生をもとに日本画を制作します。なお、どちらか半分のみの受講も可能ですが、後半の講座を受講の場合、日本画画材は各自で用意していただきます。講師は、新東京美術大学教授の山田明子先生です。

　お申込みは、6月10日から30日まで。小林様のように昨年度の冬期講座を受講された方には、山田ゼミの学生と同様、優先的に受け付けさせていただきますので、20日までにお申し込みいただければ幸いです。

　ご質問等ございましたら、メールにてご連絡ください。

新東京美術大学 夏期講座担当
田中 正夫

---

48 このメールの内容について、正しいものはどれか。

1 写生の講座受講のためには画材を自分で準備しなければならない。

2 昨年度の冬期講座の受講者は20日間優先的に受け付けてもらえる。

3 日本画の制作より鑑賞に興味のある者は受講することができない。

4 山田ゼミの学生はこの講座を必ず申し込まなければならない。

Check □1 □2 □3

問題9　次の(1)から(3)の文章を読んで、後の問いに対する答えとして最もよいも
　　　　のを、1・2・3・4から一つ選びなさい。

(1)

　「もったいない」という日本語がある。もともとは仏教用語で、「神や仏に対
してよくないことである。」という意味で使用されていたということだが、現在
では、「そのものの値打ちが生かされず無駄になることが惜しい。」(広辞苑)
という意味で使われている。例えば、「まだ使えるのに、捨てるのはもったいない。」
などというように使う。

　日本生まれのこの言葉は、今では、「MOTTAINAI」という世界に通用する言葉
になっているらしい。その主なきっかけとなったのは、2004年、環境分野で初め
てノーベル賞を受賞したケニアのワンガリ・マータイ氏(1940～2011)の活動によ
ると思われる。

　氏は、2005年来日の際「もったいない」という言葉を知って深く感動した。そ
して、この言葉のように自然や物に対する敬意や愛などが込められている言葉が
他にないか探したが、見つからず、また、この言葉のように、消費削減、再利用、
再生利用、地球資源に対する尊敬の概念を一言で表すことができる言葉も見つか
らなかった。そこで、「MOTTAINAI」を世界共通の言葉として広める活動を続けた。

　その後、ブラジルの環境保護活動家マリナ・シルバ氏(1958～)は、「『もった
いない』は、『新たな発展モデルを創る心の支えとなる言葉だ』として、「もっ
たいないキャンペーン」に強く賛同し、ワンガリ・マータイ氏の後継者として、
このキャンペーンを世界に広げることを約束した。

　このように、日本で生まれ、「日本人の知恵」とも言われた「もったいない」
という言葉が、近年ではその日本で忘れられようとしているように感じる。特に、
IT機器の業界でそれが感じられる。次々に新しいモデルが販売され、消費者はそ
れに飛びつく。古いモデルは、棚の上や机の中に眠ったままであるのを見ると、
本当に「もったいない」と思ってしまうのだ。

　　　　　　　　　　　　　　　　　　　　　(『「もったいない」という言葉』)より)

（注１）広辞苑：日本の有名な国語辞典の名前。

（注２）賛同：考えに同意すること。賛成すること。

（注３）後継者：前の人の仕事などのあとをつぐこと。

49 「もったいない」という言葉の使い方として、正しいのはどれか。

1 もったいないケーキね。みんなで食べましょう。

2 彼はスポーツマンで頭もいいから学校でももったいないようよ。

3 そんなくだらないことにお金を使ったらもったいない。

4 彼女の性格はもったいないので、人気者よ。

50 ワンガリ・マータイ氏が、「MOTTAINAI」を世界共通の言葉として広める活動を続けたのはなぜか。

1 この言葉が既に世界共通の言葉として通用していたから。

2 この言葉のように自然や物に対する敬愛が込められている言葉が他になかったから。

3 この言葉が、消費削減や再生利用に役立つと思ったから。

4 地球資源がそろそろなくなりそうで危機感を感じたから。

51 筆者は「もったいない」という言葉についてどのように思っているか。

1 これからの日本人の心の支えともなる言葉だから大事にしたい。

2 普段この言葉は忘れているが、日本人の特徴をよく表している言葉だ。

3 今や、「もったいない」という感覚は日本でも時代遅れである。

4 日本人の知恵とも言えるこの言葉が、日本で忘れられているのは残念だ。

(2)

　今年（2016年）も2月28日に東京マラソンが、3月13日に名古屋ウイメンズマラソンが行われた。前者には国内外の一流選手や市民ランナーを含め36,647人が、後者には21,465人が参加した。ほかにも、全国各地で一般ランナー参加のマラソン大会が年に二百以上も開催されているということである。ランナーの数は増え続け、今やマラソンブームである。十数年前には、マラソン人口がこれほど増えるとは考えられなかったそうである。

　マラソンは厳しく苦しいというイメージがあるはずなのに、なぜマラソンに挑戦する人がこれほど増えたのだろうか。

　ある新聞の社説によると、マラソンが苦しいスポーツから楽しむスポーツに変わったからだという。つまり、ゴールまで42,195キロを走る制限時間を7時間と設定する大会が増えたことによって、時間的なハードルが低くなったことが挙げられるという。それによって、走者は楽しみながら走ることができるようになった。例えば、車道を走りながら見る街の景色はいつもと全く違って新鮮だし、沿道からの声援を受けるという経験もうれしい、という参加者たちの感想も聞かれるそうだ。

　しかしながら、いったい人はなぜ走るのだろうか。

　昔、ある有名な登山家は、「なぜ山に登るのか」と問われて、「そこに山があるからだ」と答えたそうだが、走る理由も同じようなものかもしれない。何のためということもなく、自分の足を動かして走っているとき、人は、確かに自分の自由な存在を確認することができるからだ。さらに、苦しみを乗り越えてゴールに達した時、目的を達成した喜びと同時に自分自身に対して確かな満足感を覚えることができるからではないだろうか。

（「人はなぜ走るのか」による）

（注1）ハードル：越すべき障害。

（注2）声援：声をかけて応援すること。

52 <u>後者</u>は何を指しているか。

1　東京マラソン

2　名古屋ウイメンズマラソン

3　一般ランナー参加のマラソン大会

4　市民ランナー

53 ある新聞の社説によると、マラソンが「厳しく苦しいスポーツ」から「楽しむスポーツ」に変わった一番の原因は、どんなことだと言われているか。

1　ランナーの数が増え続けて、マラソンブームになったこと。

2　車道を走るとき、街の景色がいつもと違って新鮮に映ること。

3　マラソンの制限時間が7時間に設定されるようになったこと。

4　沿道から応援されるという、うれしい体験をすることができること。

54 「人はなぜ走るのか」という疑問に対して、筆者はどう考えているか。

1　走るという厳しく苦しい行動を通して、自分の心や体を鍛えられるから。

2　市民参加のマラソン大会に一度は参加してみたいと思うから。

3　走ることに夢中になることによって自分の存在を忘れることができるから。

4　自分自身の自由を確認し、目標達成の満足感を覚えることができるから。

(3)

　①その当時、いわゆる商店街というところには、いろいろな店が並んでいた。魚屋、肉屋、八百屋などの食料品の店をはじめ、花屋に下着屋、電気店、等などで、商店街で揃わない物はないくらいだった。つい、10数年前のことである。

　私は、会社の帰りには毎日この商店街を通り、夕飯の買い物などをした。魚屋では刺身の作り方や魚の見分け方を聞いたり、花屋では季節の花の名前を聞いたり、…毎日、店の人と会話をしない日はなかった。それぞれの店の人は、その店の商品に関するプロでもあったのだ。一人暮らしをしていた私は、いくつかの店に寄って、ほんの少量の食料品を買った。魚をひと切れ、りんごを一個、お肉を100ｇ、などである。②それでも店の人は嫌な顔一つしないで、にこにこと話し相手になりながら、時にはいくらかおまけをして、品物を渡してくれたものだ。

　ところが、今はどうだろう。商店街にあるのは、携帯電話のショップといろいろな食堂や居酒屋、本屋などで、食料を売る店はほとんどない。その代わり駅ビルや商店街の真ん中に大きなスーパーができた。

　スーパーにはいろいろな食料品が揃っている。肉も魚も野菜も果物も。客は店内をカートを押して周り、必要な品物をかごに入れる。決まった量がプラスティックのパックに入れられているので、ほんの一人分を買うことはなかなか難しい。買い物が済んだらレジに向かう。レジでの計算は素早いし、正確だ。

　しかし、私は時に懐かしく思い出すのだ。あの店は、あの店のおじさんおばさんは、いったいどこに行ってしまったのだろう、と。

（注1）居酒屋：簡単な料理を出してお酒を飲ませる店。

（注2）カート：買った品物を入れて押しながら店内をまわる、車付きのかご。

55 ①その当時とは、いつのことか。

1 数十年前

2 私が子供だったころ

3 5、6年前

4 15、6年前

56 ②それでもとは、どのような内容を指しているか。言い換えた言葉を選べ。

1 多くの店に寄って買い物をしても。

2 少しずつしか買わなくても。

3 代金を負けてもらわなくても。

4 店の人にいろいろなことを聞いても。

57 スーパーで買い物をすることに関して、筆者が困っているのはどのようなことか。

1 レジでの計算が、たまに間違っていたりすること。

2 食料品は売っているが、花や本は売っていないこと。

3 パックに入っている量が決まっていて、必要な量だけ買えないこと。

4 売り場の人にわからないことを聞くことができないこと。

問題10　次の文章を読んで、後の問いに対する答えとして最もよいものを、1・2・
　　　　3・4から一つ選びなさい。

　日本の象徴と言えば、誰もが第一に挙げるのが富士山である。日本の最高峰の
山として、そして①頂きから東西南北360度、どの方向にも麓まで滑らかな傾斜
を見せる優美な姿は人々をひきつけずにはおかない。日本人なら誰もがその美し
さを愛し、心が洗われる思いがするだろう。まさに富士山は日本人皆の誇りなの
である。

　なお、富士山は2013年、世界遺産に登録されたことでこれまで以上に世界の人々
の注目を集め、日本を訪れる外国人旅行者の行ってみたい観光地の人気ナンバー
ワンに挙げられている。

　さらに、富士山は春夏秋冬、どの季節もそれぞれに美しい。なかでも真白い雪
をかぶった冬の富士山は、他にたとえようもなく美しく輝き厳かな感じさえする。

　その富士山の美しさに心を奪われた多くの歌人や文人が、富士山を歌に詠み、
また、物語にしている。

　奈良時代の『万葉集』に、山部赤人が「田子の浦ゆ　うち出でて見れば　真白
にぞ　富士の高嶺に　雪は降りける」（田子の浦に出て富士山を眺めると、真っ白
な山頂に、今、しきりに雪が降り続いている。）と詠んだのを初め、多くの歌人が
その美しさを歌に詠んできた。

　また、富士山は、日本最古の物語だと言われる『竹取物語』等にも登場し、近
代では、小説家の太宰治は「富士には月見草がよく似合う」等の言葉で富士を賞
賛している。

　絵画にも富士山は数多く登場しているが、中でも江戸時代の浮世絵師葛飾北斎
は、富士山を36枚の「富嶽三十六景」に見事に描き、安藤広重は「東海道五十三
次」の浮世絵の中に富士の素晴らしさを描き、私たち日本人の心を捉えてきた。
それだけではない。彼らの絵画はモネやゴッホなどのヨーロッパの画家たちに大
きな影響を与えてきたのだ。

　富士山はただ美しいだけではない。あの見事に均整のとれた山の形は、実は地下のマグマが大噴火して作ったことを忘れてはならない。しかも富士山は今も生きている火の山である。②そのため、地域の人々はこの火の山が噴火して被害をもたらすことのないよう、富士山の霊を祭る神社を造り、神の加護を願って季節ごとに祭りを行っている。人々は富士山を神の山、信仰の山として怖れ敬いながらも、富士山を見て移り行く季節を感じ、富士にかかる雲の様子で明日の天気を知るという。つまり、富士山はいつも人々の心の中、　Ⅰ　の中に生きているのだ。まさに人々の　Ⅱ　は富士山とともにある。

　それだけにとどまらない。富士山から遠く離れた鹿児島や北海道でも、富士山の姿に似た開聞岳を薩摩富士、羊蹄山を蝦夷富士等と呼ぶなど日本中の人々が富士山を愛し憧れている。それほど富士山に対する日本人の思いは深いのである。

（『日本人と富士山』による）

（注1）『万葉集』：7世紀後半〜8世紀にできた日本で最も古い歌集。

（注2）月見草：花の名前。夏、夕方から咲く山野草で、黄色い花。

（注3）均整のとれた：調和がとれて美しい様子。

（注4）加護：神様や仏様が助け守ること。

58　①頂きから東西南北360度、どの方向にも麓まで滑らかな傾斜を見せるとは、富士山の何を描いたものか。

1　均整のとれた山の形。

2　真っ白に雪をかぶった姿。

3　四季のどの季節でも美しい姿。

4　日本で一番高い山であること。

59 ②そのためを言い換えた言葉として、最もよいものを選びなさい。

1 山であるが

2 火山であるので

3 山であるけれど

4 とれているから

60 人々が、富士山を祭る神社で季節ごとに祭りをしているのは、なぜか。

1 富士山が神様の怒りにふれて大噴火をしないように願うため。

2 富士山がいつまでも美しく人々から敬われるように祈るため。

3 富士山に登る人々の安全を神様に祈るため。

4 富士山の噴火による被害から人々を守ってくれるように神様に祈るため。

61 　Ⅰ 　・ Ⅱ 　には同じ言葉が入る。それは次のどれか。

1 信仰

2 賞賛

3 象徴

4 生活

問題11　次のＡとＢは、社会の発展と幸福について述べた文章である。後の問いに
　　　　対する答えとして最もよいものを、１・２・３・４から一つ選びなさい。

A

　　私たちの日常を改めて見渡してみると、衣食住はもちろん現代を象徴する
テレビや車、スマートフォン等生活の全てが、人々の長年に渡る工夫と努力、
科学技術の発達が生み出した成果の上に成り立っていることに気付く。そし
て朝起きてから夜寝るまで、私たちはこれらの贈り物を特に意識すること
もなくごく当たり前の物として享受し、豊かに生きている。

　　私たちは今これらの贈り物をただありがたく受け取っているだけでいいの
だろうか。私たちが今なすべきことは、先人が与えてくれたいろいろな成果
に敬意を払い感謝することである。そして私たちは、この豊かな生活に満足
することなく、優れた科学技術者たちとともに人々が築き上げた多くの成果
をはるかに凌ぐ、生活の便利さ、快適さ、豊かさを生み出す工夫と努力を
していかねばならない。これは未来の子どもたちのためにも今を生きる私たち
としては当然の責務で、一日も油断することなく早急に取り組まなければな
らない最も大切な課題である。

　　私たちに課せられた責任は大きい。

B

　　有史以来人々は豊かな生活を目指して生きてきた。このところの目覚まし
い科学技術の発達によって私たちの生活は大きく変化し、誰もがその成果を
享受し、豊かで便利な世の中になったと言えるだろう。しかしこれまで先人
たちが取り組んだ科学技術の発達は、私たちが本当に心から喜べる成果をも
たらしたと言えるのだろうか？　答えは、「否」である。

　　科学技術の発達の陰には、いつも全てを破壊する戦争があった。そして戦
争はいつも多くの人の命を奪った。さらに科学技術の成果とともに絶えず利
益を追求する資本は、多くの自然を破壊し続けている。山や川が、そして海
が汚され傷つけられている。核開発で生み出された放射能は空気を汚し、万
人の生命さえも奪いかねない。今や科学技術の発達は人びとの間で深刻な対
立を生んでいる。それでも科学技術信奉者たちは、あくまでも成果を求める
活動を止めないのだろうか。

　　もう十分ではないか。ここらで皆一度立ち止まって考えてみたらどうだろ
うか。

（注1）有史以来：人類の歴史が始まって以来。

（注2）科学技術信奉者：科学技術を最高のものと信じて大事に思う人たち。

62　社会の発展に関して、ＡとＢで共通して述べていることは何か。

　1　科学技術の発達によって私たちの生活は便利で豊かになった。

　2　科学技術の発達は、私たちに幸福をもたらした。

　3　科学技術は、これからも際限なく発達するに違いない。

　4　科学技術の発達は、有史以来人類すべての望みであった。

63 科学技術の発達に関して、AとBはどのように述べているか。

1 Aは、これからも科学技術はますます発達するだろうと述べ、Bは、科学技術の発達は、もうそろそろ限界に来ていると述べている。

2 Aは、科学技術の発達はこれからの子どもたちが責任をもって取り組むべきだと述べ、Bは、科学技術の発達については、考え直すべきだと述べている。

3 Aは、さらに科学技術の発達を目指すのが我々の責任であると述べ、Bは、科学技術は人間に不幸をもたらすこともあるので、改めて考えるべきだと述べている。

4 Aは、人間の幸福や生活の快適さは科学技術者の功績によるものだと述べているが、Bは、その恩恵を享受することができる人がいることが問題だと述べている。

問題 12　次の文章を読んで、後の問いに対する答えとして最もよいものを、1・2・3・4から一つ選びなさい。

　今年から選挙権が20歳から18歳に引き下げられることになった。これは将来の社会を担う若者に早くから社会の一員としての自覚を促し、社会に対する責任を持つことを期待するということであろう。

　しかしながら、果たして今の若者はこの期待に応えることが出来るのだろうか。最近の若者についてよく言われていることは、「周囲にほとんど関心がない」ということである。仲間と酒を飲んだり、彼女とデートをしたり、旅行やドライブに出かけることも少なく、もっぱら家でゲームやメールをしたりして自分一人で時間を過ごすことが多いという。すべてが自分個人の時間優先で、他人と触れ合うことにはほとんど興味がないと言われている。

　ある時期、若者の憧れであった車についても関心は薄く、かつては早く自分の車で彼女とドライブをしたいと思い、飲み会に誘われれば喜んで参加し、仲間と大騒ぎをするなど、社会は若者たちの活気で溢れていた。大人たちは、そんな若者たちを、ときには苦々しく思いながらもその活気を頼もしくも思っていたものだ。

　若者はいつからそのように変わってしまったのだろうか。それには幾つかの原因が挙げられるだろう。最大の原因として考えられるのは、何よりも社会構造の変化ではないだろうか。今日の社会は階層化がはっきりして、一個人の力では社会で活躍することはまず不可能な状況になっていると思われるからである。

　例えば教育の面で考えても、偏差値の高い有名大学に進学出来るのは経済的に恵まれた家庭の子弟が大部分である。試験に合格するためには、多額の塾費や入学金が賄える家庭の子弟でなければ難しくなっている。このことはどの大学を出たかが若者の就職や結婚などにも関係し、場合によれば卒業後どの社会階層に属するかまで決定することもある。そこで恵まれない階層の子供たちは、たとえ少々の努力をしたところで、いまさら自分には新たな道は開けないという現実に直面し、始めから競争から降りている、いや降りざるをえないのである。

　それは大学進学だけのことではない。中学、高校進学さえもままならない子供が多くなっているのが現実である。いや今や日本の社会に、家庭が貧しくて三食さえ食べることの出来ない子供たちが増え続けている。社会が豊かな階層とそうでない階層に分離して、周囲に気を配るだけの余裕が無くなってきているのが現実なのだ。

　自分の力ではどうにもならず、将来の希望が持てない社会であれば、他人のことよりもまず自分だ。とにかく自分さえよければと考える若者が多くなるのは当然のことだ。そんな若者たちが、社会のことや選挙のことなど考えるはずがないではないか。

　しかし、このままでいいのだろうか。これは日本の将来にとって、いや今日の日本社会の極めて憂慮すべき問題である。では、どうすれば若者が希望の持てる社会にすることが出来るのだろうか。果たしてこの社会状況を変えることが出来るのか。今、我われ一人ひとりが真剣に考えなければならない時に来ているのだ。

（「若者の無関心」による）

（注）偏差値：その人のテストなどの得点が、全体のどの辺りにあるかを示す数値。

64 若者が、周囲に関心をなくした最大の原因を、筆者はどんなことだと考えているか。

1　社会の構造が変化して、階層化が明白になったこと。

2　経済状況が悪化して、好きなことをする余裕がなくなったこと。

3　選挙権が20歳から18歳に引き下げられたこと。

4　社会全体よりも個を重んじる傾向が強くなったこと。

65 教育の面での階層化は、どのようなことに現れているか。

1 偏差値の高い有名大学に進学できた子弟と、そうではない大学に進学した子
弟は、お互いに付き合うことが少ないということ。

2 卒業後属する階層によって、子供を有名大学に進学させることができるかど
うかが決まってくること。

3 経済的に恵まれているため有名大学に進学できた子弟と、そうではない子弟
は、卒業後属する社会の階層が決まってくること。

4 偏差値の高い大学を卒業した人と、そうではない人とは、周囲への関心の持
ち方が違ってくるということ。

66 社会の階層化は、人々の心にどのような影響をもたらすか。

1 経済的に恵まれないことを不安に感じる。

2 周囲の人に気を配る余裕がなくなる。

3 その階層に属することに満足する。

4 上の階層の人をねたむようになる。

67 筆者は、選挙権が20歳から18歳に引き下げられることについて、どのよう
に考えているか。

1 今の若者の状況では、選挙権を得ることで社会の一員として自覚し、責任を
持つことができるかどうか、疑問に思っている。

2 現代の若者は周囲のことに無関心ではあるものの、選挙権を得ることになれ
ば、社会にも関心を持つに違いないと思っている。

3 今の若者の自分本位な態度は、社会から認められないことによるので、選挙
権が引き下げられれば、徐々に改善されるに違いないと思っている。

4 現代の若者の状況は選挙権を得ることではなんの変化もなく、どうしようも
ないことだ。

問題 13　右のページは南市役所の相談窓口のリストである。下の問いに対する答えとして最もよいものを 1・2・3・4 から一つ選びなさい。

68　長嶋さんは、マンションの上の階に住む人が深夜に大きい音をたてるので困っている。次のうち、相談できる時間帯はどれか。

1　月曜日の 13 時から 16 時まで。

2　火・木・金曜日の 10 時から 12 時。

3　第 1・3 火曜日の 13 時から 16 時。

4　平日の 8 時 45 分から 17 時。

69　南市役所の相談窓口で、できないことはどれか。

1　法律についての相談。

2　専門家による相談。

3　相談者の代わりに書類を書くこと。

4　仕事を紹介すること。

南市役所特別相談

相談名 （相談員）	相談内容	相談日時
法律相談 （弁護士）	困りごと、争いごとの法律的見解、解決方法について **（予約必要・面談のみ）**	第2・4月曜日 相談日当日9時から電話xxx-xxxxにて先着順で受付(定員8名)。 相談は面談で、午後からです。 指定の時間までに、市役所へお越しください。
行政相談 （行政相談委員）	国やその関係機関などの仕事に関すること	月曜日 13時00分〜16時00分
家庭生活相談 （家庭生活 カウンセラー）	家庭生活、生き方、地域関係、育児、夫婦関係、心情、悩みごと	火・木・金曜日 10時00分〜12時00分
交通事故相談 （交通事故相談員）	交通事故の解決、保険金請求などに関すること	第1・3水曜日 9時30分〜12時15分 13時00分〜16時00分
わいワーク東 （ハローワーク 相談員・職業相談員）	求人探索機(4台)設置 ハローワークの就職支援ナビゲーターによる職業相談、紹介 市の職業相談員による職業相談、情報提供	平日 8時45分〜17時

※書類作成などの具体的な業務は行いません。
※いずれの相談も、祝日・年末年始はお休みします。

聴解

もんだい
問題 1

問題 1 では、まず質問を聞いてください。それから話を聞いて、問題用紙の 1 から 4 の中から、最もよいものを一つ選んでください。

れい
例

1 タクシーに乗る
2 飲み物を買う
3 パーティに行く
4 ケーキを作る

Check □1 □2 □3

1 番
^{ばん}

1 薄地のジャケットを買う
^{うすじ} ^か

2 今日中に資料の印刷をする
^{きょうじゅう} ^{し りょう} ^{いんさつ}

3 富士工業に請求書を送る
^{ふ じ こうぎょう} ^{せいきゅうしょ} ^{おく}

4 企画書を書いて松松井設計に出す
^{き かくしょ} ^か ^{まつ い せっけい} ^だ

2 番
^{ばん}

1 やきそば

2 ラーメン

3 カレー

4 お弁当
^{べんとう}

3番<rp>ばん</rp>

1 洋服<rp>ようふく</rp>
2 帽子<rp>ぼうし</rp>
3 靴<rp>くつ</rp>
4 靴下<rp>くつした</rp>

4番<rp>ばん</rp>

1 本社へ行く<rp>ほんしゃ</rp><rp>い</rp>
2 薬局へ行く<rp>やっきょく</rp><rp>い</rp>
3 会社の1階にある医院へ行く<rp>かいしゃ</rp><rp>かい</rp><rp>いいん</rp><rp>い</rp>
4 自宅の近くの内科へ行く<rp>じたく</rp><rp>ちか</rp><rp>ないか</rp><rp>い</rp>

5番

1 茶（ちゃ）
2 赤（あか）
3 黄色（きいろ）
4 紺（こん）

6番

1 病院（びょういん）へ行（い）って薬（くすり）をもらう
2 デスクワークを減（へ）らす
3 スポーツクラブへ行（い）く
4 家（うち）から駅（えき）までバスに乗（の）るのをやめて歩（ある）く

<ruby>問題<rt>もんだい</rt></ruby> 2

<ruby>問題<rt>もんだい</rt></ruby>2では、まず<ruby>質問<rt>しつもん</rt></ruby>を<ruby>聞<rt>き</rt></ruby>いてください。そのあと、問題用紙のせんたくしを<ruby>読<rt>よ</rt></ruby>んでください。<ruby>読<rt>よ</rt></ruby>む<ruby>時間<rt>じかん</rt></ruby>があります。それから<ruby>話<rt>はなし</rt></ruby>を<ruby>聞<rt>き</rt></ruby>いて、<ruby>問題用紙<rt>もんだいようし</rt></ruby>の1から4の<ruby>中<rt>なか</rt></ruby>から<ruby>最<rt>もっと</rt></ruby>もよいものを<ruby>一<rt>ひと</rt></ruby>つ<ruby>選<rt>えら</rt></ruby>んでください。

<ruby>例<rt>れい</rt></ruby>

1 パソコンを<ruby>使<rt>つか</rt></ruby>い<ruby>過<rt>す</rt></ruby>ぎたから

2 コーヒーを<ruby>飲<rt>の</rt></ruby>みすぎたから

3 <ruby>部長<rt>ぶちょう</rt></ruby>の<ruby>話<rt>はなし</rt></ruby>が<ruby>長<rt>なが</rt></ruby>かったから

4 <ruby>会議室<rt>かいぎしつ</rt></ruby>の<ruby>椅子<rt>いす</rt></ruby>が<ruby>柔<rt>やわ</rt></ruby>らかすぎるから

1番

1 高齢者が子どもを嫌いな理由

2 保育園建築計画への反対が起きる社会について

3 母親の自転車事故が多い理由について

4 保育園は本当に不足しているかどうか

2番

1 使っていない机の上のものを棚に移動する

2 パソコンを修理する

3 資料の入った棚を移動する

4 新しい企画の仕事を終わらせる

3番

1 高層ビル
2 橋
3 公園
4 海

4番

1 買い物に行ってアルバイトに行く
2 買い物に行って歯医者に行く
3 引っ越しの準備をしてアルバイトに行く
4 引っ越しの準備をして歯医者に行く

5番

1 資料の翻訳

2 パンフレットの書き直し

3 新製品を持ってくること

4 新製品の撮影

6番

1 牧場

2 動物園

3 スキー

4 美術館

7番

1 アンケートの回答数が少なかったこと

2 回答者に名前を書いてもらわなかったこと

3 調査のデータにミスがあったこと

4 アンケートの内容が不適切だったこと

もんだい
問題3

T3-20～3-27

　問題3では、問題用紙に何も印刷されていません。この問題は、全体としてどんな内容かを聞く問題です。話の前に質問はありません。まず話を聞いてください。それから、質問とせんたくしを聞いて、1から4の中から、最もよいものを一つ選んでください。

もんだい
問題 4

　問題 4 では、問題用紙に何も印刷されていません。まず文を聞いてください。それから、それに対する返事を聞いて、1 から 3 の中から、最もよいものを一つ選んでください。

ーメモー

Check □1 □2 □3

ザ

もんだい
問題 5

T3-43 ～ 3-47

問題 5 では、長めの話を聞きます。この問題には練習はありません。

メモをとってもかまいません。

1 番、2 番

問題用紙に何も印刷されていません。まず話を聞いてください。それから、質問とせんたくしを聞いて、1 から 4 の中から、最もよいものを一つ選んでください。

ーメモー

3番

まず話を聞いてください。それから、二つの質問を聞いて、それぞれ問題用紙の1から4の中から、最もよいものを一つ選んでください。

質問1

1 女性の教育に関する実態
2 女性の活躍推進に関する世論
3 育児に関する世論
4 高齢化社会の実態

質問2

1 兄も妹も、働きづらいと思っている
2 兄は働きづらいと思っているが、妹は働きやすいと思っている
3 兄も妹も、とても働きやすいと思っている
4 兄は働きやすいと思っているが、妹は特に女性にとって働きづらい会社だと思っている

MEMO

第1回 正答表

●言語知識（文字・語彙・文法）・読解

問題1

1	2	3	4	5	6
1	2	4	1	3	4

問題2

7	8	9	10	11	12	13
2	4	2	2	1	3	1

問題3

14	15	16	17	18	19
2	1	4	4	1	2

問題4

20	21	22	23	24	25
2	4	1	3	1	2

問題5

26	27	28	29	30	31	32	33	34	35
2	1	2	3	4	1	4	4	1	3

問題6

36	37	38	39	40
2	4	1	3	3

問題7

41	42	43	44	45
2	1	4	3	2

問題8

46	47	48
2	1	4

問題9

49	50	51	52	53	54	55	56	57
3	4	1	1	4	1	2	4	3

問題10

58	59	60	61
4	3	3	1

問題11

62	63
4	2

問題12

64	65	66	67
4	1	1	4

問題13

68	69
2	1

●聴解

問題1

例	1	2	3	4	5	6
2	2	4	3	3	2	3

問題2

例	1	2	3	4	5	6	7
4	2	1	1	3	2	4	2

問題3

例	1	2	3	4	5	6
3	4	2	2	4	1	3

問題4

例	1	2	3	4	5	6	7	8	9	10
1	2	2	1	3	1	3	3	1	1	2

11	12	13
3	1	3

問題5

1	2	3	
		質問1	質問2
1	4	4	1

第 2 回 正答表

●言語知識（文字 ・ 語彙 ・ 文法）・ 読解

問題 1

1	2	3	4	5	6
3	2	1	4	3	1

問題 2

7	8	9	10	11	12	13
3	3	1	2	4	1	3

問題 3

14	15	16	17	18	19
1	3	4	2	1	3

問題 4

20	21	22	23	24	25
1	1	3	4	2	1

問題 5

26	27	28	29	30	31	32	33	34	35
4	2	2	1	4	3	3	2	1	3

問題 6

36	37	38	39	40
1	1	3	4	1

問題 7

41	42	43	44	45
2	3	4	3	1

問題 8

46	47	48
1	3	2

問題 9

49	50	51	52	53	54	55	56	57
3	2	4	1	2	3	1	4	3

問題 10

58	59	60	61
2	3	1	2

問題 11

62	63
1	3

問題 12

64	65	66	67
3	2	3	4

問題 13

68	69
2	4

●聴解

問題 1

例	1	2	3	4	5	6
2	3	1	3	4	1	3

問題 2

例	1	2	3	4	5	6	7
4	2	4	2	3	3	4	1

問題 3

例	1	2	3	4	5	6
3	2	4	3	4	2	4

問題 4

例	1	2	3	4	5	6	7	8	9	10
1	1	2	3	2	1	2	1	3	2	1

11	12	13
2	1	3

問題 5

1	2	3	
		質問1	質問2
3	1	4	2

第3回 正答表

●言語知識（文字・語彙・文法）・読解

問題1

1	2	3	4	5	6
4	4	1	1	4	3

問題2

7	8	9	10	11	12	13
4	3	1	2	1	2	3

問題3

14	15	16	17	18	19
4	2	1	1	3	4

問題4

20	21	22	23	24	25
2	1	3	2	4	1

問題5

26	27	28	29	30	31	32	33	34	35
1	2	1	3	1	4	2	4	1	3

問題6

36	37	38	39	40
3	2	3	1	4

問題7

41	42	43	44	45
1	3	1	4	2

問題8

46	47	48
3	4	1

問題9

49	50	51	52	53	54	55	56	57
3	2	4	2	3	4	4	2	3

問題10

58	59	60	61
1	2	4	4

問題11

62	63
1	3

問題 12

64	65	66	67
1	3	2	1

問題 13

68	69
2	3

●聴解

問題 1

例	1	2	3	4	5	6
2	3	3	2	2	1	4

問題 2

例	1	2	3	4	5	6	7
4	2	1	2	3	4	1	1

問題 3

例	1	2	3	4	5	6
3	4	2	1	3	2	3

問題 4

例	1	2	3	4	5	6	7	8	9	10
1	1	2	3	1	3	1	2	3	2	2

11	12	13
1	3	1

問題 5

1	2	3	
		質問 1	質問 2
3	1	2	4

聴解スクリプト

日本語能力試験聴解 N1　第1回
（M：男性　F：女性）

問題1

例

男の人と女の人が話をしています。二人はこれから何をしますか。

M：ごめんごめん。もうみんな、始めてるよね。

F：（少し怒って）もう。きっとおなかすかせて待ってるよ。飲み物がなくちゃ乾杯できないじゃない。私たちが買って行くことになってたのに。

M：電車が止まっちゃって隣の駅からタクシーだったんだよ。なんか、人身事故だって。

F：ああ、そうだったんだ。また寝坊でもしたんじゃないかと思ったよ。

M：ええっ。それはないよ。朝は早く起きて、見てよ、これ。

F：すごい。佐藤君、ケーキなんて作れたんだ。

M：まあね。とにかく急ごう。あのスーパーならいろいろありそうだよ。

二人はこれからまず何をしますか。

1番

中学校で、男の人と女の人が話しています。二人はこれから何をしますか。

F：男の子の制服は集まらないですね。

M：ええ。みなさん、制服は思い出があるから、とっておきたいんでしょうか。

F：それもあるけど、破れたり、しみになったりしていて、こんなの出しても…って思ってる人も多いかもしれませんよ。

M：そうですね。うちの子も結構乱暴に着ていたから、卒業した後、リサイクルに出すのはちょっとなあ…。

F：新入生は別としても、持っている制服のサイズが小さくなってしまって、という人は、とにかく大きいのがほしいんですよ。うちの息子もそうでした。ですから、多少破れたりしていても。あ、じゃあ、今年は見本をのせたポスターを学校に貼ってみましょうか。こんなのでもOKですっ

てイラストや写真入りで。で、子どもたちからも親に言ってもらいましょう。

M：ああいいですね。そうしましょう。

二人はこれから何をしますか。

2番

会社で男の人と女の人が話しています。女の人は男の人にどんなことに気をつけるように言いましたか。

M：昨日は申し訳ありませんでした。

F：注文部数のミスをするなんて、田中君らしくないね。どうしたの。

M：契約が取れたことで、気が緩んでいたのかもしれません。

F：確かに、この契約を取ってきたときはさすが田中君だと思ったわ。だけど、細かい部分にこそ、その人の仕事の姿勢が問われるっていうことを忘れちゃ困るよ。そのためには何より、すべて自分でできるって思わないこと。

M：はい、以後絶対にこんなことは…。

F：みんな失敗はするの。絶対、ということはないんだから。だからこそ、チームワークを大事にして、一にも確認二にも確認。絶対一人でやれるなんて、自分を過信してはダメよ。

M：はい。わかりました。…本当に申し訳ありませんでした。

女の人は男の人にどんなことに気をつけるように言いましたか。

3番

旅行会社で男の人が店員と話しています。男の人はこれからどうしますか。

F：行き先はどの辺りをお考えですか。ご参考までに、こちらは九州、北海道のパンフレットです。それとこちらは伊豆、箱根ですね。…ご家族、三名様でよろしかったでしょうか。

M：ええ。息子が留学先から一時帰国するんで、何年かぶりに家族で温泉でも行きたいと思って……。新幹線で、京都辺りとか。

F：大学生のお子さんで、一時帰国ということですと、お忙しいかもしれませんね。

M：ええ。たったの一週間なんです。そうか。確かにいろいろあるだろうしなあ。

F：それでしたら、近いところでの一泊や、日帰りも検討された方がいいかもしれませんね。あるいは、ご本人に予定を確認されてからでも、今の時期は大丈夫かと。

M：そうですね。うーん、喜ばせようと思ったんだけど、ちょっと早すぎたか。まあ、その方が無難だな。じゃ、そうします。

男の人はこれからどうしますか。

4番

<ruby>父親<rt>ちちおや</rt></ruby>が<ruby>娘<rt>むすめ</rt></ruby>と<ruby>話<rt>はな</rt></ruby>しています。<ruby>娘<rt>むすめ</rt></ruby>はこれから<ruby>何<rt>なに</rt></ruby>をしますか。

M：ちょっと<ruby>出<rt>で</rt></ruby>かけてくるよ。

F：いってらっしゃい。あ、お<ruby>父<rt>とう</rt></ruby>さん、<ruby>車<rt>くるま</rt></ruby><ruby>使<rt>つか</rt></ruby>っていい？そろそろ<ruby>新<rt>あたら</rt></ruby>しい<ruby>毛布<rt>もうふ</rt></ruby>がほしいから、デパートに<ruby>行<rt>い</rt></ruby>ってくる。

M：<ruby>最近<rt>さいきん</rt></ruby><ruby>寒<rt>さむ</rt></ruby>くなってきたからね。いいけどガソリンはたいして<ruby>入<rt>はい</rt></ruby>っていないよ。

F：ああ、じゃ<ruby>入<rt>い</rt></ruby>れとく。

M：そうか。すぐ<ruby>出<rt>で</rt></ruby>かけるのか？

F：うん。<ruby>今<rt>いま</rt></ruby>、<ruby>洗濯物<rt>せんたくもの</rt></ruby>を<ruby>片付<rt>かたづ</rt></ruby>けてるところだったけど、<ruby>後回<rt>あとまわ</rt></ruby>しにしてもいいし。

M：ああ、じゃあ、ちょうどよかった。<ruby>悪<rt>わる</rt></ruby>いけど<ruby>駅<rt>えき</rt></ruby>まで<ruby>頼<rt>たの</rt></ruby>むよ。バスは<ruby>今<rt>いま</rt></ruby>の<ruby>時間<rt>じかん</rt></ruby>なかなか<ruby>来<rt>こ</rt></ruby>ないからな。

F：<ruby>珍<rt>めずら</rt></ruby>しいね。お<ruby>父<rt>とう</rt></ruby>さん、バスで<ruby>行<rt>い</rt></ruby>くつもりだったの？ いいわよ。ガソリンスタンドのカード<ruby>貸<rt>か</rt></ruby>して。デパートの<ruby>近<rt>ちか</rt></ruby>くで<ruby>入<rt>い</rt></ruby>れるから。

M：ああ。これだよ。

<ruby>娘<rt>むすめ</rt></ruby>はこれから<ruby>何<rt>なに</rt></ruby>をしますか。

5番

<ruby>大学<rt>だいがく</rt></ruby>で、<ruby>卒業生<rt>そつぎょうせい</rt></ruby>と<ruby>学生<rt>がくせい</rt></ruby>が<ruby>話<rt>はな</rt></ruby>しています。<ruby>男<rt>おとこ</rt></ruby>の<ruby>人<rt>ひと</rt></ruby>はこれから<ruby>何<rt>なに</rt></ruby>をしますか。

F：<ruby>私<rt>わたし</rt></ruby>、どんな<ruby>仕事<rt>しごと</rt></ruby>がしたいのか、<ruby>自分<rt>じぶん</rt></ruby>でもわからなくなってきて。<ruby>先輩<rt>せんぱい</rt></ruby>、<ruby>営業<rt>えいぎょう</rt></ruby>の<ruby>仕事<rt>しごと</rt></ruby>って、どうですか。

M：<ruby>僕<rt>ぼく</rt></ruby>はまさか<ruby>自分<rt>じぶん</rt></ruby>が<ruby>営業<rt>えいぎょう</rt></ruby>マンになるなんて<ruby>思<rt>おも</rt></ruby>わなかったよ。<ruby>大学<rt>だいがく</rt></ruby>では、ずっと<ruby>実験<rt>じっけん</rt></ruby>ばかりだったから。

F：そうですよね。どんな<ruby>仕事<rt>しごと</rt></ruby>をさせられるかはわからないですよね。<ruby>必<rt>かなら</rt></ruby>ずしも<ruby>希望通<rt>きぼうどお</rt></ruby>りにはならないし。

M：うん。<ruby>最初<rt>さいしょ</rt></ruby>は<ruby>毎日辛<rt>まいにちつら</rt></ruby>かったけど、<ruby>一年<rt>いちねん</rt></ruby>たって<ruby>今<rt>いま</rt></ruby>の<ruby>仕事<rt>しごと</rt></ruby>もおもしろいって<ruby>思<rt>おも</rt></ruby>えるようになったよ。それに、<ruby>消費者<rt>しょうひしゃ</rt></ruby>が<ruby>何<rt>なに</rt></ruby>を<ruby>求<rt>もと</rt></ruby>めているかを<ruby>知<rt>し</rt></ruby>らないで<ruby>商品開発<rt>しょうひんかいはつ</rt></ruby>をしても、<ruby>自己満足<rt>じこまんぞく</rt></ruby>に<ruby>終<rt>お</rt></ruby>わるしね。もう<ruby>少<rt>すこ</rt></ruby>しすると、<ruby>課長<rt>かちょう</rt></ruby>に、<ruby>来年<rt>らいねん</rt></ruby>どんな<ruby>部署<rt>ぶしょ</rt></ruby>で<ruby>働<rt>はたら</rt></ruby>きたいか<ruby>希望<rt>きぼう</rt></ruby>を<ruby>聞<rt>き</rt></ruby>かれるんだけど、このまま<ruby>営業<rt>えいぎょう</rt></ruby>をやらせてほしいって<ruby>返事<rt>へんじ</rt></ruby>しようと<ruby>思<rt>おも</rt></ruby>ってる。

F：へえ。<ruby>自分<rt>じぶん</rt></ruby>の<ruby>知<rt>し</rt></ruby>らなかった<ruby>自分<rt>じぶん</rt></ruby>に<ruby>気<rt>き</rt></ruby>づくって、なんかいいですね。<ruby>私<rt>わたし</rt></ruby>も<ruby>新<rt>あたら</rt></ruby>しい<ruby>自分<rt>じぶん</rt></ruby>の<ruby>力<rt>ちから</rt></ruby>に<ruby>気<rt>き</rt></ruby>づけるかな。

<ruby>男<rt>おとこ</rt></ruby>の<ruby>人<rt>ひと</rt></ruby>はこれから<ruby>何<rt>なに</rt></ruby>をしますか。

6番

先生と学生が話しています。学生は連休に何をしますか。

F：地震の被害について、いろいろな本を読んでいるみたいですね。

M：はい。まだまだ足りないと思いますが。

F：ただ、あなたのレポートを読んでいると、自分の目で確かめたのかなって疑問に思うことがあるんです。たとえばこの部分だけど、調査は信用できるもの？

M：ええと、2012年に建築会社が行った調査です。

F：そうですね。この会社はどんな目的でこの調査をしたと思いますか？ また、この結果が一般に知れ渡ることで、誰が利益を得ますか。

M：ええと…。

F：あと、参考図書として書かれている本ですが、原文を読んでいますか？

M：いえ、それはインターネットで…。

F：同じテーマについてどんな研究があるかを知ることはもちろん大事ですが、来週はせっかくの連休なんだから、現地に足を運んでみてはどうでしょう。

M：わかりました。さっそくあちらにいる知人に連絡をとってみます。いい論文を書きたいので、この連休は現地で、自分の目で見て、自分の足で歩き回ります。

F：直接だれかと話すことで新しい視点が持てるかもしれませんね。

学生は連休に何をしますか。

問題2

例

男の人と女の人が話しています。男の人はどうして肩がこったと言っていますか。

M：ああ肩がこった。

F：パソコン、使いすぎなんじゃないの？

M：今日は2時間もやってないよ。30分ごとにコーヒー飲んでるし。

F：ええ？ 何杯飲んだの？

M：これで4杯めかな。眼鏡だって新しいのに変えてから調子いいんだ。ただ、さっきまで会議だったんだけど、部長の話が長くてきつかったよ。コーヒーのおかげで目が覚めたけど。あの会議室は椅子がだめだね。

F：そうなのよ。私もあそこで会議をした後、必ず背中や肩が痛くなるの。椅子は柔らかければいいというわけじゃないね。

M：そうそう。だから会議の後は、みんな肩がこるんだよ。

男の人はどうして肩がこったと言っていますか。

1番

会社で男の人と女の人が話しています。女の人はどんな気持ちですか。

F：あの、これでよかったんでしょうか。もともとは私が言い出したことなんですが。

M：杉本さんのこと？

F：ええ。確かに彼女は、知識はありますが、経験が少ないので全部まかせてよかったのかと思って。

M：確か、杉本さんは入社一年目ですよね。

F：はい。そうですが、まだ一人で担当したことはなかったと思います。

M：何か今までに大きいミスでもしたことがあるんですか？　それとも本人がいやがっていたとか？

F：そういうわけではないんですが、先方は昔から取り引きしていただいている会社ですし。

M：じゃ、これからも僕がたびたび状況を聞くようにするよ。何かあったらすぐ手が打てるように。

F：そうですか…。今からだれか彼女と一緒に担当をさせるのは…無理ですよね。

女の人はどんな気持ちですか。

2番

道で男の人と女の人が話しています。女の人は何を待っていますか。

M：ああ、長谷川さん。どうしたんですか。

F：ええ、主人が家のカギを持って出てしまって。しかたないからマンションの管理会社に頼んだんですよ。そしたら鍵屋さんが来てくれるっていうんで…。でも、カギを換えるとなるとお値段が馬鹿にならないから、なんとか主人が先にもどってくれないかって思って待っているんだけど。

M：それは困りましたね。息子さんの携帯には連絡したんですか。

F：ええ。でもメールもつながらなくて。もしかして、充電が切れているんじゃないかと思うんです。ああ、もうすぐお客さんも来るし、困った…。

女の人は何を待っていますか。

3番

電車の中で男の人と女の人が話しています。男の人は、女の人にとってどんな関係の人ですか。

M：こんなところでお会いするなんて、すごい偶然ですね。

F：ええ。結婚式以来ですね。あゆみ、あ、奥さんは元気ですか。

M：おかげさまで。今また、バスケットボールを始めたんですよ。

F：へえ…。小田さんも続けてらっしゃるんですか。

M：ええ。高校に入ってからですから、もう10年以上やってますね。大学でもずっとやってました。
　　で、今は会社のチームで。

F：ああ、じゃ、高校の大会で初めてお会いした頃は、まだ始めたばかりだったんですね。

M：そうですよ。だから、まだ下手くそだったでしょ。

F：いえ、いえ、とんでもない。あゆみと、かっこいいね、って話してたんですよ。バスケットボールっ
　　て楽しいですよね。私も地元のチームで三年前までやってたんですけど、もうすぐ二人目で…。

M：それはおめでとうございます。にぎやかになりますね。

F：あ、私、ここで失礼します。あゆみによろしく伝えてください。

男の人は、女の人にとってどんな関係の人ですか。

4番

店員と客が話しています。客はなぜ残念だと言っていますか。

F：あの、あと何分ぐらいかかりますか。

M：はい、ただいま…。大変お待たせいたしました。こちら、春野菜と季節の魚のてんぷらでござ
　　います。

F：え？春野菜のてんぷらと季節の刺身をお願いしたんだけど。ああ、でも、まあいいです。

M：大変申し訳ありません。ただいま…。

F：もう時間がないんで、そのままでいいですよ。

M：申し訳ありません。

F：こんなに混んでいるから、待たされるのは仕方ないけど、さっき催促したら別の店員さんに、
　　お待ちください、と不愛想に言われただけで、どうなってるのかさっぱりわからなくて。ここ
　　はサービスがいいと思っていたのに残念でした。

M：そうでございましたか。大変失礼をいたしました。後ほど、きびしく注意いたします。申し訳
　　ありません。

客はなにが一番残念だと言っていますか。

5番

靴屋で男の人と女の人が話しています。女の人は何を探していますか。

F：あのう、ちょっとうかがいたいんですが。

M：はい、いらっしゃいませ。

F：こちらの隣にコンビニがあったと思うんですけど、なくなってしまったんですか。

M：ええ、あったんですが、去年、ビルごとなくなっちゃったんですよ。

F：その店の三階に学習塾や喫茶店や、美容院があったと思いますが、どちらかへ移転されたんでしょうか。

M：ビルに入っていた店は、経営者の方も結構みなさんお年だったんで、やめちゃったんじゃないかなあ。…学習塾とか、写真屋さんとかね。

F：そうですか。せっかく久しぶりに髪、切ってもらおうと思って来たのに。

M：二階の喫茶店もおいしかったから、よくみなさん、どこ行っちゃったんですか、なんて聞きにいらっしゃるんですけどね。

F：ほんと。あそこのコーヒー、おいしかったですよね。…すみません。ありがとうございました。

女の人はどこに行くつもりでしたか。

6番

男の人と女の人がバス停で話しています。男の人はこれからどうしますか。

M：バス、もう行っちゃったんでしょうか。

F：ええ。私三分ほど前に来たんですけど、ちょうど出たところでしたよ。

M：次のバスまでまだだいぶありますね。反対側に行く方は、どんどん来てるけど、あっちの駅に行くとかなり遠回りだし。

F：ええ。歩いた方が早いかもしれませんね。駅までだったら。

M：私は、その先まで行くので…困ったな。タクシーもなかなか来ないみたいだし。

F：まあ、少し歩けば地下鉄の駅もありますけどね。タクシーは、ここで待ってても全然来ないですよ。

M：そうなんですか。しょうがないから電話で頼もう。…あ、駅まで一緒に乗っていらっしゃいますか。

F：あ、私はいいです。急いでいないので。

男の人はこれからどうしますか。

7番

男子学生と女子学生が大学で話しています。男子学生は女子学生に何を頼みましたか。

M：北川さん、もうレポート終わった？

F：とっくに。

M：あのさ、どんな資料使った？

F：だいたいが学校の図書館のだけど。

M：そうか。そのコピーを、とってあるところだけでいいから、見せてくれない。

F：いいけど、何で。自分で本読まないの？

M：今からじゃ、どのページを読んだらいいかわからないし、だいいち、どの本を読んだらいいか
　　もわからないんだよ。

F：つまり、何を読めばいいか知りたいのね。私が参考にしたものだけでいいの？

M：そうなんだよ。それを見せてもらえたらすごくありがたい。実をいえば、出したレポートを見
　　せてほしいんだけど、それはさすがに…頼めないよね？

F：まったく。あたりまえでしょ。でも、参考文献のコピーを見せるって、そんなことしていいの
　　かなあ。

男子学生は女子学生に何を頼みましたか。

問題3

例

テレビで男の人が話しています。

M：ここ2、30年のデザインの変化は著しいですよ。例えば、一般的な4ドアのセダンだと、これ
　　が日本とアメリカ、ドイツとロシアの20年前の形と比較したものなんですけど、ほら、形が
　　かなりなだらかな曲線になっています。フロントガラスの形も変わってきていますね。これ、
　　同じ種類なんです。それと、もう一つの大きい変化は、使うガソリンの量が減ったことです。
　　中にはほとんど変わらないものもあるんですが、ガソリン1リットルで走れる距離がこんなに
　　伸びている種類があります。今は各社が新しい燃料を使うタイプの開発を競争していますから、
　　消費者としては、環境問題にも注目して選びたいものです。

男の人は、どんな製品について話していますか。

1．パソコン

2．エアコン

3. 自動車

4. オートバイ

聴
解

1番

テレビで、男の人が話しています。

M：世界最高峰のエベレストに、三浦雄一郎さんが世界最年長の80歳で登って以来、山に興味を
持つ人が増えてきましたね。この前は、時間に余裕ができたので、夫婦でエベレストに登って
みたい、と意欲的な70代のご婦人にお会いしました。よく聞いてみると、ご主人も登山らしい
経験はほとんどなく、学生の頃にハイキング程度しかしたことがないとのことです。いい写真
を撮ってきますよ、と嬉しそうに話すのですが、心配です。また、大学時代は野球部に所属し、
体力では同年代の人に決して負けない自信があるという60歳代の男性もいらっしゃいました。
退職したので本格的な登山を始めたいと言います。血圧が高めなので、トレーニングや健康づ
くりのための登山のようです。
　しっかり準備をした登山者に山が親しまれるのはいいですが、無茶な人たちも増えています。
健康のためにという気持ちは分かりますが、登山中の事故は、自分や家族が辛いだけでなく、
多くの人に迷惑をかけてしまうこともあります。まずは登山前に足腰を鍛え、バランス感覚を
鍛えて、登山のための体を作ってほしいと思います。

男の人は何について話していますか。

1. エベレストの美しさについて
2. エベレストの危険について
3. 登山の喜びについて
4. 登山の危険性について

2番

駅の前で女の政治家が演説をしています。

F：みなさん、さあ、働くための環境を整え、出産後も、また、介護中も、働きたいと思ったその時に、
いつでも、すぐに職場に帰れるような社会をめざそうではありませんか。そのためには、まだ
まだ実行されていないことがございます。その一つが、労働時間規定の見直しを促進する政策
を打ち出すことだと、私は考えます。今のままの政権で、それが実行できると言えるでしょうか。
いいえ、言えないと私は思います。この二年間の政治でそれが明らかになったではありませんか。
少子化対策、少子化対策とは言っても、経済優先の政策ですから、労働力の確保にばかり気持
ちが向いている。お母さんたちの中で、現状に満足している、という人がどれだけいるでしょ

166

うか。このような社会で、市民の暮らしは幸せな方向に向かっていくと言えますか。

この人は、今しなければならないことは何だと言っていますか。

1. 男女が平等に働くための政策を作る。
2. 働く時間についての決まりの見直し。
3. 少子化を止める。
4. 労働力の確保にばかり気持ちが向いている。

3番

大学で、先生と学生が話しています。

M：先生、日本文学研究会の研修旅行のことなんですが。

F：ええ、行きますよ。ただ、一週間ずっとは無理なので、どこかの二日間と思っています。確か今回はずいぶん遠い田舎でやるんでしょう。山に囲まれたところで。一番近いコンビニまで、車で1時間かかるって聞きましたよ。面白そうですね。

M：ありがとうございます。先生がいらっしゃる日に合わせて僕たち3年生の発表をしたいんですが…。

F：ああそう。じゃ、そうしてくれる？　君たちの発表を聞きたいから。でも、私が行けるのは土日になると思うけど、大丈夫ですね。

M：はい、ご都合に合わせて発表の順番を調整します。

F：あ、…そうだ。そこはネットがつながる？

M：ええと、そうですね。ちょっとわからないんですけど、たぶん…。

F：悪いけど、調べといてくれる？それによっていつ行くか決めます。あっちで仕事ができるなら、土日でなくても行けるかもしれないから。

なぜ、今、先生が合宿に参加する日が決まらないのですか。

1. かなり遠い場所になるかもしれないから。
2. 合宿をする場所でインターネットが使えるかどうかわからないから。
3. 合宿をする場所が、コンビニもないような不便なところだから。
4. 土日は学生たちの発表が聞けないかもしれないから。

4番

テレビで、女の人が話しています。

F：人工知能、AIがめざましい発達を続けています。囲碁などのゲームで世界一になった人を相手に圧勝したり、車の自動運転の開発が実用化されたり、といったニュースを耳にしない日はな

いほどです。こうなると、このまま人工知能が進化し続けていったときに起こる良いことと悪いことを想像せずにはいられません。例えば、良いことは、労働力不足の解決、悪いことは人工知能が人類を攻撃して滅ぼすのではないかというようなことです。ただ、私は、後者のような事態は心配していません。なぜならそのために膨大なデータの蓄積ができるにはまだ時間がかかるからです。今から人間に求められるのはAIと共存して自然災害や人の心理などをふくめたあらゆる不確実なことを、経験を元に予測し続けることだと思います。もっとも、これこそが最も困難な課題かもしれませんが。

女の人は、これからの人間がするべきことはなんだと言っていますか。

1. 人工知能について悪いイメージをもたないこと。
2. 人工知能に過大な期待をしないこと。
3. 人間が能力を磨くこと。
4. 人工知能と共存し、経験に基づいた予測をすること。

5番

女の人と男の人が話しています。

M：あ、雨が降ってきた。ねえ、そろそろ出かける？

Ｆ：まだあと2時間もあるから大丈夫よ。12時からなんだから、10分前に着けばいいんでしょ。30分もあれば着くでしょう。指定席なんだから、並ぶ必要もないし。

M：それじゃバタバタするし、始まる前に何かお腹にいれようよ。

Ｆ：さっき朝ごはん食べたばかりでしょう。コンビニで何か買って入ればいいじゃない。

M：まあ、そんなにはお腹、すいてないんだけどね。映画を観ているときにお腹が鳴ったら恥ずかしいし。それより、チケット、忘れないでね。

Ｆ：え？　あなたが持っているんじゃないの？

M：いや、僕は持ってないよ。行こうっていうから、きっと君が持ってるんだろうと思って。

Ｆ：まずい…。早く出かけましょう。でも、今から行って間に合うかなあ。

M：とにかく、すぐ出よう。もし席がなかったら…いいや、その時考えよう。さあ、早く。

二人はなぜ急いでいますか。

1. 映画館のチケットを買っていないから。
2. 雨が降っているから。
3. 始まる前に映画館で何か食べるため。
4. コンビニで何か食べ物を買うため。

6番

パトカーに乗った婦人警官が、男の人と話しています。

F：失礼ですが、どちらへ行かれるんですか。

M：家へ帰るところです。

F：その自転車は、ご自分のですか。

M：はい。

F：すみませんが、防犯登録シールを見せてください。

M：…はい。

F：結構です。今、ライトがついているのが見えなかったですけれど。

M：えっ、あっ。いえ、つくんですけど、ちょっと。

F：だいぶ明かりが弱くなっていますね。危ないですから気をつけてください。最近この近くで強盗事件が起きています。夜間は、十分に注意してください。

M：ああ、はい。どうも。

二人が話している時間は何時ごろですか

1. 朝6時ごろ
2. 午後1時ごろ
3. 夜11時ごろ
4. 午後3時ごろ

問題4

例

M：張り切ってるね。

F：1. ええ。初めての仕事ですから。
　　2. ええ。疲れました。
　　3. ええ。自信がなくて。

1番

M：さっき田中さんが退職をされると伺って驚きました。

F：1. もう行ってらっしゃったんですね。
　　2. もうお耳に入ったんですね。
　　3. もう質問されたんですね。

2番

M：半分ぐらいはやっとかないと、まずいよ。

F：1. 大丈夫。もうやめるから。

    2. そうだね、もうちょっとやっちゃおう。

    3. ようやくできたのに、おいしくない？

3番

M：ああ、加藤さんにあんなことを言うんじゃなかった。

F：1. 言ってしまったものはしかたないよ。潔く謝ったら？

    2. そうだよ。加藤さんじゃなくて田中さんだよ。

    3. そうだね。大事なことなのに言わなかったね。

4番

M：部長、私が行くことになっていた出張、中村君に代わってもらっても構わないでしょうか。

F：1. よかったですよ。

    2. 構わなかったですよ。

    3. いいですよ。

5番

F：今、ぐずぐずしていると、あとであわてることになるよ。

M：1. うん、でも、なんかめんどうくさくて。

    2. うん。笑っているわけじゃないよ。

    3. うん。雨だからぜんぜん乾かないよ。

6番

M：この部屋、掃除するからちょっとあっち行ってて。

F：1. これを運べばいいんだね。

    2. 座っているから大丈夫。

    3. わかった。ありがとう。

7番

F：面接で、留学生からなかなか鋭い質問が出たんですよ。

M：1. 新人だからまだ勉強不足なんですね。

    2. もっとたくさんの質問が出るかと思いましたが。

3. 今年は頭の切れる学生が多いですね。

8番

M：何時間も煮たスープが、ほら、台無しだ。

F：1. ああ、こげちゃったんだね。

2. 本当だ。こんなにおいしいスープ飲んだの、初めて。

3. うん。足りない材料を買ってくるよ。

9番

F：たか子ったら、新しいバッグ、見せびらかしてるんだよ。

M：1. もしかして、うらやましい？ 自分も欲しいの？

2. そんなに欲しがっているなら、買ってあげたら？

3. ちゃんと閉めておいた方がいいよ。スリが多いから。

10番

M：小野さんの発表を聞いていると、はらはらしますよ。

F：1. そうね。気持ちが明るくなりますね。

2. そうね。もっとしっかり準備をしてほしいですね。

3. そうね。説得力のある話し方ですね。

11番

F：おかえりなさい。それ、全部マサミのおもちゃ？ずいぶん買い込んで来たのね。

M：1. いらなくなったから。

2. 家にたくさんあるから。

3. 今日は給料日だったから。

12番

M：あっちのチームはしぶといね。

F：1. ええ。なかなかあきらめないですね。

2. それなら、すぐ勝てますよ。

3. ええ。こっちはまだ零点ですよ。

13番

M：レポート提出の締め切りまで、二週間を切ったね。

F：1. うん。一週間すらないね。

    2. うん。まだ二週間もあるんだね。

    3. うん。もうのんびりしてはいられないね。

問題5

1番

家の中で男の人と女の人が話しています。

F：ええと、今日のお客さんは、池田さんと奥さん、太田さんと奥さん、あとは山中さんと、平木さんだね。

M：食器は全部で8人分。

F：じゃ、お皿とコップを出すね。食べ物は、お寿司もサンドイッチもたくさん作ったし、みんなもそれぞれ持ってくるって言ってたから、じゅうぶんじゃないかな。

M：ああ、それやめて、紙のやつにしない？　あとで洗うの大変だし。

F：だけど使ってない食器、たまには使わないと。それに、ゴミが増えて環境にもよくないでしょう。

M：洗剤を使うことや油をふき取った紙や布をどうするかと考えたら、どっちもどっちなんじゃない。

F：そうか。それに、その分、みんなと楽しく過ごす時間が増えるって考えれば、いいか。

M：そうだよ。ただ使い捨てでも、うちのは再生紙で作られてるやつだから。それと、使ってない食器はリサイクルショップに持っていったり、フリーマーケットに出したり、寄付したりしようよ。家にしまっておいても、それこそ、もったいないからね。

F：うん。

二人は、どうすることにしましたか。

    1. 使い捨ての紙の食器を使う。

    2. ずっと使っていない食器を使う。

    3. お客さんが持ってくる食器をもらう。

    4. 食器を売る。

2番

会社で社員が集まって話しています。

M：この機械システムで、不審者の侵入は防げるのかな。

F1：カメラの性能はかなりいいそうですよ。この前、人気グループのコンサートで使われたものと同じだそうです。

M：コンサートといえば、あぶないことをするファンも多いからね。

F2：それもありますが、買ったチケットを他の人に高く売らせないようにするためです。私、その

コンサートに行くんですよ。

F1：えっ、行くんですか。よくチケットがとれましたね。高くなかったですか。

F2：私は運よく抽選で当たったので定価でした。抽選に外れた人に、高い値段で売るのを防ぐために、

買う時に運転免許証やパスポートなんかの、証明書の写真が必要なんです。チケットを見せる

時にその顔が違うと絶対会場に入れないみたいです。

M：ふうん。でも女の人は髪形や化粧がいつも違う人が多いけど、ちゃんと顔が見分けられるのかな。

F1：そうですね。似ている人だと、会場に入れるんでしょうか…。

F2：難しいそうです。数年前までは、まだ機械のミスが多かったそうですが。

M：新製品の情報に関しては特に厳しく管理しなきゃいけないから、セキュリティシステムは厳し

いほどいいよ。このシステムの導入でうちが情報を守る姿勢も世間に示せるしね。

三人はどんなシステムについて話していますか

1．パスワードを読み取る機械システムについて

2．違法なコンサートを見つける機械システムについて

3．血管の形で本人かどうかを見分ける機械システムについて

4．顔で本人かどうかを見分ける機械システムについて

3番

ニュースで、女のアナウンサーが話しています。

F：イタリアとアメリカの会社が共同で、スマートフォンの電池に十分電気を貯める、つまり充電

ができるスポーツシューズを開発しました。これは、靴底に埋め込んだ装置によって、歩く時

の足の動きなどで生じるエネルギーを蓄積しておくことができる靴で、完全防水のため雨や雪

が降っても問題なく、悪天候でも、マイナス20度から65度の暑さ、寒さの厳しい場所でも使

えるようになっています。さらに、「位置情報、歩数、足元の温度、バッテリーレベル」などを

チェックすることが可能です。ただし、スマートフォン一台分に充電をするには、8時間の歩

行が必要だそうです。

M：もうちょっと短い時間で充電できればいいのになあ。だいたい8時間なんて、そんな時間誰も

歩かないよ。

F1：そうね。海外旅行に行ったときぐらいしか役に立たないんじゃない。

F2：登山の時なんかは？　がんばって歩こう、という気になるし健康にもいいかも。

F1：お父さんはもともと体を動かすのが好きじゃないから、きっと買っても無駄になるわ。

M：ゴルフだったら歩くけど、とても8時間には足りないな。

F2：私は、歩くことは苦にならないんだけど、値段が気になる。いくらぐらいするのかな。

F1：安かったとしても、私はふつうのスポーツシューズでたくさん。

M：でも、一足あれば、地震や台風で停電になった時に役立つよ。早く発売されるといいのに。

F1：私はいい。いつでもちゃんと充電してるし。持っていても、充電のことをいつも気にしてたら
　　スポーツしていても楽しくなさそうだから結局はかないな。

F2：言われてみれば、そうね。

質問1．父親は、どんな時にこの靴が役に立つと言っていますか。

質問2．女の子はこの靴についてどう思っていますか。

日本語能力試験聴解 N1　第2回

（M：男性　F：女性）

問題1

例

男の人と女の人が話をしています。二人はこれから何をしますか。

M：ごめんごめん。もうみんな、始めてるよね。

F：（少し怒って）もう。きっとおなかすかせて待ってるよ。飲み物がなくちゃ乾杯できないじゃな
　　い。私たちが買って行くことになってたのに。

M：電車が止まっちゃって隣の駅からタクシーだったんだよ。なんか、人身事故だって。

F：ああ、そうだったんだ。また寝坊でもしたんじゃないかと思ったよ。

M：ええっ。それはないよ。朝は早く起きて、見てよ、これ。

F：すごい。佐藤君、ケーキなんて作れたんだ。

M：まあね。とにかく急ごう。あのスーパーならいろいろありそうだよ。

二人はこれからまず何をしますか。

1番

会社で男の人と女の人が話しています。男の人は今日、何をしなければなりませんか。

M：坂上部長、明日から、よろしくお願いいたします。

F：香港への出張、一週間でしたね。開成物産の件は大丈夫ですか。

M：はい。山崎課長に引き継いであります。イラストの修整だけは私がチェックしたいので、明日データを送ってもらうことになっているんですが。

F：それが終わったら印刷ですね。

M：はい。こちらが見本です。まだなのはイラストの部分だけです。

F：わかりました。それと、昨日の会議の報告書はいつになりますか。具体的な意見も出ていましたから、なるべく詳しく書いてほしいんですが。

M：はい、承知しました。作成中なので、でき次第今日のうちにメールでお送りしておきます。

F：わかりました。じゃ、私はこれで出てしまいますが、香港からいい話を持って帰ってきてください。

M：はい。新しい契約がとれるようにがんばります。

男の人は今日、何をしなければなりませんか。

2番

男の人と女の人が旅行の計画を立てています。空港に着いたら、まず最初に何をしますか。

F：空港の周りは特に何もないみたいね。

M：そうなんだよ。着くのは11時半だけど、空港ですぐ昼ご飯を食べるより、せっかくだから市内に行って地元のものを食べたいよね。

F：そうね。電車で市内まで行って、そこからバスに乗る予定だから、じゃあ、バスに乗る前にでも食べようよ。

M：ちょっと遠回りになるけど、博物館があるよ。七世紀ごろ外国から日本に贈られた物が展示されてるんだって。

F：あ、教科書で見たことある。鏡とか、刀とか…。絶対に見たい。市内の見学は後でもいいよ。

M：だけど空港から博物館まで一時間以上かかるよ。昼ご飯はやっぱり…。

F：そうね。空港に着き次第、すませよう。腹が減っては戦ができぬっていうしね。それから動こうよ。でも、やっぱり一番の楽しみはおいしいラーメン屋を探すことだよね。

M：うん。夜、行こう。絶対。

空港に着いたら、まず最初に何をしますか。

3番

引っ越し会社の人と女の人が電話で話しています。女の人はなぜ断りましたか。

M：お引越しの予定はいつですか。

F：3月29日です。

M：何時ごろがご希望ですか。

F：午前10時にはここを出られるようにしたいんです。

M：ああ、もう午前中の予約はいっぱいですね。申し訳ございません。ええと、その日は早くても5時になってしまいます。それでよければ料金の方はサービスさせていただきますが。

F：5時ということは、引っ越し先に着くのは…。

M：8時ごろになりますね。

F：夜になってしまうんですね。あっちに行ってから片付けだと、ちょっと…。

M：一度、荷物の方を見せていただいたほうがいいと思うんですが。よろしければ今から伺うことはできますよ。もちろん、無料で見積もりを出させていただきます。その時に、引っ越しで使う箱なんかもお持ちしますよ。

F：でも、時間帯が合わないので。

M：こんな時期ですから、他社さんも無理だと思いますよ。見積もりだけでもいかがですか。

F：本当に結構です。じゃあ。

女の人はなぜ断りましたか。

4番

女の学生が男の学生と話しています。男の学生はこれからどうしますか。

F：降ってきたね。

M：今日は午後からだって言っていたのに。参ったな。

F：傘持ってないの？

M：うん。でもいいよ。夕立みたいだから、きっとしばらくしたらやむだろうし。

F：私のを貸しましょうか。私はどうせ次も授業だし。あなたは今日アルバイトでしょ。

M：いや、いい、いい。図書館にでも行ってる。バイトは、大急ぎで行かなきゃならないってことはないし。ただ悪いけど、もし次の授業が終わってもまだ降ってたら、駅まで傘に入れてってくれない？　正門のところで待ってるから。傘、買いたいんだけど、今、バイトの給料日前でさ…。

F：だから、いいって。私はその次も授業なんだから。

M：あ、そうなの？

F：いいよ。この前ノート借りたから、そのお返し。

M：えっ、そう？悪いね。

男の学生はこれからどうしますか。

5番

病院で、医者と患者が話しています。患者はこれから何をしますか。

F：今日はどうされましたか。

M：先日の風邪は治ったみたいなんですが、なんだか食欲がなくてちょっと胸も痛むような気がして…。

F：ちょっと胸の音をきいてみましょう。…うん。じゃあ口を開けて、あーって言ってみてください。口を大きく開けて。

M：あー。

F：結構です。…こちらで出した薬は全部飲みましたね。

M：はい。

F：風邪が治りきっていないみたいですね。ご心配なら詳しい検査ができる総合病院に紹介状を書きましょうか？　血液検査なり、レントゲン撮影なり、受けた方が安心なら。

M：検査は受けないとまずいですか？　仕事、休まなきゃなんないですよね。

F：いや、今、仕事に行っているぐらいなら、少し薬を飲んで様子を見てからでも遅くないとは思います。でも治るまではお酒は控えてください。仕事は休むまでもないでしょう。ただ、胃の具合いかんによらず、禁煙はしましょう。

M：はい、がんばります。

患者はこれから何をしますか。

6番

男の人と女の人がスポーツ用品店で話しています。女の人は何を買いますか。

F：何を買えばいいかな。

M：スキーの道具と、スキー靴はあっちで借りるとして、着るものはどうする？
　　安いの買っとく？

F：うーん、もう二度としたくないって思うかもしれないし、ちょっと考える。妹の借りてもいいし。
　　でも、靴下はいるよね。

M：そうだね。手袋はぬれちゃうし、靴下も、一応セール品買っといたら。

F：ああ、手袋は妹の借りてく。靴下は普段も履けそうだから買う。ああ、あと、帽子はいるかな。

M：毛糸のでもなんでもいいんだけどね。脱げさえしなければ。

F：じゃ、いいや。家になんかありそうだから。そのかわりスキーパンツぐらいはここで買っとくよ。
何回も転びそうだし。

M：確かに、初心者はいっぱい転ぶよ。じゃあ、今は、…。

女の人は何を買いますか。

問題2

例

男の人と女の人が話しています。男の人はどうして肩がこったと言っていますか。

M：ああ肩がこった。

F：パソコン、使いすぎなんじゃないの？

M：今日は2時間もやってないよ。30分ごとにコーヒー飲んでるし。

F：ええ？　何杯飲んだの？

M：これで4杯めかな。眼鏡だって新しいのに変えてから調子いいんだ。ただ、さっきまで会議だっ
たんだけど、部長の話が長くてきつかったよ。コーヒーのおかげで目が覚めたけど。あの会議
室は椅子がだめだね。

F：そうなのよ。私もあそこで会議をした後、必ず背中や肩が痛くなるの。椅子は柔らかければい
いというわけじゃないね。

M：そうそう。だから会議の後は、みんな肩がこるんだよ。

男の人はどうして肩がこったと言っていますか。

1番

会社で男の人と女の人が話しています。男の人はどうしてがっかりしているのですか。

M：ああ、まいった。

F：どうしたんですか。

M：さっき、木島君に会ったんだよ。

F：えっ、元、うちの会社にいた木島さんですか？

M：うん。産業ロボット展で展示を見ていたんだ。元気そうで、ほっとしたんだけどさ。今、
大学院で介護ロボットの開発をしてるんだって。

F：よかったじゃないですか。

M：グローバルクリックサービスの矢田さんもいて、木島君の先輩だっていうから、紹介してもらったんだ。でも、グローバルクリックはその時、木島君の見ていたロボットを売っている会社と契約してしまったみたいで。

F：ええっ、うちとグローバルクリックサービスとの契約は、てっきりもう決まったものだと思っていたのに。

男の人はどうしてがっかりしているのですか。

2番

歌舞伎を見た後で女の人と男の人が話をしています。男の人は今日の歌舞伎についてどう思っていますか。

F：今日の歌舞伎は、悲しい話だったよね。でも、殿様に仕える女中の役をやっていた役者さん、あんなにきれいで、声まで女そのもので、私、泣きそうになっちゃった。

M：歌舞伎、高校生の時に初めて観て以来20年ぶりだったよ。あれ、悲しい話だったの？

F：今日のは、一つ目が、武士の兄弟が敵として戦ったことを書いた時代もの、二つ目が踊りなんかが中心の所作もの、三つ目が庶民の身近な世界を演じた世話もので、私が感動したのは時代もの。

M：踊り中心のものはなんだかわかんなかったけど、三つ目は動きがあっておもしろかったな。

F：え？ 三つ目は、遊んでばかりいた不良息子が、家を追い出されて、借金がもとで人を殺しちゃう話で、殺人現場で油まみれになったっていう話だよ。

M：うわあ、残酷な話だね。そのストーリー、最初から知っていれば面白かっただろうなあ。

F：ということは、一番人気のある最初のは？

M：ああ、もちろん、さっぱりだったよ。

男の人は今日の歌舞伎についてどう思っていますか。

3番

道を歩きながら男の人と女の人が話しています。女の人が困っている理由は何ですか。

M：今日はお疲れさまでした。あれ？ 杉田さん、時間、大丈夫だったんですか？

F：ええ、今日の会議は今進めている企画の話が出たので、途中で帰りにくくて。でも、なんとか間に合うと思います。だめならタクシーで帰りますし。

M：まあ、杉田さんの担当部分については別に今日決めなくてもよかったんだけど。それより、川島さんの転勤で、しばらく杉田さんが二人分の仕事をしなきゃいけなくなるみたいですね。

F：そうなんですよ。それでちょっと困ってるんです。出張が増えるのが厄介かなって。今の企画に集中したかったんで。仕事が増えるのはしょうがないとしても、新人の竹下さんに全部まかせてしまうことになるのもどうかと思うので。

M：へえ。責任感が強いんですね。僕ならこれを機に、あのめんどうくさい企画からさっさと逃げちゃいますけど。

F：そうできたらいいんですけど。とにかく、困りましたよ。

女の人が困っている理由は何ですか。

4番

学校で男の教師と女の教師が日本語学校の卒業旅行について話しています。行き先はどこになりましたか。

F：旅行費用は合わせて2万円だから、そんなに遠くは行けないですね。

M：去年は温泉に行ったみたいですけど、あまり旅行したこともない人も多いことだし、この際、日本の代表的な観光地にしませんか？

F：観光地ですか。歴史的な建物と景色なら京都、日光、鎌倉かな。あとは広島。自然や温泉なら北海道や富士山か…あ、鎌倉は春に日帰りで行きましたっけ。

M：ええ。行ってない所にしましょう。ただ広島と京都はちょっと遠いかなあ。交通費だけで2万円以上かかるし。

F：じゃ北海道も問題外ですね。歴史の勉強もいいけど、ただ、勉強ばっかりしてないで自然も楽しんでほしいんです。日本ならではの美しい景色を見て。

M：じゃあ、そんなに遠くなくて、景色が楽しめて歴史的な建物も見られる所にしましょう。

行き先はどこになりましたか。

5番

会社で男の人と女の人が話しています。男の人はどうして謝っているのですか。

F：おはようございます。

M：あ、平野さん、おはようございます。昨日はすみませんでした。僕、早く失礼してしまって。

F：え？　ああ、いいんですよ。電車に間に合いましたか。

M：なんとか。うち遠いんで、実はギリギリでした。部長が結構酔っぱらってたんで、平野さんと横山さん、大変だったんじゃないかって。

F：ああ、気にしなくていいですよ。部長がもう一軒、もう一軒って言うからしかたなくカラオケ

に行ったんですけど、そこで部長ぐっすり寝ちゃって。結局、横山さんがタクシーで送って行ったんです。で、かなり遅くなって奥さんに叱られたって。

M：えー、大変だったんですね。いろいろとすみません。

F：ただ、おいしいお店だったから食べてばかりでカロリーオーバーですよ。せっかくダイエットしてたのに。

M：ハハハ。そんなふうに見えないから、大丈夫ですよ。

男の人はどうして謝っているのですか。

6番

男の人が講演会で話しています。人前で話すときに、この人が一番気をつけていることは何ですか。

M：学生時代の私は消極的で、あまり話さない学生だったんです。卒業してコンピューター関連の会社に勤めても、人と接することは少なかったです。一日中コンピューターに向かっていましたから。しかし、営業の部署に回されたことをきっかけに、人と接することを余儀なくされました。話さなければ、説明しなければ始まらない。しかし、私は、これがプレゼンの原点だと思います。エレベーターで相手先の社長に会って30秒で世間話をする、いわばこれもプレゼンです。説明をよく聞いてもらうためには、相手が何に関心があるのか調べ、その人に向けた説明を準備し、練習しておかなければなりません。私は毎日必死で自分の会社や商品について学び、説明の練習を繰り返しました。今、プレゼンのためのソフトがいろいろありますが、パソコンで資料を作ることに時間をかけすぎるのはどうかと思います。これは準備にかけられる時間全体の二割程度と考えていればいいのではないでしょうか。

人前で話すときに、この人が一番気をつけていることは何ですか。

7番

専門学校で、面接官が入学試験を受けた留学生について話しています。この学生が不合格になる理由は何ですか。

F：今の受験生はどうでしょう。

M：ええ。日本語は頑張って勉強していたようです。志望の理由も、将来、母国の子どもたちの生活をもとにした楽しいアニメを作りたい、と明確です。

F：素晴らしい夢ですね。ただ、日本語学校の時、欠席が多かったようです。体が弱いのかな。

M：アルバイトをたくさんしているのかもしれません。ちょっと疲れた感じでしたから。

F：母国でも日本のアニメをよく見て勉強していたようだけど、せっかく入学しても、休んでばか

りというのはお話になりませんから。

M：ええ、そういうのが一番まずいんです。それと、この学校のことをあまりよく分かっていない
ような印象でしたね。うちは映像学科はあるけど、映画学科というのはないのに。

F：まあ、それは緊張のせいでまちがえたのかもしれませんから。しかし、ともかく、この学生に
ついては見送りましょう。

この学生が不合格になる理由は何ですか。

問題3

例

テレビで男の人が話しています。

M：ここ2、30年のデザインの変化は著しいですよ。例えば、一般的な4ドアのセダンだと、これ
が日本とアメリカ、ドイツとロシアの20年前の形と比較したものなんですけど、ほら、形が
かなりなだらかな曲線になっています。フロントガラスの形も変わってきていますね。これ、
同じ種類なんです。それと、もう一つの大きい変化は、使うガソリンの量が減ったことです。
中にはほとんど変わらないものもあるんですが、ガソリン1リットルで走れる距離がこんなに
伸びている種類があります。今は各社が新しい燃料を使うタイプの開発を競争していますから、
消費者としては、環境問題にも注目して選びたいものです。

男の人は、どんな製品について話していますか。

1. パソコン

2. エアコン

3. 自動車

4. オートバイ

1番

テレビで、女の人が話しています。

F：次は、ホームレスの実態についてです。先日、東京23区内のホームレス、つまり、住む家がな
く、路上で生活している人の人数は、国や地方自治体の調査の2倍以上であるとの結果が、東
京の国立大学などの研究者グループによって発表されました。この調査グループが今年の1月
中旬、深夜の時間帯に新宿、渋谷、豊島の3区で、路上で生活している人の数を調べたところ、
約670人だったそうです。今回の調査から、ホームレスの人数は23区全体で、都・区調査の2.2

倍以上であると思われ、これまでの調査の方法について疑問視する声も聞かれます。

都・区調査によると、昼間の路上生活者は1999年の夏以来、減少しています。これは雇用情勢の改善のためとみられますが、この調査を行った大学院グループの代表は、「2020年の東京オリンピックに向けて、地域単位でより細かい支援が求められる」と話しています。

どんな問題についてのニュースですか。

1. ホームレスの増加が続いていることについて。
2. ホームレスの人数が自治体の調査より多いとわかったことについて。
3. 国や自治体がホームレス対策をしないことについて。
4. 国民一人一人が雇用について真剣に考えていないことについて。

2番

父親と母親が電話で話しています。

M：来週そっちに帰るけど、武のおみやげ何がいいかな。

F：男の子だからあなたの方がわかると思う。それより受験生なんだから、そこのところをよろしくね。武が行きたがっている高校って結構むずかしいのよ。去年も競争率5倍だって。

M：へえ。それにしても、早いもんだなあ。僕がこっちにいる間にねえ。じゃ、大人っぽいものがいいか。洋服かな。

F：いいけど、気が散っちゃうようなものは、いっさいダメ。

M：だけど、また親父はつまらないって言われるよ。

F：この前だって、あなたが買ってきたゲームに夢中になっちゃって、なかなか勉強しなかったんだから。

M：高校生になるんなら、新しいスマホがいるんじゃないか。

F：パソコンもスマホも全部、合格してからよ。とにかくあまり気を取られないものにしてね。お願いよ。

M：うん…わかったよ。

母親は、息子へのお土産はどんなものがいいと言っていますか。
1. 勉強の役に立つもの
2. 健康にいいもの
3. 気晴らしになるもの
4. 勉強のじゃまにならないもの

3番

会社で男の人と女の人が話しています。

M：課長にあんなこと言うんじゃなかった。つい口が滑ったよ。

F：どうしてですか。思い切って言ってくれて助かりましたよ。だって、課長は直接お客様に文句を言われるわけではないし、私たちの仕事内容をそんなにしらないから、次々に仕事を任せてくるでしょう。限界ですよ。もう。

M：それはそうかもしれないけど、課長は課長でずいぶん上から言われてるんだよ。もっと人を減らせとか、経費を使いすぎるとか。

F：えっ、課長、そんなこと私たちに一言も言わないじゃないですか。言うのは具体的な指示ばかりで。

M：そりゃ、立場上そうするしかないよ。いちいち誰が言ったからとか、自分はこう思うけど、こうしろ、なんて言ったら現場は混乱するばかりだから。特に課長はチームワーク第一の人でしょ。

F：ええ。で、意外と個人的な都合も考えてくれてますよね…。

二人は課長がどんな人だと言っていますか。
1. 強引な人
2. 部下に甘い人
3. 協調性を重視する人
4. 個人主義者

4番

先生が学生と話しています。

M：池上さんもいよいよ卒業ですね。

F：はい、先生には本当にお世話になりました。特に、卒業論文の提出直前はもう今年はあきらめようかと思ったのですけど、励ましていただいて、なんとか出せました。

M：あの時は、どうなることかとハラハラしたよ。でも、就職も決まっていたし、方法は間違っていないので、もう少しがんばればいいだけのことだと思ったから。

F：はい、今思えば、なんであんなに慌ててたんだろうって、自分であきれます。

M：たぶん、これだけやった、という自信が持てるまでのことをしていなかったんじゃないかな。だから、先輩に厳しく指摘されて、これではまずいって、思ったんでしょう。あの時は辛かったかもしれないけれど、ショックを受けたり、恥ずかしいと感じたり、負けるもんかと思ったからこそ、必死でがんばって、いい論文が書けたんだね。

F：はい、ショックが大きいほどその後わいてくるエネルギーも大きいって、今思えば、素晴らし

いことを学んだと思います。

女の学生は、どんなことを学んだと言っていますか。

1. どんなこともあきらめたら終わりだということ。
2. 自分で選んだ方法に間違いはないということ。
3. 大事な目標のためには恥ずかしさを忘れなければならないこと。
4. ショックが大きいほどあとで大きな力になること。

5番

飛行機の中で、男の人と女の人が話しています。

M：ああ、今日はよく揺れるね。

F：それより、もうすぐ食事じゃない？　お腹すいたー。

M：えっ、もうすいたの？

F：私は飛行機って食事が一番楽しみなんだ。メニューは何かな。ねえ、何だと思う？

M：機内食どころじゃないから何でもいいよ。あっ、また揺れてる。落ちそう。こんなところから落ちたりしたら絶対助からないよ。

F：大丈夫よ。じゃ、私が食べてあげようか。

M：ああ食べていいよ。いやだなあ。なんで飛行機はこんなところを飛べるのか不思議だよ。だから僕が言ったでしょう。速くなくても揺れてもいいから船にしようって。あっ、また揺れた。シートベルトちゃんと締めてる？

F：もちろん。でも飛行機って動けないのがつまらないのよね。こっちばっかりじゃなくてあっちの景色はどうなってるのかも見たいのに。

M：同じだよ。それに、そんなの見たくない。考えただけでぞーっとするよ。帰りは船にしたいよ。

F：いいけど、船は時間がかかりすぎるからね。

男の人は何が苦手なのですか。

1. 機内食
2. 高いところ
3. 自由に動けないこと
4. 飛行機の音

6番

こうじょう で、男の人と女の人が話しています。

M：独立したスペースがいるんで、ここにひとつ部屋を作るようにしたいんですよ。で、いくらぐらいかかるかなって。

F：ガラス張りのですか。外から見えるような。

M：そうです。

F：どれぐらいの壁を作りますか。例えば、音が漏れないように、また外の音も聞こえないようにするとか。ただ独立した形でいいなら、板で四角いスペースを囲めばいいとか…。

M：製品検査室にしたいんです。だから、中は見えてもいいんだけど、音は漏れない方がいい。

F：エアコンも当然いりますよね。

M：そうですね。長時間作業することもあると思うから、いりますね。なるべくうるさい音の出ないやつ。

F：何人ぐらいで作業をするんでしょうか。

M：多くて3、4人です。

F：だいたいわかりました。ひと通り測ってみて、写真を撮って、社に帰って見積もりを出します。

女の人はどんな仕事をしていますか。

1. 警察官
2. カメラマン
3. デザイナー
4. 建築士

問題4

例

M：張り切ってるね。

F：1. ええ。初めての仕事ですから。
　　2. ええ。疲れました。
　　3. ええ。自信がなくて。

1番

M：こんな雨ぐらい、傘をさすまでもないよ

F：1. うん。わざわざ買わなくてもいいね。

2. うん。さしても無駄みたい。大雨だから。

3. うん。午後から降るって言ってたからまだ平気かな。

5聴解

2番

M：いくら一生懸命働いたって、病気になってしまえばそれまでだよ。

F：1. はい。もっと頑張ります。

2. はい。なるべく休むようにします。

3. いいえ、あと１時間ほど働きます。

3番

M：毎日毎日こんなに暑くっちゃかなわないね。

F：1. そうねえ、もうすっかり秋ね。

2. うん、今年の夏は涼しいね。

3. ほんと、早く涼しくなればいいのに。

4番

M：新入社員じゃあるまいし、人事部長の名前も知らないの？

F：1. はい、もう入社５年目ですので。

2. お恥ずかしいんですが…。

3. ええ、新入社員ならみんな知っています。

5番

F：あと二日待っていただけたらできないこともないんですけど。

M：1. わかりました。じゃ、明後日までにお願いします。

2. じゃあ、あと一日で結構です。

3. あと二日でできないなら、間に合いませんね。

6番

M：彼女に会わなかったら、ぼくは今頃きっと寂しい人生を送っていたと思うよ。

F：1. なぜ彼女に会えなかったの？

2. 彼女に会えて本当によかったね。

3. 寂しい人生だったからね。

7番

F：私に言わせてもらえば、課長はこの仕事のことをあまりわかっていませんよ。

M：1. そんなことはない。よくわかってるよ。

   2. じゃあ、もっと言ってもいいよ。

   3. 言わせてあげないよ。

8番

M：子どもたち、目をきらきらさせて話を聞いていましたね。

F：1. そうですね。つまらなかったんでしょうね。

   2. はい。とても怖がっていました。

   3. ええ、楽しかったみたいですね。

9番

F：申し訳ないんですが、明後日から出張を控えておりまして…。

M：1. 大変ですね。出張に行けないほどお忙しいなんて。

   2. 承知しました。お帰りになりましたらご連絡ください。

   3. じゃあ、明日しか出張はできないんですね。

10番

M：こんなことになるなら、もっと早く来るんだった。

F：1. まさかぜんぶ売り切れちゃうとはね。

   2. うん。いいものが買えたから、早く来てよかったね。

   3. 家を出たのが早すぎたね。まだ店が開いてない。

11番

F：山口さんに頼んだんですが、なかなかうんと言ってくれないんです。

M：1. そうか。すぐに承知してくれて助かった。

   2. そうか。もう少し交渉してみよう。

   3. そうか。きっとよく分かったんだろう。

12番

F：今日の集合時間のこと、川上さんに何も言ってなかったんじゃない？

M：1. いえ、伝えましたよ。

   2. いえ、伝えてません。

3. はい、伝えましたよ。

13番

F：もう少し会議を続けませんか。

M：1. 続けようと続けまいと、もう会議は終わるべきだと思います。

　　2. 結論が出たが最後、会議は終わらないと思いますが。

　　3. これ以上続けたところで結論は出ないと思いますが。

問題5

1番

大学で、男の人と女の人が話をしています。

F：どのサークルに入ろうかな。もう決めた？

M：僕はテニスクラブに入ったよ。まだ募集してるけど、どう？　入らない？

F：うん、高校の時ずっとテニスをやってたから続けてもいいんだけど、せっかく大学に入ったん
　　だから、大学でしかできないことをやりたいな。

M：文学研究会とか、合唱サークルとか？

F：うーん、それより、うちの大学は留学生が多いでしょ。社会に出れば外国人といっしょに仕事
　　をすることになると思うから、その前に、友達を作ってその人の国の文化を知りたいんだ。生
　　け花とか書道のサークルも留学生がいるみたいだけど、できればいっしょに人の役に立つよう
　　な、一つの目的を果たせるようなサークルがいいな。

M：そういえば、利害関係のない友達を作れるのは学校だけだって聞いたことあるな。いっしょに
　　社会の役に立つなんていいよね。

F：そうでしょ。うん。私、探してみる。

女の人が興味を持つのはどのサークルですか。

1. 留学生が多い日本画のサークル
2. 留学生が多い書道部
3. 留学生が多いボランティアサークル
4. 留学生に日本文化を紹介するサークル

2番

学生がアルバイトの面接を受けています。

M：今までどんなアルバイトをしたことがありますか。

F1：飲食店で働いたことがあります。ウェイトレスと、レジも担当していました。

F2：どうしてやめてしまったんですか。

F1：その店が閉店してしまいまして、ちょうど私も留学が決まっていたので、それ以後はしていません。

M：英語は話せますか。

F1：はい、日常会話には不自由しません。

M：うちはレストランや喫茶店と違って、お客さんと話すことはないんですが、電話の応対がしっかりできないと困るんです。電話はお客様からが多いんですけれど、大家さんや建築会社、銀行など、いろいろなところからかかってきます。大丈夫ですか。

F1：はい。敬語も、苦手だと感じたことはないです。

F2：パソコンは？

F1：資格などはありませんが、キーボードは見ないで打てます。

M：わかりました。

どんなアルバイトの面接ですか。
1. 不動産会社の事務
2. 通信販売の受付
3. 英会話の教師
4. 楽器演奏者

3番

テレビの報道番組で、近隣トラブル、つまり、近所に住む人どうしの紛争について弁護士が話しています。

M：引っ越したら隣の人がうるさくて困っている、上の階の子どもが四六時中ドタバタと走り回っている、などという苦情をよく耳にしますが、どう対処すればいいか分からないという方が多いようです。
　ご近所同士の紛争は、ある程度の長さのつきあいを続けざるを得ないことが多く、裁判で勝っても、問題の本質的な解決につながりにくいのです。さらに近隣トラブルは、生活に影響するため精神的ストレスが大きいという特徴があります。
　ですから、まず何よりも、今後もつきあいが続くということを頭において対処すべきでしょう。

このような観点から、まず、話し合いで解決を図るのが効果的です。その際に、法律とかマンションの規則とか、何らかの客観的な根拠をもって話し合いに臨むことも有効です。話し合いで解決がつかない場合も、いきなり裁判を起こすのではなく、裁判所という場所を借りた話し合いや、中立的な立場の人に判断を任せるなど、より穏やかな解決方法が望ましいでしょう。

M：昔、ピアノの音が原因で近所の人を殺してしまった事件があったね。

F1：そうね。最近もエレベーターの中でにらまれたとか、近所の子どもに家のドアを蹴られたことで殺そうと思ったとか、騒音以外にも近隣トラブルはあるみたいね。

M：ふだんからコミュニケーションがとれていればいいのかもしれないけれど、今はそれが難しいんだよな。さやかはちゃんと近所の人に挨拶してる？

F2：うん、してるよ。でも、お隣の酒井さんに、「お帰りなさい」て言われると、「ただいま」って答えていいのかどうかわからなくて、「どうも」って小さい声で答えてるんだ。

M：夫婦げんかの声とかが聞こえてたら、ちょっと恥ずかしいなあ。

F1：やあね、そんなに大きい声で喧嘩なんかしないわよ。どこまでお付き合いをしたらいいかっていうのは難しいけど、災害が起きた時は助け合わなくちゃいけないんだから、やっぱり普段から関係はよくしておきたいわね。

F2：そういえば私が小学生の時、鍵がなくて家に入れないで困っていたとき、酒井さんのおじさんが一緒に遊んでてくれたでしょ。顔はちょっと怖いけど、優しいよ。

M：奥さんにはいつも手作りのおいしいものをいただいているしね。

F1：本当。ありがたいわね。

M：そうだね。こんなトラブルは想像もつかないなあ。

質問1．弁護士は、近隣トラブルの解決で大切なのはどんなことだと言っていますか。

質問2．この家族は隣の夫婦について、どう思っていますか。

日本語能力試験聴解 N1　第3回

（M：男性　F：女性）

問題1

例

男の人と女の人が話をしています。二人はこれから何をしますか。

M：ごめんごめん。もうみんな、始めてるよね。

F：（少し怒って）もう。きっとおなかすかせて待ってるよ。飲み物がなくちゃ乾杯できないじゃない。私たちが買って行くことになってたのに。

M：電車が止まっちゃって隣の駅からタクシーだったんだよ。なんか、人身事故だって。

F：ああ、そうだったんだ。また寝坊でもしたんじゃないかと思ったよ。

M：ええっ。それはないよ。朝は早く起きて、見てよ、これ。

F：すごい。佐藤君、ケーキなんて作れたんだ。

M：まあね。とにかく急ごう。あのスーパーならいろいろありそうだよ。

二人はこれからまず何をしますか。

1番

会社で、男の人と女の人が出張について話しています。女の人は男の人に何を頼まれましたか。

F：出発、明日でしたっけ。準備は終わりましたか。

M：はい、ほんの三日なので身軽にします。さっき印刷を頼んだ資料を持って行くから、それがかさばるぐらいかな。着るものも夏物でいいし。ジャケットはどうしようかな。

F：マレーシアはどこでもエアコンがきいているから、薄い生地のジャケットは役に立ちますよ。飛行機の中も寒いし。室内で会議の時にもいりますから。

M：薄地のやつは持ってないな。どこかで買って行きます。あ、明後日、請求書を富士工業に送っといてください。もう変更はないですから。

F：はい。わかりました。田島建設との連絡やら、松井設計に出す企画書やら、いろいろたまってるみたいですけど、何かやっておきましょうか。

M：あ、それはいいです。僕があっちからできるんで。

F：わかりました。

女の人は男の人に何を頼まれましたか。

2番

家で父親と娘が話しています。二人はこれから何を食べますか。

M：ああ、お腹すいたなあ。お母さん、まだ帰ってきそうにないから、なんか食べよう。

F：ええっ、お父さんが作るの？　何を？

M：まあ、ラーメンか焼きそばぐらいかな。

F：夕ご飯にラーメンって、どうかなあ。私、作るよ、カレーかなんか。ジャガイモ、ニンジン…あれ、

玉ねぎがない。それにお肉も…これしかない。

M：それじゃ無理だな。お弁当でも買ってこようか。

F：…あれ、テーブルの上にお母さんのメモがある。カレーが冷凍してあります…って。

M：なんだ。

F：よかったねー。助かった。雨も降ってきたし、コンビニまで歩くと結構あるから。

M：ひさしぶりに弁当も食べたかったけど。ま、いいや。さっそく食べよう。

F：お父さん、ぜいたくー。

二人はこれから何を食べますか。

3番

デパートのベビー用品売り場で、男の人と店員が話しています。男の人は何を買いますか。

F：いらっしゃいませ。贈り物でしょうか。

M：ええ。姪が昨日生まれたばかりで…。お祝いなんですけど、どんなのがいいのかなと思って。おもちゃじゃちょっと早いし、洋服の方がいいかなあ。

F：そうでございますね。早いことはないですけれど、お洋服は、いくらあっても困られることはないと思います。

M：そうですね。今すぐ使ってほしいし。

F：お帽子と靴下、あと靴は、こちらにあります。これからどんどん出かけられるでしょうから、帽子は早めに用意された方がいいですね、暑くなりますし。お母さまによっては靴下は履かせたくないという方もいらっしゃるので。

M：ええ。足は裸足が一番ですからね。あ、これ、かわいいですね。

F：ああ、こちらとても人気があるんですよ。このままだとクマさんのお耳で、裏返すとウサギさんになるんです

M：へえ。いいな。じゃ、これを包んでください。

男の人は何を買いますか。

4番

会社で男の人と女の人が話しています。男の人はこれからどこへ行きますか。

M：ゴホゴホ（咳の音）
F：大丈夫ですか？
M：なんか寒いと思ったら、喉も痛くなってきた。参ったな。

F：今日は早めに帰られた方がいいですよ。

M：いや、6時から本社で例の会議なんだ。まだ3時か…ちょっと、薬買ってくるよ。

F：熱もありそうですね。1階の医院で見てもらった方がよくないですか。

M：そこまではしなくても。まあ、一応体温は計ってみよう。…ピピッ, ピピッ。ああ、結構あるな。

F：無理なさらない方がいいですよ。

M：どうせ行くなら、帰りに家の近くの内科へ行くよ。夜9時まで受け付けてるんだ。じゃ、ちょっと出て来るから頼むよ。

男の人はこれからどこへ行きますか。

5番

メガネ店で店員と男の人が話しています。男の人はどの色の眼鏡を買いますか。

F：どのような眼鏡をお探しですか。

M：軽いのを探してるんです。今まで縁が太いものを使っていて、見た目に圧迫感があったんで。こんどは縁なしか、あっても薄い、明るい色にしたいんです。

F：とすると、こちらはどうでしょう。縁とレンズの厚みに差がないし、しかも特殊な材質を使っているので自由に曲がるんです。

M：ああ、いいですね。圧迫感がない。

F：色は、赤、茶、紺、ピンク、それに黄色とグレーの模様入り、などがあるんですが、全部透明で、とても薄い色です。

M：迷うなあ。

F：こちらに鏡がございます。肌の色に合わせて選ぶ、相手に与えたい印象に合わせて選ぶなど、いろんな方法があります。男女兼用なので、どの色もお召しにはなれますが、やはりピンクと赤は女性の方が良いようですね。

M：そうでしょうね。ただ、今までは濃い黒縁で、ちょっと厳しいような印象だったから、もっと明るくてソフトな印象にしたいんです。やはり、無地の方がいいけど、紺だと学生っぽいし。ただ、女性っぽくなっても変だし…よし、これにします。

男の人はどの色の眼鏡を買いますか。

6番

男の人と女の人が家で話をしています。男の人は今朝から何を始めますか。

M：ごちそうさま。

F：あれ、もう食べないの？

M：最近あまり食欲がなくて。夜もよく眠れないし。あー（あくびの音）、眠いなあ。

F：座ってばかりの仕事だとそうなるんだって、テレビで言ってたよ。それに、寝る直前までパソ
　　コンとかスマートフォンを見ていても眠りにくくなるとか。

M：パソコンやスマートフォンの画面から出る光のせいだと言うんだろう。そうは言ってもなあ。

F：じゃ、スポーツクラブに入る？　あと、ちょっと走ってみたら？

M：えっ、急に走ったりしたらまずいんじゃない？　それに、そんな時間ないよ。病院に行ってみ
　　ようかな。

F：バスをやめてみるとか、ひと駅前で降りて歩くとかは？　病院に行けば薬をもらうぐらいしか
　　ないんだろうけど、その前に体を動かしてみた方がいいような気がする。

M：うん。それもそうだね。よし、今朝からさっそくやってみよう。そうすると、…おっ、もう出
　　かけた方がいいな。

男の人は今朝から何をしますか。

問題2

例

男の人と女の人が話しています。男の人はどうして肩がこったと言っていますか。

M：ああ肩がこった。

F：パソコン、使いすぎなんじゃないの？

M：今日は2時間もやってないよ。30分ごとにコーヒー飲んでるし。

F：ええ？　何杯飲んだの？

M：これで4杯めかな。眼鏡だって新しいのに変えてから調子いいんだ。ただ、さっきまで会議だっ
　　たんだけど、部長の話が長くてきつかったよ。コーヒーのおかげで目が覚めたけど。あの会議
　　室は椅子がだめだね。

F：そうなのよ。私もあそこで会議をした後、必ず背中や肩が痛くなるの。椅子は柔らかければい
　　いというわけじゃないね。

M：そうそう。だから会議の後は、みんな肩がこるんだよ。

男の人はどうして肩がこったと言っていますか。

1番

学生と先生が学生の書いたレポートを見ながら話しています。先生は学生に、何を考えてほしいと

言っていますか。

F：田中君、このレポートについてなんだけど、保育園の建設予定地で住民の反対運動があったことについて書いてありますね。

M：はい。今、保育園に入ることができない待機児童の問題は深刻で、一つでも多くの保育園ができることはいいことです。一人でも多くの母親が働けるわけですから。

F：はい。

M：しかし、住民には、なぜこの場所なのか、ということが納得できないのだと思います。静かで落ち着いた住宅地が、保育園ができると、運動会やら、夏祭りやら、いろいろありますから。それである地域では、高齢者による保育園建設への反対運動が起きました。

F：それで、解決方法として、母親たちの意識を変えることが大事だと思ったのですね。

M：はい。お母さんたちが自転車を停めて子どもを放っておしゃべりしていたりとか、朝、ものすごい勢いで自転車を走らせたりするのをやめないといけない、つまり安全についての意識を徹底しなければならないと思いました。

F：確かに、それも大事ですね。しかし、なぜお母さんたちはそんなことをしているんでしょうか。別の地域ではそれほどまでに激しい反対運動は起きていませんね。

M：はあ…。

F：そもそも、その事態を生んだ社会の事情から考えないと。

先生は学生に、何を考えるように言っていますか。

2番

会社で男の人と女の人が部屋の整理について話しています。男の人はまず何をしますか。

M：配置をどう変えましょうか。

F：入口のすぐ近くが受付になっていて、その近くに事務の机があるのはいいと思うんです。ただ、机は四つあるけど、実際に使っているのはそのうちの二つです。あとの二つは物を置くだけになっています。置いてる物を棚に入れて、机を二つ処分すると、かなりスペースができるんじゃないですか。

M：確かに。

F：ええ。それと、紙の資料に日差しが当たらないように、この棚を奥の方に移して、データ化できるものはしていきましょう。私、実は少しずつ始めているんですよ。

M：そうですか。じゃ、机からやります。スペースができれば、部屋の中での人の流れがスムーズになりますからね。

F：そうですね。そうすれば新しい企画の仕事も捗りますよ。よし、さっそく始めましょう。

男の人はまず何をしますか。

3番

ビルの外を見ながら、男の人と女の人が話しています。二人は何を見ていますか。

M：あれができたのって、今からもう20年前なんだよね。

F：そうね。ライトアップされるとほんとにきれい。でも、夜は歩けないんでしょう。

M：たしか、夏は9時までじゃなかったかな。晴れた日は本当にきれいだよ。東京タワーや、都心のこの辺や、反対側は千葉の房総半島まで見えるんだ。

F：確か高速道路が通ってるんだよね。電車や車では何度か通ったことがあるけど、歩いたことはないな。

M：じゃ、今度歩いてみようよ。長さは1.7キロぐらいだよ。無料だし、なかなか景色がいいんだ。

F：へえ。もっと長いかと思ってた。海の上だから風が強い日はちょっとこわそう。スリルがあるね。自転車やバイクで通る人もいるのかな。

M：たしか、自転車はだめなんじゃなかったかな。それに景色がいいから、ゆっくり歩くのがいちばんだよ。

二人はビルから何を見ていますか。

4番

母親と息子が話しています。息子は今日、何をしますか。

F：引っ越しの準備、進んでる？ 荷造りとか、掃除とか。もう大学生なんだから自分でやってよ。

M：うん。ぼちぼち。バイト、夕方からだからそれまでやるよ。

F：そう。じゃ、がんばって。お母さん、ちょっと買い物に行ってくるね。

M：あ、痛み止めの薬ない？ ちょっと歯が痛くて。

F：虫歯なら薬なんて飲んだってだめよ。さっさと歯医者に行きなさい。

M：さっき電話したんだけどさ、今日はもう予約がいっぱいなんだって。だから明日にした。薬ないんだったら買ってきてよ。

F：薬はあるけど、別の歯医者に行ったら？ ほっぺた、けっこう腫れてるよ。

M：うーん、いや、なんとかがんばる。今日でバイト最後なんだ。で、薬、どこ？

F：キッチンの棚の二段目の引き出し。

M：了解。

むすこ きょう なに
息子は今日、何をしますか。

5番

かいしゃ おとこ ひと おんな ひと はなし おんな ひと おとこ ひと なに たの
会社で、男の人と女の人が話をしています。女の人は男の人に何を頼みましたか。

M：山口さん、新しい炊飯器のパンフレットですけど、日本語のチェックは全部終わりました。

F：ああ助かった。どうもありがとうございます。あとは翻訳ですね。そっちは？

M：ああ、翻訳者からはすぐ届きますが、パンフレットはこれです。

F：そうですね…いいんですけど、もう少し写真が入っていたほうがわかりやすいんじゃないかしら。

M：ただ、もういいのがないんですよ。工場からいくつか送ってきたんですけど。

F：色違いの製品がのっていないし、これではちょっと足りないですね。

M：確かに。じゃ、これから僕が工場に行って写真撮ってきます。

F：急いだほうがいいですね。

おんな ひと おとこ ひと なに たの
女の人は男の人に何を頼みましたか。

6番

おとこ ひと うけつけ ひと はなし おとこ ひと いま こ つ
ホテルで男の人が受付の人と話をしています。男の人は今からどこに子どもを連れていきますか。

M：この近くでおもしろいところはありますか。早めに着いたんで、ちょっと子どもと時間をつぶしたいんですけど。

F：この近くは、景色がいいので歩くだけでも気持ちがいいんですが、…30分ほど歩くと牧場があって、搾りたての牛乳が飲めます。アイスクリームもおいしいですよ。

M：いいですね。ただ、歩くのは疲れるかな。明日は朝からスキーなので。

F：お子さんが喜びそうな所ですと、ここから車で20分ほどのところに小さい動物園があってウサギを抱っこできます。あと、虎の赤ちゃんが先週から公開されているんですよ。

M：楽しそうですね。他にありますか。

F：あとはやはりここから20分ほど歩くんですが、市民美術館があります。子どもさんが自由に絵を描けるコーナーもあるそうです。

M：それもいいですね。うーん、いろいろあって迷うなあ。動物園もいいし。

F：よろしければタクシーを呼びましょうか？　動物園まで。

M：いえ、なんだかちょっとぐらい歩けそうな気がしてきました。だって、搾りたての牛乳なんてめったに飲めないし。よし、そうしよう。

おとこ ひと いま
男の人は今からどこに子どもを連れていきますか。

7番

おんな ひと かいぎ しつもん　　　　　　　　　おんな ひと なに もんだい おも
女の人が会議で質問をしています。女の人は何が問題だと思っていますか。

F：今のご説明について一点質問があります。3ページについてなんですが、インターネットを
　　使ったアンケート調査の結果ですね、これは記名での回答になっていたのでしょうか。

M：はい、メールマガジンの発行を前提にしたアンケートで、これからの宣伝につなげることを
　　目的に行いました。

F：そうですか。今後発売する化粧品づくりには正確なデータが必要ですが、この回答数はいかが
　　なものでしょうか。

M：確かに回答者数は少なかったのですが、信頼性の高い結果が得られたと思っています。

F：無記名でも、メールアドレスは登録されているわけですから、今後は回答数を増やすためにも
　　記名の必要性について再度検討して行っていただきたいと思います。しかし、文章で回答して
　　もらったことは画期的ですので、ぜひ今後も続けてください。

M：承知しました。貴重なご意見、ありがとうございました。

おんな ひと ちょうさ なに もんだい おも
女の人は調査の何が問題だと思っていますか。

問題3

例

テレビで男の人が話しています。

M：ここ2、30年のデザインの変化は著しいですよ。例えば、一般的な4ドアのセダンだと、これ
　　が日本とアメリカ、ドイツとロシアの20年前の形と比較したものなんですけど、ほら、形が
　　かなりなだらかな曲線になっています。フロントガラスの形も変わってきていますね。これ、
　　同じ種類なんです。それと、もう一つの大きい変化は、使うガソリンの量が減ったことです。
　　中にはほとんど変わらないものもあるんですが、ガソリン1リットルで走れる距離がこんなに
　　伸びている種類があります。今は各社が新しい燃料を使うタイプの開発を競争していますから、
　　消費者としては、環境問題にも注目して選びたいものです。

おとこ ひと　　　　　　せいひん　　はな
男の人は、どんな製品について話していますか。

1. パソコン

2. エアコン

199

3. 自動車

4. オートバイ

1番

テレビで、男の人が話しています。

M：暑い夏に涼しく過ごせるのも、寒い冬にあたたかく過ごせるのも科学技術の恩恵です。人類が宇宙に行き、ステーションを作る。新たなエネルギーを生み出す。科学は進むことをやめません。しかし、それはなんのためでしょうか。日本でも、そして外国でも自然災害が続いています。地震で多くの犠牲者が出て、人々の心の傷も、体の傷も治らないうちに、次の災害が起こります。古代から自然災害は突然、人々の平和を襲います。その間を縫って、人類は生きるための便利な道具を作ってきました。しかし、近年、その目的は豊かさや便利さであって、安全に向けたものではなくなっているのではないでしょうか。武器の開発も例外ではないでしょう。大きい災害が発生するたびに、安全に生きるための科学技術に、人類の知恵を使うことはできないのか、私はそう思えてしかたがありません。

男の人は何について話していますか。
1. 自然災害と文化について
2. 人類の進化について
3. 人類の平和について
4. 科学技術の目的について

2番

男の人と女の人が話をしています。

F：もう入社して一か月なんだけど、どうも職場の人とうまく話ができなくて。

M：へえ。大学の時はあんなに楽しそうに話していたのに。

F：年が違うからかな。父よりちょっと若いぐらいの男の人が多いし、女の人もいるけど話さないし。仕事の話も最小限なんだよね。

M：あっちもそう思ってるんじゃない？

F：そうなのかなあ。どんな話題を出したらいいか、難しくて。

M：あのさ、話しかけられやすい雰囲気を作ったら？　例えば、朝早く出勤するとか。

F：早めには行ってるよ。

M：一番に行くんだよ。それで、コーヒーでも飲みながら新聞読んでるんだ。そうすると、次に来た人が話しかけてくれるだろう？　他の人がいないと、話しやすいもんだよ。ひどい雨だね、とか。

もしかすると偉い人が意外な話をしてきたりする。昨日は子どもの運動会で、とか。仕事も早く始められるし、誰かの手伝いもできるから喜ばれるよ。

F：そうか。うん。それ、さっそくやってみる。ありがとう。

男の人はどんなアドバイスをしましたか。
1. 誰にでも自分から積極的に話しかけること。
2. 朝、一番早く出勤すること。
3. 朝は必ずコーヒーを飲むこと。
4. 偉い人に意外な話をしてみること。

3番

テレビで女の人が話をしています。

F：笑う門には福来る、ということわざがあります。いつもにこにこしていれば、その人のまわりには安心して人が集まってきます。笑っている人というのはくだらないことにこだわりません。前向きな気持ちで物事を行えるから、うまくいくことが多いのです。さらに心に余裕がありますから、人の失敗にも腹が立ちません。問題が起こっても、笑えば脳の緊張もとけ、筋肉もやわらかくなるため、よく眠ることができて、健康でいられます。いいことばかりですね。昔の人は、本当にすばらしいことを言うなあと思います。

女の人が言ったことわざは、いつも何をしているといい、という意味ですか
1. 笑っている。
2. 前向きに考えている。
3. 健康でいるように心がけている。
4. 物事にこだわらずにいる。

4番

テレビで、教育評論家が話しています。

F：友達にあやまる時や、バイトを休みたい時、つきあっている相手との交際をやめたいとき、メールやSNSを使う人が増えています。これは中学生や高校生に限ったことではなく、大学生もそうです。相手がメッセージを読めばとりあえず目的は達成できるから、とても楽なんですね。相手の怒りや悲しみに向き合わずに済みますから。ただ、10代の頃にこのコミュニケーションの方法に慣れてしまったら、社会人になってから直接、相手の感情を受け止めるのは大変です。誰でも、相手と衝突するのは嫌なものですが、その嫌なことを乗り越えるためには、人がどん

なときに、どんな風に思うのかをしっかり学ばなければならないのではないでしょうか。

どんなことをメールやSNSで伝える人が増えていると言っていますか。

1. 早く伝えたいこと

2. 簡単なこと

3. 言いにくいこと

4. わかりにくいこと

5番

男の人と女の人が歩きながら話しています。

M：もうこんな時間だ。座る場所がなくてずっと立ったまま見てなくちゃならなかったのがつらかっ
たな。でも、純一も若菜も頑張っていたね。

F：そうね。若菜は走るのが速くなっていてびっくりしちゃった。

M：僕に似たんだな。僕も小学校の時は結構、速かったんだよ。

F：純一は私かな。スポーツより音楽なのよね。ピアノが大好きで…。だからかな？ ダンスはすっ
ごく一生懸命やっていて、じーんとしちゃった。男の子だから、もうちょっと速く走れたらい
いと思ってたからちょっと残念だけど、好きなことがあればいいよね。

M：うん。男がスポーツ、女は音楽、なんていう考え方はもう古いよ。二人とも楽しそうに頑張っ
ていたのは何よりだ。帰ったらたっぷりほめてやろうよ。

F：そうね。夕飯は二人の好きなハンバーグにしましょう。

二人は何をしてきたところですか。

1. 子どもの入学式に出席した。

2. 子どもの運動会を見てきた。

3. 子どもの授業を見に行ってきた。

4. 子どもの音楽発表会に行ってきた。

6番

病院で、女の人と医者が話しています。

M：この病気は、お酒もそうですが、コーヒーなどのカフェイン、あと、重いものを持つような姿
勢が原因になることもあります。高齢でもなりますが、若い人がかかりやすいんです。ストレ
スでなる場合もあります。何か思い当りますか。

F：お酒はのまないんですけど、コーヒーはよく飲みます。

M：カフェインは治るまで控えた方がいいですね。あと、コーラはよくないです。

F：刺激物もだめなんですね。

M：ええ。それと、ソーセージなど肉を加工したものや、油で揚げた物など、脂肪が多いものも、避けてください。逆に、乳製品はいいですよ。牛乳やヨーグルトは積極的に。

F：はい…。あとはどうでしょうか。

M：そうですね。とにかく消化がよくて、やわらかく、胃にやさしいものを食べてください。食事以外のことでうまく気分転換をしてください。

女の人に適当な食事はどれですか。

1．刺身、てんぷら、漬物

2．カレー、ハムサラダ、牛乳

3．うどん、とうふの煮物、ヨーグルト

4．ラーメン、揚げぎょうざ、ヨーグルト

問題4

例

M：張り切ってるね。

F：1．ええ。初めての仕事ですから。

　　2．ええ。疲れました。

　　3．ええ。自信がなくて。

1番

M：あの時は、そんなつもりで言ったんじゃないんだ。

F：1．いいよ、気にしてないから。

　　2．今から言ってもいいよ。

　　3．じゃ、誰が言ったの？

2番

M：新しいプリンターを買ったんだけど、なかなか思うようにならなくて。

F：1．しばらく節約だね。

　　2．説明書を読んでみた？

　　3．いつ申し込んだの？

3番

M：この事件、犯人の動機は何だったんでしょうか。

F：1. 昔は小学校の先生だったらしいですよ。

    2. カッターナイフだそうです。

    3. お金に困っていたようですよ。

4番

M：こんなニュースを見ると、寒気がするね。

F：1. うん。どうして自分の子どもにこんな残酷なことをするんだろう。

    2. うん。この新発売のアイスクリーム、おいしそう。

    3. うん。雪が積もった富士山ってきれいだね。

5番

F：ここの職人さんは、腕がいい人が多いですね。

M：1. ええ。スポーツで鍛えていたんですね。

    2. はい。けんかではとても勝てませんね。

    3. そうですね。どの器もすばらしいですね。

6番

M：来月から、僕にも家族手当が出ることになったよ。

F：1. よかった。少し楽になるわね。

    2. どうしよう。そんなにお金はないよ。困ったな。

    3. これで、痛くなくなるね。

7番

F：新入社員の片岡さん、人当たりがいいですね。

M：1. そうですか。そんなに太ってるようにはみえませんけど。

    2. ええ。いつもにこにこして、話しやすいですね。

    3. 話し方はきついけど、優しいところもあるんですけど。

8番

M：佐藤君の言うことは一本筋が通ってるよ。

Ｆ：1. うん。人の意見を聞かないから困るよ。

　　2. そう。いつも誰かの考えに影響されてるね。

　　3. そうね。だからみんなに信用されるんだよね。

9番

Ｆ：菅原さんの話は、いつも自慢ばかりでうんざりしちゃう。

Ｍ：1. そんなにおもしろいの？　聞いてみたいな。

　　2. そうか。それは退屈だね。

　　3. ちゃんと聞いていないと、後で困るね。

10番

Ｍ：こんなことなら他の映画にするんだった。

Ｆ：1. そうね。感動しちゃった。

　　2. うん。なんで人気があるのか不思議。

　　3. それなら、絶対これを観ないと後悔するよ。

11番

Ｆ：私、たばこは今日できっぱりやめる。

Ｍ：1. えらい。やっと決心したんだね。応援するよ。

　　2. だめだよ。体に悪いから吸わない方がいい。

　　3. うん。少しずつでも減らした方がいいよ。

12番

Ｍ：日本料理の中では、とりわけ豆腐が好きなんです。

Ｆ：1. ああ、私も豆腐はあんまり。

　　2. ええ。豆腐はそんなにおいしくないですからね。

　　3. へえ。寿司やてんぷらよりも好きなんですか。

13番

Ｆ：ひろしの成績、なかなか上がらないけど、これで合格できるのかしら。

Ｍ：1. まあ、自分なりに努力はしているみたいだから、もう少し様子をみてみようよ。

　　2. うん。合格ともなれば、きっとうれしいに違いないよ。

　　3. きっと、合格したら最後、がんばるだろう。大丈夫だよ。

聴解

1番

電話で男の人と女の人が話しています。

F：はい、アイラブックです。

M：あのう、本を寄付したいんですけど。

F：ありがとうございます。どのぐらいになるでしょうか。

M：ええと、100冊ぐらいなんで、ミカンの箱で三箱ぐらいかな。いや、二箱…。大きい本もあるのでやはり三箱ぐらいです。

F：五冊以上の場合は、送料は結構です。こちらで指定する配送業者を手配します。お送りになる準備ができましたら、ホームページから申し込み用紙を印刷して必要事項を書いたものを箱に詰めてください。それから配送会社に電話をして、引き取りを依頼して、配送会社の人が来たら、渡していただけますでしょうか。

M：わかりました。それと、もし引き取ってもらえない本が入っていた場合は、送り返されてくるんでしょうか。

F：一度送っていただいた本は返却できないので、処分します。値段がつけばそれを支援が必要な団体に寄付させていただき、値段がつかなければ処分します。

M：わかりました。じゃあ、これから準備します。

F：よろしくお願いいたします。

男の人が本を送るためにしなければならないことは何ですか。

1. ①本を箱に詰める　②申込書をアイラブックに郵送する　③連絡が来たら配送会社に①を持って行く。
2. ①本を数える　②冊数を申込書に記入する　③電話が来たらアイラブックに郵便で送る。
3. ①申込書に必要事項を記入する　②①を本と一緒に箱に詰める　③配送会社に電話して来てもらう。
4. ①申込書に必要事項を記入する　②①をアイラブックに郵送する③配送会社に電話して来てもらう。

2番

会社で三人の社員が集まって社内行事の企画について話しています。

M：今年の秋の行事について、そろそろ意見をまとめましょう。

F1：うちの課は、社員旅行がいいという声が上がりました。最近はずっと旅行に行ってなかったん

ですが、また復活させたい、ということです。

M：そういえば他の会社でも、社員旅行を復活させたところが増えてるらしいですよ。自分の時間を優先させたかったり、不況だったりでやらなくなったのに、今になってまたなんて、おもしろいですね。

F1：職場の人間関係をよくするためにはいいことじゃないですか。ベテランと新人が一緒の部屋で寝起きするって、会社の業績を上げこそすれ、下げることはなさそうだし。

F2：うちの課は、山登りと花見、あと、花火大会見物が出てました。例えば土日で旅行に行けば、次の週末までは休みがないわけですから、社員旅行は、体力的にどうかな。スポーツ大会とか、花見ぐらいが適当だと思うんですけど。

M：スポーツ大会も結構無理するかもしれませんね。とにかく、運動会にせよ、花見にせよ、イベントをやること自体はみんな前向きですね。うーん、旅行も、無理ってことはないかもしれませんよ。そうだ、みんなに行きたいかどうか、意見を聞いてみませんか。もし旅行ということになると予算を組まないといけないから、会社がどれぐらい出せるのかもさっそく上に聞いてみます。

F2：一人いくらぐらいなら個人的に出してもいいか、またどんなところに行きたいかも合わせて、アンケートをとってみましょうか。他のイベントに関しては、旅行はなし、と決まってからでも遅くないですよ。

M：それはそうですね。

F1：じゃあ、さっそくアンケートをつくりましょう。

三人が作るアンケートの問いとして適当ではないのはどれですか。
1. 社内行事をすることに賛成か反対か
2. 社員旅行に行きたいかどうか
3. 社員旅行があったらどこへ行きたいか
4. 社員旅行があったら参加費がいくらまでなら参加するか

3番

テレビでアナウンサーが、世論調査の結果について話をしています。

M：今回の調査では、政治・経済・地域などの各分野で女性のリーダーを増やすときに障害となるものは何か、という質問に対して、「保育・介護・家事などにおける夫などの家族の支援が十分ではないこと」、と答えた人の割合が、女性54.8%、男性44.8%と、ともに最も高くなりました。続いて、保育・介護の支援などの公的サービスが十分ではないことが42.3%、長時間労働の改善が十分ではないことが38.8%、上司・同僚・部下となる男性や顧客が女性リーダーを希望しないことが31.1%と続きました。

また、一方で、男性が家事・育児を行うことについて、どのようなイメージを持っているか聞いたところ、「子どもにいい影響を与える」と考えた人の割合が女性では62.2%と最も高かったことに対して、男性では「男性も家事・育児を行うことは、当然である」と答えた人の割合が58%で、一位となりました。

M：僕は、結婚したら必ず家事や育児をするのに、なんでなかなか結婚できないのかな。

F1：あらあら、妹の陽子の方が結婚することになって、急に焦ってるんでしょ？健一は、あんまり結婚したそうに見えないからじゃない？お父さんに似て、あんまりおしゃれもしないし。

M：そうかな。とにかく、うちは特に長時間労働ということもないし、働きやすいよ。

F2：上の人がまだ仕事をしていると、なかなか帰りにくいっていうことはない？私、課長より先には帰りにくくて。

M：そうでもないよ。逆に、残っていると、仕事ができない人みたいなイメージになっちゃう。部長は女の人だし、たいてい一番先に帰るんだ。女性社員もさっさと帰るよ。

F1：昔、私が会社に勤めてた時は、特に仕事がなくても会社に残っている人がいたんだけど、そういう人はきっと、家事をやらなくても済んでたのよね。

M：うん。元気な親と一緒に住んでたか、一人暮らしか…。今はそんな会社、減ったよ。もちろん、なかなか仕事が終わらなくて、っていう人もいるとは思うけど、育児や介護を抱えていたりする人が長時間働かなくてもいいように会社が考えていかないと、女性は社会では活躍しにくいよ。最近は、家族の誕生日は休めるし、育児休暇は男性も最低1か月はとれるって会社もあるらしいね。

F2：そういう会社はいいね。うちの会社は、大事なことが決まるのは、6時過ぎで、場所は喫煙室。社長も部長もいつもそこにいるんだもん。結婚してもやめないけど、子どもが生まれたら仕事を続けられるか心配。

質問1．この調査は何について調べたものですか。

質問2．兄と妹は自分の勤めている会社についてそれぞれどう考えていますか。

MEMO

JLPT N1

かい とう　　　かい せつ
解答と解説

STS

CHECK
1
2
3

1

解答 1

日文解題　「類似」は、よく似ていること。
読み方をチェック：
類（ルイ）　例・種類、親類。

中文解說　「類似」是指十分相似。
注意讀音：
類唸作ルイ。例如：種類（しゅるい，種類）、親類（しんるい，親戚）。

2

解答 2

日文解題　「背景」は、絵や写真で中心になるものの後ろにある部分。
読み方をチェック：
背（ハイ／せ／せい／そむ‐く／そむ‐ける）。
例・背後、背中、背比べ、教えに背く、顔を背ける。
景（ケイ）　例・風景、景気。
＊「景色」は特別な読み。

中文解說　「背景／背景」是指圖畫或照片中，位於主要重點後方的陪襯部分。
注意讀音：
背唸作ハイ／せ／せい／そむ‐く／そむ‐ける。
例如：背後（はいご，背後）、背中（せなか，背脊）、背比べ（せいくらべ，互比身高）、教えに背く（おしえにそむく，違背教誨）、顔を背ける（かおをそむける，別過臉）。
景唸作ケイ。例如：風景（ふうけい，風景）、景気（けいき，景氣）。
＊「景色（けしき）／景色」是特殊唸法。

3

解答 4

日文解題　「保つ」は、そのままの状態で続けること。
その他の選択肢の漢字は、1「打つ」2「建つ、断つ　など」3「持つ」。
読み方をチェック：
保（ホ／たも‐つ）　例・保険、保存、健康を保つ。

中文解說　「保つ／保持」是指持續原本的狀態。
其他選項的漢字分別為：選項1「打つ／拍打」、選項2「建つ、断つ／建蓋、斷絕」、選項3「持つ／持有」。
注意讀音：
保唸作ホ／たも‐つ。例：保険（ほけん，保險）、保存（ほぞん，保存）、健康を保つ（けんこうをたもつ，維持健康）。

4

解　答 1

日文解題　「尽きる」は、蓄えていたものがなくなること。

その他の選択肢の漢字は、2「飽きる」3「起きる」4「生きる」。

読み方をチェック：

尽（ジン／つ - くす／つ - きる／つ - かす）。

例・尽力、力を尽くす、食糧が尽きる。

中文解說　「尽きる／罄盡」是指用光了蓄積的東西。

其他選項的漢字分別為：選項2「飽きる／厭倦」、選項3「起きる／起身」、選項4「生きる／生存」。

注意讀音：

尽唸作ジン／つ - くす／つ - きる／つ - かす

例如：尽力（じんりょく，盡力）、力を尽くす（ちからをつくす，盡力而為）、食糧が尽きる（しょくりょうがつきる，糧食耗盡）。

5

解　答 3

日文解題　「半端」は、どちらともつかず不完全なこと。

読み方をチェック：

半（ハン／なか - ば）　例・半分、夜半、月の半ば。

中文解說　「半端／不徹底」是指不上不下、不夠完整。

注意讀音：

半唸作ハン／なか - ば。例如：半分（はんぶん，一半）、夜半（やはん，半夜）、月の半ば（つきのなかば，中旬）。

6

解　答 4

日文解題　「滑」は、表面がすべすべしている様子。引っかかったりしないで進む様子。

他の選択肢の漢字は、1「朗らか」2「清らか」3「明らか」。

読み方をチェック：

滑（カツ／すべ - る／なめ - らか）　例・円滑、氷の上を滑る、滑らかに話す。

中文解說　「滑」是指表面光滑的様子，或指沒有受到阻撓、順利進行的様子。

其他選項的漢字：選項1「朗らか／開朗」、選項2「清らか／清澈」、選項3「明らか／明亮」。

注意讀音：

滑唸作カツ／すべ - る／なめ - らか。例如：円滑（えんかつ，圓滑）、氷の上を滑る（こおりのうえをすべる，滑冰）、滑らかに話す（なめらかにはなす，說得通順流利）。

7

| 解 答 | 2 |

日文解題　「棄権」は権利をすてること。

他の選択肢の意味もチェック：

1 「不振」勢いが振るわないこと。例・食欲不振。

3 「脱退」団体などの組織を抜け出すこと。例・連盟を脱退する。

4 「反撃」攻撃を返すこと。例・反撃に出る。

中文解説　「棄権／棄權」是指放棄權利。

順便學習其他選項的意思：

選項1「不振／不振」是指氣勢萎靡。例如：食欲不振。（食慾不振。）

選項3「脱退／脱離」是指退出團體或組織。例如：連盟を脱退する。（退出聯盟。）

選項4「反撃／反撃」是指回擊。例如：反撃に出る。（進行反擊。）

8

| 解 答 | 4 |

日文解題　「発行」は書籍や証明書などを出すこと。

他の選択肢の意味もチェック：

1 「作成」計画や文書等を作ること。例・文書を作成する。

2 「発信」通信を送ること。対義語は「受信」。例・メールを発信する

3 「提出」書類などを差し出すこと。例・作文を提出する。

中文解説　「発行」是指出版書籍或發給證明文件。

順便學習其他選項的意思：

選項1「作成／製作」是指制定計畫或擬定文件。例如：文書を作成する。（製作文件。）

選項2「発信／發信」是指發送通訊。反義詞是「受信／收信」。例如：メールを発信する。（發送信件。）

選項3「提出／提交」是指提交文件等等。例如：作文を提出する。（提交作文。）

9

| 解 答 | 2 |

日文解題　「著しい」は程度が激しい様子。

他の選択肢の意味もチェック：

1 「強いて」無理に。例・嫌なら強いて行くことはない。

3 「一向に」少しも。後に否定の言葉が続く。例・一向に存じません。

4 「代わる代わる」次々に代わること。例・代わる代わるのぞいてみた。

中文解説　「著しい／非常」是指程度強烈的樣子。

順便學習其他選項的意思：

選項1「強いて／強迫」是指逼迫。例如：嫌なら強いて行くことはない。（如果你不想去我也不會強迫你。）

214

選項3「一向に／完全」意思是一點也（不），後接否定的詞語。例如：一向に存じません。（我一點也不知情。）

選項4「代わる代わる／輪流」是指一個替換一個。例如：代わる代わるのぞいてみた。（輪流去偷看了。）

10

解　答　2

日文解題　「キャッチ」はとらえること。

他の選択肢の意味もチェック：

1「リード」先に立って人を導くこと。例・委員がリードする。

3「オーバー」厚い上着のことも「オーバー」と言うが、数量や制限を超えることをいう。

例・制限時速をオーバーして走る。

4「キープ」同じ状態を続けること。例・体重をキープする。

中文解說　「キャッチ／抓住」是指捉住。

順便學習其他選項的意思：

選項1「リード／帶領」是指站出來領導眾人。例如：委員がリードする。（由委員帶領大家。）

選項3「オーバー／超過」。雖然厚重的上衣也稱作「オーバー／大衣」，但在這裡做動詞使用，是指超出數量或限制。

例如：制限時速をオーバーして走る。（以超過速限的時速開車。）

選項4「キープ／維持」是指繼續保持在同一個狀態。例如：体重をキープする。（維持體重。）

11

解　答　1

日文解題　「密」はひそかにという意味。「密輸入」は、禁止されている物を内緒で輸入すること。

他の選択肢の意味もチェック：

2「不」言葉の前に付けて否定の意味を表す。例・不自由、不完全。

3「過」言葉の前に付くと、「〜しすぎる」の意味を表す。例・過熱、過大、過度。

4「裏」物事の裏側。対義語は「表」。

中文解說　「密」是暗中的意思。「密輸入／走私進口」的意思是暗中進口違禁品。

順便學習其他選項的意思：

選項2「不」接在詞語的前面表示否定。例如：不自由（不自由）、不完全（不完全）。

選項3「過」接在詞語的前面，表示「〜しすぎる／超過」的意思。例如：過熱（過熱）、過大（過大）、過度（過度）。

選項4「裏」是指事物的背面、內側。反義詞是「表」。

12

| 解　答 | 3 |

日文解題　「終始」は始めから終わりまでずっと。

他の選択肢の意味もチェック：

1「直に」（じかに）は間に物などを入れず直接という意味。例・地面に直に座る。

2「危うく」はもう少しで危険な状態にあう様子。危なく。例・危うく崖から落ちそうだった。

4「一概に」はひとまとめに。例・彼だけが悪いとは一概に言えない。

中文解說　「終始／始終」是指從開始一直到結束。

順便學習其他選項的意思：

1「直に／直接」（じかに）是指中間沒有隔著其他事物而直接接觸。例如：地面に直に座る。（直接坐在地上。）

2「危うく／險些」是指差一點就會遇到危險的樣子、差點就要造成危險。例如：危うく崖から落ちそうだった。（差點就要從懸崖上掉下去了。）

4「一概に／一概」是指一概而論。例如：彼だけが悪いとは一概に言えない。（這不能全然怪罪於他。）

13

| 解　答 | 1 |

日文解題　「切り替える」は全く違った考えかたにかえること。

他の選択肢の意味もチェック：

2「乗り切る」困難などを切り抜けること。例・受験戦争を乗り切る。

3「立て直す」計画などを始めからやり直すこと。例・計画を立て直す。

4「折り返す」一定のところまで行って元の方向に進むこと。例・折り返し地点をすぎる。

中文解說　「切り替える／轉換」是指轉換成完全不同的想法。

順便學習其他選項的意思：

2「乗り切る／渡過」是指克服難關。例如：受験戦争を乗り切る。（挺過升學考試的戰火。）

3「立て直す／重整」是指再次從頭制定計畫。例如：計画を立て直す。（重新訂立計畫。）

4「折り返す／折回」是指到指定的地點後再朝原來的方向走回去。例如：折り返し地点をすぎる。（經過折返點。）

14

| 解答 | 2 |

日文解題

「根拠」はもとになる理由のこと。

2「理由」はそうなる訳。理由。

他の選択肢の意味もチェック：

1「結果」ある事柄がもとになって起こった結果や様子。「原因」の反対の意味。例・話し合いの結果をまとめる。

3「経緯」物事の成り行き。例・事件の経緯を明らかにする。

4「推測」推し量ること。例・理由を推測する。

中文解説

「根拠／根據」是指依據的理由。

選項2「理由／理由」是指某事變成那樣的原因、理由。

順便學習其他選項的意思：

選項1「結果／結果」指某事件發生後引起的後果或狀態。「原因／原因」的反義詞。例如：話し合いの結果をまとめる。（將談話內容做個總結。）

選項3「経緯／原委」指事情的來龍去脈。例如：事件の経緯を明らかにする。（弄清楚事件的來龍去脈。）

選項4「推測／推測」指推想。例如：理由を推測する。（推測原因。）

15

| 解答 | 1 |

日文解題

「接する」は物と物、または人と人が触れ合うこと。

1「応対する」人と会って受け答えをすること。

他の選択肢の意味もチェック：

2「担当する」仕事などのある部分を受け持つ。例・受付を担当する。

3「取材する」記事などを集めること。例・事件の現場を取材する。

4「訴える」自分の悩みや主張を他人につげること。例・無実を訴える。

中文解説

「接する／接觸」是指物和物、或人與人的接觸。

選項1「応対する／應對」是指接待他人時的應答。

順便學習其他選項的意思：

選項2「担当する／擔任」是指承擔工作等的某些部分。例如：受付を担当する。（負責接待。）

選項3「取材する／取材」是指收集情報等。例如：事件の現場を取材する。（到事件現場採訪。）

選項4「訴える／訴說」是指把自己的煩惱或意見告訴他人。例如：無実を訴える。（申冤。）

16

| 解　答 | 4 |

日文解題　「平凡な」は普通である様子。

4「普通の」他と比べて変わっていない様子。

他の選択肢の意味もチェック：

1「穏やかな」静かで落ち着いている様子。例・母は穏やかな性質だ。

2「理想の」最もよいものとして求めるもの。例・理想の生き方。

3「気楽な」くよくよ心配せず、楽である様子。例・気楽な仕事。

中文解説　「平凡な／平凡」是指普通的樣子。

選項4「普通の／普通的」是指和其他人事物相比沒有特殊之處的樣子。

順便學習其他選項的意思：

選項1「穏やかな／平靜的」是指平靜、冷靜的樣子。例如：母は穏やかな性質だ。（母親的性情溫和。）

選項2「理想の／理想的」是指所追求的最高境界。例如：理想の生き方。（理想的生活方式。）

選項3「気楽な／舒心的」指無憂無慮、輕鬆的樣子。例如：気楽な仕事。（輕鬆的工作。）

17

| 解　答 | 4 |

日文解題　「イメージ」は他のものから受ける印象、感じ。日本語では4の「印象」。

他の選択肢の意味もチェック：

1「収益」企業などが得た利益。例・収益を上げるように努力する。

2「合併」企業や団体などが合わさって一つになること。例・二つの市が合併する。

3「感想」感じたこと。例・読書感想文を書く。

中文解説　「イメージ／印象」是指他人對自己的印象、感覺。日語是選項4的「印象／印象」。

順便學習其他選項的意思：

選項1「収益／收益」是指企業獲得的利益。例如：収益を上げるように努力する。（努力提高收益。）

選項2「合併／合併」是指企業、團體等組織合而為一。例如：二つの市が合併する。（兩市合併。）

選項3「感想／感想」是指感想。例如：読書感想文を書く。（寫下讀書心得。）

18

| 解　答 | 1 |

日文解題　「脈」は、もともと体の中の血液が流れている管のことだが、「脈がある」は、見込みがあるという意味。

1「のぞみ」希望。できそうな見込み。

他の選択肢の意味もチェック：

2「うわさ」人が伝え合う不確かな話。例・よくないうわさが広まる。

3「ききめ」あることをした結果としてあらわれる効果。例・薬の効き目があらわれる。

4「このみ」「好み」と書いて、好きであることを表す。例・地味な服がこのみだ。

「脈」原意指體內血液流通的管路，「脈がある／有希望」是看得到希望的意思。
選項1「のぞみ／期望」指希望、具有前景。
順便學習其他選項的意思：
選項2「うわさ／傳聞」指流傳在眾人之間無憑無據的傳聞。例如：よくないうわさが広まる。（散播負面流言。）
選項3「ききめ／效果」指做了某件事後所得到的結果成效。例如：薬の効き目があらわれる。（藥效已經發揮。）
選項4「このみ」漢字寫作「好み／愛好」，表示有好感的事物。例如：地味な服がこのみだ。（我偏好樸素的服裝。）

19

解 答 2

日文解題 「落ち込む」は嫌なことなどがあって、元気をなくすこと。
2「元気をなくす」元気をなくすること。
他の選択肢の意味もチェック：
1「反省する」自分がしたことを振り返って、考え直すこと。例・反省して行いを改める。
3「中止する」途中でやめること。例・計画を中止する。
4「速度を落とす」スピードを遅くすること。例・曲がり角は速度を落として運転する。

中文解說 「落ち込む／失落」是指因為不快之事而變得沮喪。
選項2「元気をなくす／變得沮喪」指失去精神活力。
順便學習其他選項的意思：
選項1「反省する／反省」指回顧自己做過的事情，進行反思。例如：反省して行いを改める。（反省後改過。）
選項3「中止する／中止」指中途放棄。例如：計画を中止する。（取消計畫。）
選項4「速度を落とす／放慢速度」指降低速度。例如：曲がり角は速度を落として運転する。（轉彎時減速慢行。）

20

解 答 2

日文解題 「最善」は、最もよいこと。「最善を尽くす」は、できるだけの努力をするという意味。
例・A社に就職するために最善を尽くした。
その他の文では、1「最適」、4「最高」などが適当な言葉。

中文解說 「最善／最好、全力」指最佳狀態。「最善を尽くす／盡我所能」是指盡可能努力。
例如：A社に就職するために最善を尽くした。（為了進入A公司上班，我已經竭盡所能。）

其他選項的句子，選項1應改為「最適／最適合」、選項4應改為「最高／最好」，才是正確的句子。

21

| 解　答 | 4 |

日文解題

「紛らわしい」は似ていて区別がしにくい様子。

例・「紛」と「粉」の字はよく似ていて紛らわしいね。

その他の文では、1「そそっかしい」「慌て者だ」、2「わずらわしい」、3「はっきりしない」などが適当な言葉。

中文解說

「紛らわしい／易混淆的」是指相似而不易區別的樣子。

例如：「紛」と「粉」の字はよく似ていて紛らわしいね。（「紛」和「粉」的字型相似，容易混淆喔。）

其他選項的句子，選項1應改為「そそっかしい／粗心大意」、「慌て者だ／冒失鬼」，選項2應改為「わずらわしい／麻煩」，選項3應改為「はっきりしない／模糊」，才是正確的句子。

22

| 解　答 | 1 |

日文解題

「浮かぶ」は考えなどが出てくるという意味。

例・心に浮かんだ情景を詩にする。

その他の文では、2「浮き浮きする」、3「のせて」、4「かかって」などが適当な言葉。

中文解說

「浮かぶ／浮現」是指出現某種想法或影像。

例如：心に浮かんだ情景を詩にする。（把浮現於心中的情景寫成一首詩。）

其他選項的句子，選項2應改為「浮き浮きする／喜不自禁」、選項3應改為「のせて／放上」、選項4應改為「かかって／懸掛」，才是正確的句子。

23

| 解　答 | 3 |

日文解題

「スペース」は、空いている場所のこと。

例・紙面のスペースにコラムを入れる。

その他の文では、1「空席」、4「ペース」などが適当な言葉。

中文解說

「スペース／空間」是指空著的地方。

例如：紙面のスペースにコラムを入れる。（在報紙版面的空白處插入小專欄。）

其他選項的句子，選項1應改為「空席／空位」、選項4應改為「ペース／步調」，才是正確的句子。

24

| 解　答 | 1 |

日文解題

「打ち込む」は、そのことに一生懸命に取り組むという意味。

例・仕事に打ち込む姿は惚れ惚れするくらい立派だ。

その他の文では、2「落ち込んだ」、3「打った」、4「割り込んで」などが

適当な言葉。

| 中文解說 |

「打ち込む／專心致志」是指埋頭苦幹。

例如：仕事に打ち込む姿は惚れ惚れするくらい立派だ。（他專一心志的工作模樣出色到令人著迷的程度。）

其他選項的句子，選項2應改為「落ち込んだ／低落」、選項3應改為「打った／敲打了」、選項4應改為「割り込んで／插隊」，才是正確的句子。

25

| 解　答 | 2

| 日文解題 |

「取り入れる」は、意見などを受け入れるという意味。

例・新技術を取り入れて、生活を改善する。

他の文では、1「採用された」、3「隠し入れた」、4「預け入れる」などが適当な言葉。

| 中文解說 |

「取り入れる／採用」是指採納意見。

例如：新技術を取り入れて、生活を改善する。（引進新技術，改善生活。）

其他選項的句子，選項1應改為「採用された／被採納」、選項3應改為「隠し入れた／藏起來」、選項4應改為「預け入れる／存入」，才是正確的句子。

26

| 解　答 | 2

| 日文解題 |

「（普通形）としたら」は、〜ということになった場合、という意味。例、

・どんなことでも、願いが3つ叶うとしたら、何をお願いしますか。

他の選択肢の文型もチェック：

1の文型はない。

3「（動詞意向形）ものなら」は、もし〜したら大変なことになる、と言いたいとき。例、

・明日は9時集合です。1分でも遅刻しようものなら、置いていきますよ。

4は、「〜しようとしたところ」と言いたいとき。例、

・帰ろうとしたら、急に雨が降って来た。

| 中文解說 |

「（普通形）としたら／如果〜的話」是"變成〜的情況"的意思。例句：

・如果沒有任何限制，能夠讓你實現三個願望，你會如何許願呢？

檢查其他選項的文法：

沒有選項1這樣的文法。

選項3「（動詞意向形）ものなら／如果能〜的話」用在想表達"如果〜的話事情就嚴重了"時。例句：

・明天九點集合。假如膽敢遲到一分鐘，就不帶你去了！

選項4用在想表達「〜しようとしたところ／如果要做的話〜」時。例句：

・正準備回去，卻突然下起雨來了。

27

| 解　答 | 1 |

日文解題

「A議員の発言」のあと、「若手の議員の…意見が次々と」とある。「（名詞）を皮切りに」は、～から始まって次々にあることが起こる、と言いたいとき。例、

・コンサートは、来月の東京ドームを皮切りに、全国8都市で開催される。

他の選択肢の文型もチェック：

2「（名詞）を限りに」は、～で終わり、と言いたいとき。例、

・本日を限りに閉店致します。

3「（名詞）をおいて」は、～以外にない、と言いたいとき。～を高く評価している時の言い方。例、

・このチームをまとめられるのは君をおいて他にいないよ。

中文解説

「A議員の発言／A議員的發言」後又提到「若手の議員の…意見が次々と／年輕議員們紛紛…意見」。「（名詞）を皮切りに／以～為開端」用在想表達"以～為開端，事情一件接一件的發生"時。例句：

・演唱會將在下個月於東京巨蛋舉辦首場，接下來將到全國八個城市展開巡迴演唱。

檢查其他選項的文法：

選項2「（名詞）を限りに／僅限於」用在想表達"在～結束"時。例句：

・本店將於今天結束營業。

選項3「（名詞）をおいて／除了」用在想表達"除～之外就沒有了"時。是對～高度評價時的說法。例句：

・能夠帶領這支隊伍的，除了你再也沒有別人了！

28

| 解　答 | 2 |

日文解題

（　　）の前後の文から、親の期待に反して、という意味になる選択肢を選ぶ。「（名詞）をよそに」は、～を気にしないで行動する、という意味。例、

・スタッフの心配をよそに、監督は危険なシーンの撮影を続けた。

他の選択肢の文型もチェック：

1「（名詞）を問わず」は、～に関係なくどれも同じ、という意味。例、

・町内ボーリング大会は、年齢、経験を問わずどなたでも参加できます。

3「（名詞）はおろか」は、～はもちろん…も、という意味。よくないことを言う事が多い。例、

・その男は歩くことはおろか、息をすることすら辛い様子だった。

4「（名詞、疑問詞）であれ」は、たとえ～でも、という意味。例、

・たとえ社長の命令であれ、法律に反することはできません。

中文解説

從（　　）的前後文可知，要選擇"與父母的期待相反"意思的選項。「（名詞）をよそに／不顧」是"無視～狀況而行動"的意思。例句：

・導演不顧工作人員的擔憂，繼續拍攝了危險的鏡頭。

檢查其他選項的文法：

選項1「（名詞）を問わず／不分」是"與～無關，哪個都一樣"的意思。例句：

・鎮上舉辦的保齡球賽沒有年齡和球資的限制，任何人都可以參加。

選項3「（名詞）はおろか／別說是」是"別說～就連…也"的意思。常用在負面的事項。例句：
・那個男人別說走路了，看起來就連呼吸都很痛苦的樣子。
選項4「（名詞、疑問詞）であれ／不管是」是"即使～也"的意思。例句：
・即使是總經理的命令，也不可以違反法律規定！

29

解　答	3

日文解題　「（動詞）た形＋が最後」で、～たら必ず酷い結果になる、という意味。例、
・彼を怒らせたが最後、こちらから謝るまで口もきかないんだ。
※「～たら最後」も同じ。
他の選択肢の文型もチェック：
4「（動詞辞書形）なり」は、～してすぐに次のことをするという意味。例、
・彼はテーブルに着くなり、コップの水を飲み干した。

中文解說　「（動詞）た形＋が最後／一旦～就」是"如果～的話一定會造成嚴重的後果"的意思。例句：
・一旦惹他生氣了，他就連一句話都不肯說，直到向他道歉才肯消氣。
※「～たら最後／一旦～」意思也是相同的。
檢查其他選項的文法：
選項4「（動詞辞書形）なり／一～就～」是"做了～後立即做下一件事"的意思。例句：
・他一到桌前，立刻把杯子裡的水一飲而盡。

30

解　答	4

日文解題　問題文の「技術力」と「勝てなかった」から（　　）の前後の関係は逆接と考える。「（名詞）をもって」は手段を表す言い方。例、
・試験の合否は書面をもってご連絡します。
4「～をもってしても」は、～を用いても…できない、と言いたいとき。「～」を高く評価している言い方。例、
・日本のベストメンバーをもってしても、決勝リーグに進むことは難しいでしょう。
他の選択肢の文型もチェック：
1「（名詞）に至っては」は、極端な例を示す言い方。例、
・学校はこの事件に関して何もしてくれませんでした。校長に至っては、君の考え過ぎじゃないのか、と言いました。
2「（名詞、動詞辞書形）にとどまらず」は、～という範囲を越えて、という意味。例、
・彼のジーンズ好きは趣味にとどまらず、とうとうジーパン専門店を出すに至った。
3「（名詞）をものともせずに」は、困難に負けないで、と言いたいとき。例、
・母は貧乏をものともせず、いつも明るく元気だった。

中文解說　從題目的「技術力／技術能力」和「勝てなかった／無法勝過」兩處可以推測（　　）的前後關係是逆接。「（名詞）をもって／以～」是表示手段的說法。例句：

・考試通過與否，將以書面文件通知。

選項4「～をもってしても／即使～憑藉～」用在想表達"就算以～也無法做到…"時。是對「～」有高度評價的說法。例句：

・即使擁有由日本的菁英好手組成的隊伍，想打入總決賽還是難度很高吧。

檢查其他選項的文法：

選項1「（名詞）に至っては／至於」是表示極端例子的說法。例句：

・關於這起事件，學校完全沒有對我提供任何協助。校長甚至對我說了：這件事是你想太多了吧。

選項2「（名詞、動詞辞書形）にとどまらず／不僅～」是"超越～這個範圍"的意思。例句：

・他對牛仔褲的熱愛已經超越了嗜好，最後甚至開起一家牛仔褲的專賣店來了。

選項3「（名詞）をものともせずに／不當～一回事」用在想表達"不向困難低頭"時。例句：

・家母並不在意家裡的生活條件匱乏，總是十分開朗而充滿活力。

31

解　答　1

日文解題　「（名詞、普通形）なりの」は、～のできる限りの、という意味。「～」の程度は高くないが、という気持ちがある。例、

・孝君は子供なりに忙しい母親を助けていたようです。

他の選択肢の文型もチェック：

2「（名詞、普通形）ゆえに」は、原因、理由を表す。硬い言い方。例、

・私の力不足ゆえにご迷惑をお掛け致しました。

3「（取り上げることば）といえば」は、聞いたことから思い出したことを話すとき。例、

・きれいな花ですね。花といえば今、バラの展覧会をやっていますね。

4「（名詞、普通形）といえども」は、～は事実だが、でも…と言いたいとき。例、

・オリンピック選手といえども、プレッシャーに勝つことは簡単ではない。

中文解說　「（名詞、普通形）なりの／自己的」是"在能做到～的範圍內"的意思。含有「～」的程度並不高的語感。例句：

・聽說小孝雖然還是個孩子，仍然為忙碌的媽媽盡量幫忙。

檢查其他選項的文法：

選項2「（名詞、普通形）ゆえに／正因為」表示原因和理由。是較生硬的說法。例句：

・都怪我力有未逮，給您添了麻煩。

選項3「（承接某個話題）といえば／說起」用在表達"由於聽到了某事，從這事聯想起了另一件事"時。例句：

・這花開得好漂亮啊！對了，提到花，現在正在舉辦玫瑰花的展覽會喔！

選項4「（名詞、普通形）といえども／儘管如此」用在想表達"雖然～是事實，

但…"時。例句：

・雖說是奧運選手，想要戰勝壓力仍然不容易。

32

解　答　4

日文解題　「これは人災だ」という意味の文を作る。「人災」とは人の不注意などが原因で起こる災害のこと。肯定的な文になるのは2と4。

「（名詞）でなくてなんであろう」は、これこそ〜だ、〜以外ではないと言いたいとき。硬い言い方。例、

・事故の現場で出会ったのが今の妻だ。これが運命でなくてなんであろうか。

他の選択肢の文型もチェック：

1「（名詞、普通形）であろうはずがない」は、根拠があって、決して〜ではないと言いたいとき。例、

・彼が犯人であろうはずがない。そのとき彼は香港にいたのだから。

2「（数量）といったところだ」は、最高でも〜だ、と言いたいとき。例、

・頑張ったが、試験はあまりできなかった。70点といったところだろう。

3「（名詞、動詞辞書形）には当たらない」は、〜ほどのことではない、と言いたいとき。例、

・たいした怪我ではありませんから、救急車を呼ぶには当たりませんよ。

中文解說　要寫成表示「これは人災だ／這是人禍」意思的句子。「人災／人禍」是指因人為的不注意等而引起的災害。能使句子成為肯定句的是選項2和選項4。

「（名詞）でなくてなんであろう／不是〜又是什麼呢」用在想表達"正是因為〜、除了〜以外就沒有了"時。是較生硬的說法。例句：

・我在事故的現場遇到的那位女子就是現在的太太。如果這不是命運，那又是什麼呢？

檢查其他選項的文法：

選項1「（名詞、普通形）であろうはずがない／不可能是那樣」用在想表達"有根據認為絕對不會〜"時。例句：

・他不可能是兇手！因為那時候他人在香港。

選項2「（数量）といったところだ／頂多〜」用在想表達"最多也才〜"時。例句：

・雖然努力用功了，但是考題還是不太會作答。估計大約七十分吧。

選項3「（名詞、動詞辞書形）には当たらない／用不著〜」用在想表達"沒必要〜"時。例句：

・傷勢不怎麼嚴重，用不著叫救護車啦！

33

解　答　4

日文解題　直前に「〜あげく」があるので、こんなひどいことになる、という意味のことばを選ぶ。「（動詞辞書形）始末だ」は、〜という悪い結末になるという意味。例、

・弟には困っている。大学を何年も留年して、とうとう中退する始末だ。

他の選択肢の文型もチェック：

1「（動詞て形）やまない」は、～という気持ちを持ち続けている、と言いたいとき。例、

・結婚おめでとう。あなたの幸せを願ってやみません。

2「（動詞ます形）っぱなしだ」は、～という状態が続いている、と言いたいとき。その状態が続いているのは普通ではないという意味がある。例、

・昨夜はテレビをつけっぱなしで寝てしまった。

3「（動詞辞書形）までだ」は、他に方法がないなら～する、という意志を表す言い方。例、

・会社を首になったら、田舎に帰るまでだ。

中文解說 因為空格前面有「～あげく／結果～」，所以要選含有"變成這麼糟糕的事態"之意的詞語。「（動詞辞書形）始末だ／落到～的結果」是"變成～這麼糟糕的結果"的意思。例句：

・我家那個弟弟真讓人傷透腦筋，大學留級了好幾次，最後終於淪落到遭到退學的下場。

檢查其他選項的文法：

選項1「（動詞て形）やまない／～不已」用在想表達"持續感到～的心情"時。例句：

・結婚恭喜！由衷獻上我的祝福，願妳永遠幸福！

選項2「（動詞ます形）っぱなしだ／置之不理」用在想表達"持續～的狀況"時。含有持續這樣的狀況有違常理的意思。例句：

・昨天晚上開著電視就這樣睡著了。

選項3「（動詞辞書形）までだ／只是～而已」是"如果沒有其他辦法的話那就採取～"的意思。是表示意志的說法。例句：

・假如被公司開除，就只能回鄉下了。

34

解答 1

日文解題 「（名詞）を余儀なくされる」は、事情があって～しなければならなくなる、という意味。「される」は受身形。例、

・震災の被害者は、不自由な暮らしを余儀なくされた。

他の選択肢の文型もチェック：

2「～を余儀なくさせる」は、ある事情が～という状況にすると言いたいとき。「させる」は使役形。例、

・景気の悪化が、町の開発計画の中止を余儀なくさせた。

3と4の言い方はない。

中文解說 「（名詞）を余儀なくされる／不得不～」是"因為某些原因，所以不得不做～"的意思。「される」是被動形。例句：

・當時震災的災民被迫過著不方便的生活。

檢查其他選項的文法：

選項2「～を余儀なくさせる／不得不～」用在想表達"讓某事變成～的狀況"時。「させる／使～」是使役形。例句：

・隨著景氣的惡化，不得不暫停執行城鎮的開發計畫了。

沒有選項3和選項4的說法。

35

解　答	3

日文解題　「父は」と言っているので、謙譲語で話す（家族などが他者に話している）場面であることが分かる。

※ 他者が話すのであれば「お父さん」や「お父様」などになり、文末は 1 や 2 が正解。

他の選択肢の文型もチェック：

1 は「います、来ます、行きます」の尊敬語。

2 は「います」の尊敬語。

4 は「です、ます」の丁寧語。

中文解說　因為提到的是「父は／家父」，得知是使用謙讓語（和外人提到家人等等時）的場合。

※如果說話的是外人則會用「お父さん／您父親」或「お父様／令尊」，那麼句尾填入選項 1 或選項 2 就是正確答案。

檢查其他選項的文法：

選項 1 是「います、来ます、行きます／在、來、去」的尊敬語。

選項 2 是「います／在」的尊敬語。

選項 4 是「です、ます」的丁寧語。

だい かい 第1回	げんご ちしき ぶんぽう 言語知識（文法）	もんだい 問題6	P27

36

解　答	2

日文解題　社長の時代錯誤な提案に、 <u>4 反対意見を</u>　<u>3 唱える</u>　<u>2 社員は</u>　<u>1 一人</u>　としていなかった。

4 と 3 をつなげる。「として」の前に 1、その前に主語 2 を置く。4 と 3 は 2 を説明している。

文型をチェック：

「（最小限の数量）として…ない」は、全く…ないという意味。「〜」には、一人、一つ、一度など、「一＋助数詞」が入る。例、

・私が不正を行ったという事実は一つとしてありません。

※「何一つとして」「誰一人として」も同じ。

中文解說　對於總經理那項跟不上時代脈動的提案，連　<u>1 一個</u>　<u>3 表示</u>　<u>4 反對</u>　的　<u>2 員工</u>　也沒有。

將選項 4 和選項 3 連接在一起。「として」的前面應接選項 1。選項 1 之前應填入主詞也就是選項 2。選項 4 和選項 3 用來說明選項 2。

檢查文法：

「（最少數量）として…ない／連〜也沒有」是"完全沒有…"的意思。「〜」應填入一人、一個、一次等等的「一＋助數詞」。例句：

・營私舞弊的事，我連一樁都沒有做過！

※「何一つとして／連一個也沒有」、「誰一人として／連一個人也沒有」也是相同意思。

37

| 解　答 | 4 |

日文解題　仕事を始めてから　<u>３というもの</u>　<u>１もっと勉強しておく</u>　<u>４べきだったと</u><u>２思わない</u>　日はない。

「べき」の前は辞書形が来るので、１と４をつなげる。４の後に置けるのは２。「始めてから」の後に３をつなげる。「思わない日はない」は二重否定で、毎日思う、という意味。

文型をチェック：

「（動詞て形）からというもの」は、～してからずっと同じ状態が続いている、と言いたいとき。～て以来。例、

・子どもが生まれてからというもの、我が家の生活は全て子ども中心だ。

中文解說　自從開始工作　<u>３x（即，進入這樣的狀態）</u>　以後，我沒有一天　<u>２不想著（不懊悔）</u><u>４早知道應該</u>　<u>１學習更多知識才對</u>。

因為「べき／應該」前面必須接辭書形，所以可以將選項１和選項４連接起來。選項４後面應填選項２。「始めてから／自從開始」後面應接選項３。「思わない日はない／沒有一天不想著」是雙重否定，是每天都這麼想的意思。

檢查文法：

「（動詞て形）からというもの／自從～以來一直」用在想表達"從～以來一直持續同樣的狀態"時。是"自從～以來"的意思。例句：

・自從孩子出生之後，我家的生活完全繞著孩子打轉。

38

| 解　答 | 1 |

日文解題　後になって　<u>２断る</u>　<u>４くらいなら</u>　<u>１最初から</u>　<u>３引き受ける</u>　べきではない。

「後になって」と「最初から」、「断る」と「引き受ける」がそれぞれ対になっている。

文型をチェック：

「（動詞辞書形）くらいなら…」は、～という悪いことになるより、…のほうがましだ、と言いたいとき。例、

・山下課長の下で働き続けるくらいなら、会社を辞めるよ。

中文解說　<u>４與其</u>　事後才　<u>２拒絕</u>，<u>１一開始就</u>　不應該　<u>３答應下來</u>。

「後になって／事後」和「最初から／一開始」、「断る／拒絕」和「引き受ける／答應」分別是成對的詞語。

檢查文法：

「（動詞辞書形）くらいなら…／與其…」用在想表達"與其變成～這樣糟糕的事態，還不如…"時。例句：

・要我在山下科長的底下繼續工作，我寧願辭職不幹！

解　答	3

日文解題　女性の労働環境は厳しい。子供のいる独身女性　<u>2に至っては</u>　<u>1貧困率</u>　<u>3が</u>　<u>4 5割</u>　を越えるという。

「～を越える」の前は名詞が入るので1か4。意味を考えて、1、3、4と並べて置く。

文型をチェック：

「（名詞）に至っては」は、極端な例をあげるときの言い方。例、

・農家は春夏が忙しい。収穫時期に至っては、寝る暇もないほどだ。

中文解說　女性的工作環境非常嚴峻。<u>2至於</u>　沒有兒女的單身女性的　<u>1貧窮率</u>　<u>3 X</u>　據說甚至超過　<u>4五成</u>。

因為「～を越える／超過～」的前面要填入名詞，所以應為選項1或選項4。從文意考量，順序應是選項1、3、4。

檢查文法：

「（名詞）に至っては／至於」是舉出極端例子的說法。例句：

・農家在春夏兩季已經十分忙碌，到了收穫的季節，更是忙得連睡覺的工夫都沒有。

解　答	3

日文解題　この作品は　<u>1私が</u>　<u>4尊敬して</u>　<u>3やまない</u>　<u>2井上先生</u>　の出世作です。

「の出世作です」の前は名詞の2。1、4、3は2を修飾することば。

文型をチェック：

「（動詞て形）やまない」は、～という強い気持ちを持ち続けている、と言いたいとき。例、

・これは私が愛してやまない故郷の山の写真です。

中文解說　這部作品是　<u>1我</u>　<u>3無比</u>　<u>4尊敬</u>　的　<u>2井上老師</u>　的成名作。

「の出世作です／的成名作」的前面應接名詞的選項2。選項1、4、3是用來修飾選項2的詞語。

檢查文法：

「（動詞て形）やまない／無比」用在想表達“持續擁有～這樣強烈的心情”時。例句：

・這就是我摯愛的故鄉的山岳相片。

41

解答 2

日文解題 外国人が、日本人は「なぜ、『つまらない物』を人にあげるのかと、不思議に思う…」とあることから、aには「つまらない」が入るとわかる。bには、これと反対の言葉「おいしい」が入る。
間違えたところをチェック！
3「おいしくない」とわかっている物を人に差し上げるのは失礼に当たる。「つまらない」は、謙遜した言い方だが、「おいしくない」は、「おいしい」を否定している言葉である。

中文解說 因為文中提到外國人說日本人「なぜ、『つまらない物』を人にあげるのかと、不思議に思う…／為什麼要把『不值錢的東西』送給其他人呢？」，因此可知 a 應填入「つまらない／不值錢」。b 則要填入與此相反的詞語「おいしい／好吃」。
檢查錯誤的地方！
選項3，明知是「おいしくない／不好吃」的食物，還送給別人是一件失禮的行為。「つまらない／不值錢」是自謙說法，但「おいしくない／不好吃」是「おいしい／好吃」的否定詞。

42

解答 1

日文解題 外国人にとって、日本人の「つまらない物ですが」という言葉は理解するのが難しい、つまり、「理解しがたい」ということである。

中文解說 對外國人而言，要理解日本人「つまらない物ですが／只是個不值錢的東西」這樣的說法是很困難的。也就是「理解しがたい／難以理解」。

43

解答 4

日文解題 人から物をいただくとき、「立派なもの」とか「高価なもの」などと言われると、相手に威張られている気がして、いい気持ちはしないというのである。

中文解說 從他人那裡收到禮物時，如果對方說這是「立派なもの／貴重的禮物」或「高価なもの／昂貴的禮物」之類，會覺得對方自以為是，因而有負面的感受。

44

解答 3

日文解題 すぐ前の文で、謙譲語について「自分の側を謙遜して言うことによって、相手をいい気持ちにさせる／」と説明され、その例として「愚息」という言葉を挙げている。つまり、「愚息」というのも、前に述べた「それ」つまり、「謙譲語」である、という文脈。

左側欄：文法 1 2 3 CHECK ●1 ●2 ●3

前文針對謙讓語進行了說明「自分の側を謙遜して言うことによって、相手をいい気持ちにさせる／藉由自我謙虛的語言讓對方感覺開心」，並舉出「愚息／小犬」這個詞語作為例子，也就是說「愚息／小犬」就是前文提到的「謙讓語／謙讓語」，因此，根據文章脈絡，應填入「それ／其中一種」。

45

解　答 2

日文解題　「～だけでなく、～にもあると聞く」とは、「～にあるということはわかっているが、～にもあるそうだ」という意味。尊敬語が日本語にあるということはわかっているので、aには「日本語」が、bには「外国語」が入る。

中文解說　「～だけでなく、～にもあると聞く／不只～，聽說～也有」是「～にあるということはわかっているが、～にもあるそうだ／雖然知道～有，不過～也有」的意思。因為知道日語有尊敬語，所以 a 應填入「日本語／日語」，b 應填入「外国語／外國語言」。

<table>
<tr><td>第1回</td><td>読解</td><td>問題8</td><td>P30-32</td></tr>
</table>

46

解　答 2

日文解題　どういう動きがバナナ、アボカドなどにも見られ、「各地の農業の活性化にもつながっている」か。前の段落を見ると、「これまで主に輸入に頼ってきたパクチーを日本で作ろうという動きも活発化し、国内で栽培を始める農家が増えている」と書かれているので、このような内容を指しているとわかる。
間違えたところをチェック！
1「輸入を活性化させる」が間違い。
3・4のようなことは書かれていない。

中文解說　這裡問的是在看到香蕉、酪梨等水果什麼樣的改變之後，因而認為「連帶振興了各地的農業」？注意前一個段落寫道「過去必須仰賴進口的香菜在日本推廣種植，越來越多農戶開始在國內種起香菜來」，因此可知這裡指的是這件事情。
注意錯誤選項：
選項1「輸入を活性化させる／踴躍進口」不正確。
文章沒有提到選項3、4的內容。

47

解　答 1

日文解題　前の段落に「これ」が指すものが書かれている。錦織選手は、体格面では苦しんだが、それを「スピードとフットワーク、そしてメンタル面で補った」とある。このことをまとめている1が正しい。
間違えたところをチェック！
2「体格差で悩んだこと」ではなく、体格差を乗り越えたこと。

中文解說 答案是上一段寫道「これ／這個」所指的內容。雖然錦織選手在體格方面居於弱勢，但他以「速度、步法以及毅力填補了不足之處」。綜合上述幾點，正確答案是選項1。

注意錯誤選項：

選項2，並不是「体格差で悩んだこと／為體格的差距感到困擾」，而是克服了體格的差距。

48

| 解　答 | 4 |

日文解題 最後の一文に注目する。「この言葉が最近あまり聞かれなくなったことには、……畏怖のようなものが、日本人の心から急速に失われつつあることに関係しているのではないか」とある。これをまとめて言い換えた4が正しい。

間違えたところをチェック！

１・２「おかげさまで」を使わなくなったことについて筆者は考えを述べている。

３「具体的な神を信じなくなったから」が間違い。

中文解說 請注意全文最後的「この言葉が最近あまり聞かれなくなったことには、……畏怖のようなものが、日本人の心から急速に失われつつあることに関係しているのではないか／最近不太會聽到這個詞語了，……之所以感到敬畏，是否與日本人心中急遽失去的信念有關呢」。選項4是用另一種描述方式來總結這個段落的內容，因此正確答案是選項4。

注意錯誤選項：

選項1、2，對於大家不再說「おかげさまで／托您的福」這件事，作者寫出了自己的想法。

選項3「具体的な神を信じなくなったから／因為大家不再信奉有具體形象的神了」不正確。

| 第1回 | 読解 | 問題 9 | P33-38 |

49

| 解　答 | 3 |

日文解題 下線部の直後に「選挙年齢が……ためだ…」という文がある。「ため」は、目的を表すので、この文の内容をまとめた3を選ぶとよい。

中文解說 底線部分後寫道「選挙年齢が……ためだ…／選舉年齡…是為了…」。「ため」表是目的，因此總結這段內容的選項3是正確答案。

50

| 解　答 | 4 |

| 日文解題 | 指示語の内容を捉えるときは、その前の部分に着目する。「このところ高校生の活躍が目立つ。」とあることから、4が正しいとわかる。
間違えたところをチェック！
他の選択肢は、「これまであまり見られなかった」傾向ではない。 |

| 中文解説 | 要掌握指示語所描述的內容時，請看該指示語前面的部分。前面寫道「このところ高校生の活躍が目立つ／近來，高中生的表現十分活躍」，因此選項4正確。
注意錯誤選項：
其他選項並非「これまであまり見られなかった／以前沒怎麼見過」。 |

51

| 解　答 | 1 |

| 日文解題 | 最後から3行目に「高校生のこれらの活躍を見ていると、とても頼もしいものを感じる。」とある。これが高校生の活躍に対する筆者の思いである。
間違えたところをチェック！
2「軽率な行動を見て、心配している」が間違い。
3は筆者の思いではない。
4のようなことは書かれていない。 |

| 中文解説 | 倒數第三行寫道「高校生のこれらの活躍を見ていると、とても頼もしいものを感じる／看著這些高中生活躍的表現，不禁感到他們的前途無可限量」。這是作者對於這些高中生活躍表現的看法。
注意錯誤選項：
選項2「軽率な行動を見て、心配している／看到他們輕率的舉止，覺得很擔心」不正確。
選項3不是作者的想法。
文章裡沒有提到選項4的內容。 |

52

| 解　答 | 1 |

| 日文解題 | 第3段落に、日本食が世界で注目されている理由が挙げられているが、材料が安くて豊富であるということは書かれていない。 |

| 中文解説 | 第三段提到日本飲食得到全世界矚目的理由，但沒有寫到食材便宜又豐富。 |

53

| 解　答 | 4 |

| 日文解題 | 第4段落に注目すると、フランスの事情として、日本茶のこと、「だし」のことが書かれている（2・3）。また、第2段落には、日本食レストランが、アジアだけでなくアメリカやフランスにも多くなったことが書かれている（1）。
間違えたところをチェック！
4フランスの事情ではない。 |

中文解說　請注意第四段提到法國，並舉出日本茶的例子，也寫道「だし／高湯」（選項2、3）。另外，第二段寫道不僅在亞洲，包括在美國和法國也有很多日本餐廳（選項1）。

檢查錯誤選項：

選項4不是針對法國的說明。

54

解答　1

日文解題　最後の一文に、日本食についての筆者の考えがまとめられている。筆者は、本当の和食が世界中に広がるだろうと予測している。

間違えたところをチェック！

2・3アメリカやフランス、あるいはアジア圏に限って和食が広がるとは述べていない。

4日本国内のことについては触れていない。

中文解說　最後一段總結了作者對於日本飲食的想法。作者預測正統的日式料理將會席捲全球。

注意錯誤選項：

選項2、3，文中沒有提到日式料理在美國、法國甚至是亞洲國家中廣為盛行。

選項4，文中沒有提到日本國內的狀況。

55

解答　2

日文解題　平安時代、戦争中、そして現代と、日記はその時代の日本人の考え方を表し、日本人ならほとんどの人が日記を読んだり、書いたりしているということは、日本の文化と言える。

間違えたところをチェック！

1「出来事を詳しく語るもの」ではない。

3「優れた」が間違い。

4個人の性格を表すものではない。

中文解說　在平安時代、戰爭期間，乃至於現代，日記總是反映出當代日本人的想法。幾乎大多數日本人都會讀日記、寫日記，這可以說是日本的文化。

注意錯誤選項：

選項1，這並不是「出来事を詳しく語るもの／詳細敘述事件的東西」。

選項3「優れた／優越」不正確。

選項4，並不是顯現個人性格的東西。

56

解答　4

日文解題　日記を書くことの利点について書かれている「まずは〜」で始まる段落に注目する。

1〜3について書かれている。

中文解說　關於寫日記的好處，請見以「まずは〜／首先〜」開頭的段落。

選項1〜3文中都有寫道。

57

解　答　3

日文解題　最後の段落に「日記を書くことは、何よりも自分自身のためになる」「日記を書く事を実行してみよう」とある。これに合う３を選ぶ。
間違えたところをチェック！
１残っている日記を読んで当時の現実を知ることはできるが、「日記は、人に見せるために書くものではない」とあるように、それが筆者の最も言いたいことではない。
２「日本の文化のために」が違っている。
４「文章力をつける」ことが主なねらいではない。

中文解說　最後一段寫道「日記を書くことは、何よりも自分自身のためになる／寫日記最重要的目的是為了自己」「日記を書く事を実行してみよう／不妨嘗試寫日記吧」，因此符合內容的是選項３。
注意錯誤選項：
選項１，閱讀從前流傳下來的日記可以瞭解當時的狀況，但作者提到「日記は、人に見せるために書くものではない／日記不是為了讓人看而寫的」，因此這並不是作者最想表達的重點。
選項２「日本の文化のために／為了日本文化」不正確。
選項４「文章力をつける／精進寫作能力」不是主要的目的。

第１回　読解　問題10　　　　　　　　　　P39-41

58

解　答　4

日文解題　５段落に「日本を訪れる外国人観光客はアジアの人々が多く、全体の75％を占める」とある。75％とは、４分の３である。

中文解說　第五段寫道「日本を訪れる外国人観光客はアジアの人々が多く、全体の75％を占める／造訪日本的外國遊客中亞洲人的比例很高，佔全體的75％」。
75％就是四分之三。

59

解　答　3

日文解題　「それ」の前の部分に着目する。「浮世絵が関係している」のは、どんなことか。日本に対する外国人のイメージが、「フジヤマ、ゲイシャの国」であったことである。どのように関係しているのかは、この文の後に書かれている。
間違えたところをチェック！
「それ」の代わりに他の選択肢を入れて読んでみると、意味が通じないので、間違いである。

例・1 「『日本のイメージがいつの間にか固定されていたこと』には、浮世絵が関係しているらしい。」…意味が通じないので間違い。

中文解説 請注意在「それ」之前的部分。「浮世絵が関係している／和浮世繪有關」是什麼意思呢？前面提到外國人對日本有「フジヤマ、ゲイシャの国／富士之國、藝妓之國」的印象，接下來的段落會寫道二者之間的關係。

注意錯誤選項：

用其他選項替換「それ／那」後再讀讀看，發現文意不通，由此可知其他選項不正確。

用選項1替換「それ／那」：「『日本のイメージがいつの間にか固定されていたこと』には、浮世絵が関係しているらしい／『日本的形象在不知不覺間被定型了』，這似乎和浮世繪有關係」……文意不通，所以不正確。

60

解 答 3

日文解題 すぐ後の文に「和服や……といった伝統的な日本の姿だけでなく、新しい時代の日本を求めて……」とある。「新しい時代の日本」とは、5段落に書かれている「街の様子やショッピング」など。

間違えたところをチェック！

1 「和服や神社の建物など」が間違い。

2 「ほとんどいなくなった」が間違い。

4 アジアの人々と欧米人を比較して書かれてはいない。

中文解説 底線下一句寫道「和服や……といった伝統的な日本の姿だけでなく、新しい時代の日本を求めて……／和服……不僅要朝聖日本的傳統文化，更要追尋新世代的日本……」。「新しい時代の日本／新世代的日本」指的是第五段寫的「街の様子やショッピング／街道的模樣和購物」等等。

注意錯誤選項：

選項1「和服や神社の建物など／和服和神社建築等等」不正確。

選項2「ほとんどいなくなった／幾乎消失了」不正確。

選項4，並沒有寫道亞洲人和歐美人的比較。

61

解 答 1

日文解題 最後の段落に注目する。筆者は、メディアを駆使して、日本の現状を世界に宣伝することを提案している。

中文解説 請注意最後一段。作者建議利用媒體向全世界宣傳日本的現況。

62

解 答	4

日文解題 ブータンは仏教国であり、「仏教の教えが人びとの日常生活に大きな影響を与えている」と書かれている。4が正しい。
間違えたところをチェック！
日本や日本人については触れていないので、他の選択肢は間違っている。

中文解説 不丹是佛教國家，文中提到「仏教の教えが人びとの日常生活に大きな影響を与えている／佛教的教義為人們的日常生活帶來深遠的影響」，因此選項4正確。
注意錯誤選項：
文中並沒有提及日本或日本人，因此其他選項不正確。

63

解 答	2

日文解題 Aは、幸福を自分自身の心の中にあるものと考え、Bは、他人と競争して打ち勝つことで感じるものだと捉えている。
間違えたところをチェック！
1生活の貧しさや豊かさについては述べていない。
3「自分の幸せより人の幸せを優先」とは、述べていない。
4AとBの考え方は同じではない。

中文解説 A認為幸福存在自己的心中，B則認為在競爭中戰勝他人才能感到幸福。
注意錯誤選項：
選項1，文章沒有提到關於生活的貧困或富有。
選項3，文章沒有提到「自分の幸せより人の幸せを優先／比起自己的幸福，應該優先考慮他人的幸福」。
選項4，A和B的觀念不同。

64

解 答	4

日文解題 第2段落の「通達によると」以下をよく読む。「現行の教員養成学部や人文・社会系学部は廃止ないし再編成を行うことが望ましい」とある。
間違えたところをチェック！
1は「特色ある分野の研究を進めるべき」、2は「地域に貢献」、3は「人文系の学部を更に充実させるべき」が間違い。

中文解說　請看第二段「通達によると／公文內容指出」後面寫道的「現行の教員養成学部や人文・社会系学部は廃止ないし再編成を行うことが望ましい／期盼採行系所改組方式，切勿廢止現有之教育學系以及人文暨社會學系」。
檢查錯誤選項：
選項1「特色ある分野の研究を進めるべき／應該針對特殊領域進行研究」不正確。選項2「地域に貢献／為社區貢獻」不正確。選項3「人文系の学部を更に充実させるべき／應該增設人文學系」不正確。

65

解　答　1

日文解題　5段落で、筆者は「これは日本の将来にとって的を射た提言と言えるのだろうか」と疑問を投げかけ、6段落で否定している。したがって、1が正しい。
間違えたところをチェック！
2・3については、「避けることができない」「難しいというのも納得できる」と一応認めながらも、「しかし」と、否定している。

中文解說　第五段，作者提出質疑「これは日本の将来にとって的を射た提言と言えるのだろうか／這對日本的未來而言，算得上是精闢的建言嗎」，並在第六段予以否定，因此選項1正確。
檢查錯誤選項：
選項2、3，作者雖然大致同意了「避けることができない／無法避免」、「難しいというのも納得できる／理解它的難處」，但又以「しかし／但是」表示否定。

66

解　答　1

日文解題　筆者が、「このような意見」をそのまま受け入れることは「よくない」と述べているのは、どのような意見なのかと考えて、前の5段落を見てみる。すると、「産業社会に役立つ理系分野の学部を強化したほうがいいという考え」が見つかる。
間違っているところをチェック！
他の選択肢は、筆者が否定している意見ではない。

中文解說　作者提到直接接受「このような意見／這種意見」是「よくない／不好的」。作者指的是什麼意見呢？請看前面的第五段，在第五段可以找到「産業社会に役立つ理系分野の学部を強化したほうがいいという考え／認為『加強有助於產業社會的理工相關學系比較好』的這種意見」這句話。
注意錯誤選項：
關於其他選項，作者沒有提出否定意見。

67

解　答　4

日文解題　筆者の主張は、文章の最後の方にあることが多い。この文章では6・7段落である。そこでは、人文・社会系学問について「人間社会に絶対不可欠の学問」「理系の学問で優れた成果を挙げるための基礎ともなる学問分野である」。これら

の内容をまとめた4が正しい。

間違えたところをチェック！

1「一人一人の知的水準を高めなければならない」、2「理系の学問を強化したほうがいい」、3「ますます重要になる」が間違っている。

中文解說 作者的意見多寫於全文的最後，也就是這篇文章的第六、七段。這裡關於人文暨社會學系，作者提到「人間社会に絶対不可欠の学問／這是人類社會不可或缺的知識」、「理系の学問で優れた成果を挙げるための基礎ともなる学問分野である／這是有助於理工相關學術得到傑出成果的基礎學術領域」。總結這些內容後，可知正確答案是選項4。

注意錯誤選項：

選項1「一人一人の知的水準を高めなければならない／必須提高每一個人的知識水準」不正確、選項2「理系の学問を強化したほうがいい／加強理工相關學術比較好」不正確、選項3「ますます重要になる／越來越重要」不正確。

第1回 読解 問題13   P48-49

68

解 答 2

日文解題 平成19年では40代後半、24年では20代後半が最も有業率が高い。

中文解說 平成19年的45～49歲，以及平成24年的25～29歲的就業率最高。

69

解 答 1

日文解題 10代後半は平成19年が17.3％、24年が16.5％、20代前半は19年が68.4％、24年が66.6％で、24年が19年を下回っている。

中文解說 關於15～19歲的女性就業率，平成19年為17.3%，平成24年為16.5%；而20～24歲的女性就業率，平成19年為68.4%，平成24年為66.6%，因此可知平成24年低於19年，答案應是選項1。

聴解

1

2

3

CHECK

1

2

3

1番

解 答 2

日文解題 男の人の、ポスターを作って学校に貼ろうという意見に、女の人も賛成している。

ことばと表現：

＊ちょっとなあ＝ちょっと躊躇するということ。

中文解説 對於男士建議製作海報張貼在學校的意見，女士也表示贊成。

詞彙和用法：

＊ちょっとなあ＝不太好意思（有些猶豫的意思。）

2番

解 答 4

日文解題 自分一人でできるなんて思わず、チームワークを大切にするよう、つまり、周りの人との協調性を大切にするように、と、女の人は男の人に言っている。

間違えたところをチェック！

1・3については、何も言っていない。

2　みんな失敗はする、絶対に失敗しないということはない、と言っている。

3「自分を過信してはダメ」とあるので、「謙虚になること」も間違いとは言えません。「丁寧な仕事をすること」などに変えてください。

ことばと表現：

＊ミス＝間違い。ミステイク（mistake）。

中文解説 女士正在訓誡男士，不要認為自己一個人就能做到十全十美，要重視團隊合作，也就是說，要重視和旁人的合作協調。

檢查錯誤的選項：

關於選項1和選項3，對話中都沒有提到。

選項2，女士提到每個人都會遇到失敗，不可能完全不犯錯。

詞彙和用法：

＊ミス＝錯誤（出差錯。ミステイク【mistake】的略稱。）

3番

解 答 3

日文解題 一時帰国の息子は、忙しいと思われる。

店員は、息子に帰国後の予定を確認してから決めたほうがいいと提案し、男の人もそれに同意している。

ことばと表現：

＊三名様＝店員がお客に言うときの言葉で、相手の家族に対する尊敬語。

中文解説 暫時回國的兒子恐怕會很忙。

店員提議，等確認了兒子回國後的安排再決定比較好，男士同意了這個提議。

詞彙和用法：

240

＊三名様＝三位客人（店員尊稱客人的用語，在這裡是用於對顧客家人的尊敬語。）

4番

解答 3

日文解題
デパートにいく前にガソリンスタンドに行かなければならない。
洗濯物の片付けは後回しにして、ガソリンを入れに行くことになる。
ガソリンスタンドに行くついでに、父親を駅まで送る。
よって、まず、「父親を駅に送る」が正解。

中文解說
去百貨公司前必須先去加油站。
女士決定先去加油站，回來後再整理洗好的衣服。
去加油站的途中順便送爸爸去車站。
因此，接下來要做的事，「父親を駅に送る / 送爸爸去車站」為正確答案。

5番

解答 2

日文解題
一年たって、営業の仕事もおもしろいと思えるようになった。
このまま営業で働きたいと課長に返事しようと思っている。
間違えたところをチェック！
1　商品開発は、もともと男の人がやりたかった仕事だが、営業で消費者の要求を知らなければ商品開発をしても自己満足に終わると男の人は考えている。
3・4　他の仕事を探したいとは言っていない。
ことばと表現：
＊マーケティング＝製造や販売、市場調査などを行う企業。

中文解說
做了一年後，漸漸覺得業務的工作很有意思。
男士打算告訴科長就照現在這樣留在業務部裡工作。
檢查錯誤的選項
選項1，商品研發是男士原本想從事的工作，但現在男士認為如果不知道消費者的需求，那麼做出來的產品就只是自我滿足罷了。
選項3和選項4，對話中沒有提到想找新工作。
詞彙和用法：
＊マーケティング【marketing】＝市場行銷（從事製造、銷售與市場調查的活動。）

6番

解答 3

日文解題
学生は地震の被害についてレポートを書いた。
先生は、連休には現地に足を運んで自分の目で見ることを学生に勧めている。
よって、3が正しい。
間違えたところをチェック！
1　論文を書くのは、連休ではない。
2　アンケート調査については、何も言っていない。
4　知人に連絡をとってみるとは言っているが、調査への協力を頼むとは言っていないし、連休にやるとも言っていない。

中文解說	學生撰寫了關於地震受災的報告。

老師建議學生利用連假期間親自走訪當地、親眼觀察。因此選項3正確。

檢查錯誤的選項：

選項1，寫論文並非連假要做的事。

對話中沒有提到問卷調查，因此選項2錯誤。

選項4，雖說要聯絡朋友，但並沒有說要拜託對方協助調查，並且聯絡朋友也不是連假才要做的事。

だい 第1回 かい	ちょうかい 聴解	もんだい 問題 2	P54-58

1番

解 答	2

日文解題	女の人は、入社1年目でまだ一人で仕事を担当したことがない杉本さんに全部まかせてよかったのかと心配している。

間違えたところをチェック！

1・4　男の人に対しては別に何とも感じていない。

3　杉本さんがかわいそうだとは感じていない。

中文解說	女士正在擔心，把這份工作全交給進入公司未滿一年、還沒單獨負責過客戶的杉本小姐是否妥當。

檢查錯誤選項：

選項1和選項4，女士並沒有對男士抱持任何情緒。

選項3女士並沒有認為杉本小姐可憐。

2番

解 答	1

日文解題	業者に頼んでカギを換えてもらうように手配したものの、女の人がいちばん待っているのは、夫の帰りである。

間違えたところをチェック！

2　息子には電話をかけたが、帰りを待ってはいない。

3　管理会社の人は来ることになっていない。

4　カギがないときにお客が来るのは困るので、待ってはいない。

ことばと表現：

＊馬鹿にならない＝軽く見て済ますことができない。

例・私立の学校は、入学金だけでも馬鹿にならない。

中文解說	雖然安排了鎖匠過來換鎖，但女士心裡真正希望的，還是丈夫趕快回來開門。

檢查錯誤的選項：

選項2，雖然打過兒子的電話，但並沒有在等他回來。

選項3，管理公司並沒有要過來。

選項4，還沒辦法開門進去家裡之前，如果客人來了會很傷腦筋，所以並沒有在等客人。

詞彙和用法：

＊馬鹿にならない＝不容小覷（無法輕視。例句：私立の学校は、入学金だけでも馬鹿にならない／私立學校光是學費就不容小覷。）

3番

解答 1

日文解題

「あゆみ、あ、奥さんは元気ですか」という言い方から、女の人と「あゆみ」は友達であることがわかる。二人は高校のバスケットボールの大会で初めて男の人に会い、後、男の人と「あゆみ」が結婚したという関係。

つまり、男の人は女の人の友達である「あゆみ」の夫。

間違えたところをチェック！

2・4　高校の大会で初めて会ったと言っているので、昔の同僚や先輩ではない。

3　高校の大会で男の人を見て、あゆみと「かっこいい」と言い合ってはいたが、恋人ではない。

中文解說

「あゆみ、あ、奥さんは元気ですか／亞由美，呃，您太太好嗎」由這句話可知，女士和亞由美是朋友。兩人高中時在籃球大賽中認識男士，之後，男士和亞由美結婚了。

也就是說，男士是女士的好友亞由美的丈夫。

檢查錯誤的選項：

選項2和選項4，因為對話中提到女士和男士是在高中的大賽第一次相遇，因此兩人的關係並非以前的同事或學長學妹。

選項3，雖然女士提到在高中的大賽中見到男士時，和亞由美說了「かっこいい／好帥」，但兩人並不是情侶。

4番

解答 3

日文解題

客は、サービスがいい店だと思っていたのに、店員さんに無愛想に応対されたことを「残念でした」と言っている。

間違えたところをチェック！

1　料理の味については、客は、何も言っていない。

2　料理を間違えたことは、「まあいいです」と言っている。

4　待たされるのは仕方がないと言っている。

中文解說

客人原本以為這家店服務周到，結果店員接待的態度冷淡，所以客人說「残念でした／太遺憾了」。

檢查錯誤的選項：

選項1，客人沒有提到料理好不好吃。

選項2，對於上錯菜，客人說「まあいいです／沒關係」。

選項4，客人說難免需要等菜。

5番

解 答 2

日文解題 コンビニがあったビルはなくなり、３階にあった学習塾や美容院も、経営者が
やめてしまったと、靴屋の男の人は話している。それを聞いた女の人は、せっ
かく髪をカットしてもらおうと思って来たのに、と言っている。

間違えたところをチェック！

１・３・４　コンビニ、喫茶店、学習塾、みんなビルの中にあったが、なくなっ
てしまった。

ことばと表現：

＊ビルごと＝ビルのまま全部。「ごと」は、それを含めて全部ということ。

例・それ、お皿ごと持ってきて。

中文解說 鞋店的男士說，有超商的那棟大樓已經被拆除了，原本開在三樓的才藝班和髮廊
也都收了。女士聽了之後說她是特地來這裡剪頭髮的。

檢查錯誤的選項：

選項１、３、４，超商、咖啡廳、才藝班原本都開在那棟大樓裡，但大樓已經被
拆除了。

詞彙和用法：

＊ビルごと＝整棟樓（大樓的全部。「ごと／連同」是指包含自身在內的全部。

例句：それ、お皿ごと持ってきて／把那個盤子整個端過來。）

6番

解 答 4

日文解題 バス停でタクシーを待っていても全然来ないと聞いた男の人は、電話でタクシー
を呼ぶことにする。

間違えたところをチェック！

１　男の人は、駅の先まで行くので歩くのは無理。

２　反対側の駅に行くと、かなり遠回り。

３　もう少し歩くと地下鉄の駅もあるとは言っているが、男の人はそこまで歩
くとは言っていない。

中文解說 聽到女士說在巴士站牌等計程車是絕對等不到的，男士於是決定打電話叫計程車。

檢查錯誤的選項：

選項１，男士要去的地方比車站遠，要走過去有點勉強。

選項２，如果搭對向的巴士，會繞一大圈。

選項３，對話中提到走一段路就可以到地鐵站，但男士並沒有說要走去那裡。

7番

解 答 2

日文解題 男子学生は、「そのコピー」、つまり、女子学生がレポート作成に使った資料
のコピーを見せてほしいと頼んでいる。それに対して、女子学生は、そんなこ
とをしていいのかと、疑問に思っている。

間違えたところをチェック！

１・３のようなことは、頼んでいない。

４については、男子学生は、「さすがに…頼めない」と言っているし、女子学

生も「あたりまえでしょ」と答えている。

| 中文解説 | 男學生提到「そのコピー／那些資料」，也就是說，男學生想拜託女學生借他作報告時用到的資料影本。女學生正在猶豫自己是否該答應這個要求。
檢查錯誤的選項：
男學生並沒有拜託選項1和選項3的內容。
選項4，男學生說「さすがに…頼めない／好像太過分了吧」，女學生回答「あたりまえでしょ／那還用說」。 |
| --- | --- |

だい１かい 第1回	ちょうかい 聴解	もんだい 問題3	P59

1番

解答	4
日文解題	男の人は、山に興味を持つ人が増えてきたことに対して、「心配です」と述べ、登山の事故に注意して欲しいと述べている。
間違えたところをチェック！
１・２　エベレストの美しさや危険については述べていない。
３　「登山者に山が親しまれるのはいい」と言っているが、登山の喜びについては特に述べていない。
中文解説	對於越來越多人對登山產生興趣，男士提到「心配です／擔心不已」，並呼籲大家注意登山時可能發生意外。
檢查錯誤的選項：
選項1和選項2，談話中沒有提到聖母峰的壯麗景象和危險。
選項3，男士提到「登山者に山が親しまれるのはいい／山友投入山野的懷抱當然是好事」，但並沒有特別說明登山的快樂。

2番

解答	2
日文解題	女の政治家は、働く環境を整え、何らかの事情で職場を離れた人がいつでも職場に戻れるような社会をめざしたい。そのためには、労働時間規定の見直しを促進する政策が必要だと述べている。よって、２が正しい。
間違えたところをチェック！
１　女性の労働環境については述べているが、男女平等に関する政策については、ここでは特に述べていない。
３　少子化対策に意見はあるが、それを今止めなければならないとは述べていない。
ことばと表現：
＊めざそうではありませんか＝「めざしましょう」ということを強い調子で呼びかけている。「〜ではありませんか」は、演説などでよく使われる表現。
中文解説	女性政治家提到希望能打造良好的工作環境，以營造能夠讓因故離開職場的人可以隨時回到職場的社會為目標。為此，有必要促使修改工作時數上限的政策。因

此，選項2是正確答案。

檢查錯誤的選項：

選項1，雖然談話中提到女性的工作環境，但並沒有特別針對性別平權的政策進行論述。

選項3，雖然對少子化的對策有意見，但並沒有說現在必須阻止少子化的情況繼續惡化。

詞彙和用法：

＊めざそうではありませんか＝不以～為目標嗎（用強調的語氣呼籲「めざしましょ／以～為目標」。「～ではありませんか／不～嗎」是經常在演講中使用的說法。）

3番

解答 2

日文解題 先生は、合宿をする場所でインターネットが使えるかどうかでそこに行く日を決めると言っている。今のところそれがわからないので、合宿に参加する日が決まらない。

間違えたところをチェック！

1・3　コンビニもないような遠い場所になるのは、「面白そう」と先生は言っている。

4　発表は、先生の都合に合わせてすることになっている。

中文解說 教授說要先確定宿營的地點是否能使用網路再決定行程。因為現在還不知道能否使用網路，所以還沒決定參加宿營的日程。

檢查錯誤的選項：

選項1和選項3，宿營辦在一處附近連超商都沒有的偏遠鄉間，教授說「面白そう／很讓人期待」。

選項4，學生提到要配合教授的日程調整報告的順序。

4番

解答 4

日文解題 テレビの女の人は、これから人間に求められることは、AIと共存して、あらゆる不確実なことを、経験を元に予測し続けることだと述べている。これに合うのは4。

ことばと表現：

＊耳にしない日はない＝聞かない日はない。毎日のように聞く。「耳にする」は、聞くという意味。

中文解說 電視上的女士提到，從現在開始，人類應該追求和 AI 共存，並將所有不確定因素納入考量，並且根據這些經驗來持續預測 AI 的動向。與此相符的是選項 4。

詞彙和用法：

＊耳にしない日はない＝天天都可以聽到（沒有一天不會聽到。每天都聽得到。「耳にする／聽到」是聽的意思。）

5番

| 解 答 | 1 |

日文解題　二人はお互いに相手がチケットを持っていると思っていたが、そうじゃなく、まだチケットを買っていないことに気づいて、慌てている。1 が正解。

中文解說　兩人都以為對方有票，但事實並非如此，兩人這才注意到根本還沒買票，所以急著出門。因此選項 1 是正確答案。

6番

| 解 答 | 3 |

日文解題　男の人は自転車に乗って帰宅するところである。婦人警官は、男の人の自転車について、明かりが弱くなっていることを注意し、「夜間は、十分に注意してください」と言っている。よって、二人が話しているのは夜間、つまり、夜である。

中文解說　男士騎著自行車正要回家。女警提醒男士自行車車燈的亮度相當微弱，並說「夜間は、十分に注意してください／晚上出門請務必留意」。因此兩人對話時是夜間，也就是晚上。

| 第1回 | 聴解 | 問題4 | P60 |

1番

| 解 答 | 2 |

日文解題　男の人は、田中さんが退職すると聞いて驚いたと言っている。それに対して、女の人は、もう、聞いているんですねと言っている。
「伺う」は、「聞く」の謙譲語。
間違えたところをチェック！
1　「さっき、〜に行った」と聞いたときのことば。
3　「さっき、〜について質問した」などと聞いたときの言葉。

中文解說　男士說聽到田中先生退休的消息嚇了一跳。對於男士的發言，女士回答「已經傳到您耳中了」。
「伺う」是「聞く」的謙譲語。
檢查錯誤的選項：
選項 1 是當聽到對方說「さっき、〜に行った／剛才已經去〜了」時的回答。
選項 3 是當聽到對方說「さっき、〜について質問した／剛才問了有關〜」時的回答。

2番

| 解 答 | 2 |

日文解題　一緒に仕事をしている男性が、女性に、半分ぐらいはやっておかないとまずいのでは？と聞いている。女性も同意している。

間違えたところをチェック！

1 「疲れたんじゃない？ もうそのくらいでやめたら？」などと言われたときの言葉。

3 「このお菓子、まずいね」などと言われたときの言葉。

ことばと表現：

＊まずい＝ここでは、「都合が悪い。具合が悪い」という意味。食べ物がおいしくないという意味もある。3の答えは、この意味にとっているための間違い。

中文解説 一起工作的男士說「至少要先做一半左右，不然就慘了」徵求女士的附和，女士也同意他的說法。

檢查錯誤的選項：

選項1是當對方說「疲れたんじゃない？もうそのくらいでやめたら？／累了嗎？不如暫時做到這樣就好了？」時的回答。

選項3是當對方說「このお菓子、まずいね／這個點心真難吃呀」時的回答。

詞彙和用法：

＊まずい＝慘了（在這裡是「都合が悪い。具合が悪い／糟了。慘了」的意思。也有食物不好吃的含意，選項3的回答用的是這個意思，因此錯誤。）

3番

解答 1

日文解題 男の人は、加藤さんに言ったことを後悔している。女の人は、男の人に謝ることを勧めている。

間違えたところをチェック！

2 「名前を間違えていた」などと言われたときの言葉。

3 「加藤さんにあのことを言えばよかった」などと言われたときの言葉。

中文解説 男士為向加藤小姐說過的話感到後悔，女士正建議男士去道歉。

檢查錯誤的選項：

選項2是當對方說「名前を間違えていた／弄錯名字了」時的回答。

選項3是當對方說「加藤さんにあのことを言えばよかった／如果當時告訴加藤小姐那些話就好了」時的回答。

4番

解答 3

日文解題 男の人は、出張を他の人に代わってもらっていいかと、部長に聞いている。

間違えたところをチェック！

1・2 過去形を使っているので、正しくない。

ことばと表現：

＊構わないでしょうか＝〜してもいいでしょうか、という意味。

中文解説 男士正在詢問部長是否可以讓其他人代替他出差。

檢查錯誤的選項：

選項1和選項2用的是過去式，所以不正確。

詞彙和用法：

＊構わないでしょうか＝是否可以（是 "〜的話可以嗎？" 的意思。）

5番

解　答	1

日文解題 やる気がなさそうにゆっくりしている男の人に向かって女の人が注意している状況。

間違えたところをチェック！

2　「そんなことに笑ったりしないでよ」などと言われたときの言葉。

3　「洗濯物、なかなか乾かないね」などと言われたときの言葉。

ことばと表現：

＊ぐずぐずする＝やる気がない様子でだらだらしている。

中文解説 這題的情況是女士正在提醒因為沒有幹勁而慢吞吞的男士。

檢查錯誤的選項：

選項2是當對方說「そんなことに笑ったりしないでよ／不要嘲笑我的那件糗事啦！」時的回答。

選項3是當對方說「洗濯物、なかなか乾かないね／洗好的衣服遲遲乾不了呀」時的回答。

詞彙和用法：

＊ぐずぐずする＝拖拖拉拉（沒有幹勁、磨磨蹭蹭的樣子。）

6番

解　答	3

日文解題 部屋にいる女性に、男性が、掃除をするからこの部屋から出て向こうに行っていて、と頼んでいる状況。女性は、お礼を言っている。

間違えたところをチェック！

1　「この部屋、掃除するから手伝って」などと言われたときの言葉。

2　「長い間待っていると疲れるよ」などと言われたときの言葉。

中文解説 這題的情況是男士要打掃這間房間，所以請房間裡的女士離開一下。女士正向他道謝。

檢查錯誤的選項：

選項1是當對方說「この部屋、掃除するから手伝って／我要打掃這間房間，你也一起幫忙」時的回答。

選項2是當對方說「長い間待っていると疲れるよ／等好久很累吧」時的回答。

7番

解　答	3

日文解題 入学試験（または就職試験）で、試験官の女性が、留学生から「鋭い質問が出た」と、感想を述べている。これに対して男性も同意している。

間違えたところをチェック！

1　女性は、留学生についてほめている。これに対して「勉強不足なんです」という応答は合わない。

2　「あんまり質問が出なかったね」などと言われたときの言葉。

ことばと表現：

＊頭の（が）切れる＝「頭がよく働く。鋭い」という意味。

中文解説 入學面試（或就業面試）中，擔任面試官的女士說留學生提出了「鋭い質問が出

た／提出了相當靈活的問題」。男士也同意女士的感想。

檢查錯誤的選項：

選項１，女士是在稱讚留學生。對此，「勉強不足なんです／還有很多該學的」的回答並不合適。

選項２是當對方說「あんまり質問が出なかったね／不怎麼提問呢」時的回答。

詞彙和用法：

*頭の切れる＝聰明（是「頭がよく働く。鋭い／腦筋動很快。敏銳」的意思。）

8番

解答 1

日文解題 スープを煮ていた男性が、こげてしまったスープを女性に見せている状況。

間違えたところをチェック！

２　出来たスープを女性に味見してもらって、「ね、おいしいだろう？」と言っている状況。

３　「このスープ、なんだか物足りないね」などと言われたときの言葉。

中文解說 這題的情況是男性把熬焦了的湯拿給女士看。

檢查錯誤的選項：

選項２用在將煮好的湯給女士試喝，並詢問「ね、おいしいだろう？／不錯吧，很好喝吧？」的狀況。

選項３是當對方說「このスープ、なんだか物足りないね／這個湯，好像缺了點什麼耶」時的回答。

9番

解答 1

日文解題 新しいバッグを見せびらかしているたか子を女性が見て、そのことを夫などに報告しているという状況。夫は、自分も欲しいのか、と聞いている。

間違えたところをチェック！

２　「娘が新しいバッグをすごく欲しがっているの」などと言われたときの言葉。

３　「このバッグ、この前買ったのよ」などと言って、開いたバッグを電車の中などで見せびらかしているような状況での言葉。

中文解說 這題的狀況是女士看到貴子正在炫耀新皮包，並將這件事告訴她的丈夫。於是丈夫問她，妳是不是也想要。

檢查錯誤的選項：

選項２是當對方說「娘が新しいバッグをすごく欲しがっているの／女兒非常想要皮包」時的回答。

選項３是當對方說「このバッグ、この前買ったのよ／這個皮包是最近新買的哦」，並在電車中等公共場所炫耀打開的皮包時的回答。

10番

解答 2

日文解題 小野さんの発表を聞いていると、気がもめる、心配だと男性が言っている。それを聞いて女性も、同意している。

250

間違えたところをチェック！

1・3「はらはらする」と言っているのに、「気持ちが明るくなる」「説得力がある」などとほめているのはおかしい。

中文解説 男士說聽了小野先生的報告後覺得很憂慮擔心。女士也同意他的說法。

檢查錯誤的選項：

選項1和選項3，對方說的是「はらはらする／憂慮」，所以用「気持ちが明るくなる／心情變好了」「説得力がある／很有說服力」來誇獎是不合邏輯的。

11番

解 答 3

日文解題 父親が、子どものおもちゃをたくさん買って帰宅した状況。父親は、その理由を話している。

間違えたところをチェック！

1・2は、おもちゃを処分したときの言葉。

中文解説 這題的狀況是父親買了很多小孩子的玩具回家。父親正在說明買下許多玩具的原因。

檢查錯誤的選項：

選項1和選項2是用於將玩具丟棄後說的話。

12番

解 答 1

日文解題 頑張っている相手チームのことを、男の人は、しぶとい、つまり、粘り強いと言っている。女の人も、同様の印象を抱いている。

間違えたところをチェック！

2・3　あっちのチームは粘り強く頑張っている、と言うのに対して、「それなら、すぐに（こっちのチームが）勝てます」や「ええ、あっちは今に負けますよ」という返事はおかしい。

中文解説 男士說正在努力的敵隊很頑強，也就是指對方很有毅力的意思。女士也抱持相同看法。

檢查錯誤的選項：

選項2和選項3，當聽到敵隊正在頑強抵抗時，回答「それなら、すぐに（こっちのチームが）勝てます／那樣的話，（我們）馬上就贏囉」或「ええ。こっちはまだ零点ですよ。／是呀，我們還是零分呢」都不合邏輯。

13番

解 答 3

日文解題 締切まで2週間はないと言う男性に対する返事。

間違えたところをチェック！

1　2週間はない、ということと1週間もないということは矛盾する。

2　「二週間を切った」は、2週間はない、ということ。「二週間もある」は間違い。

ことばと表現：

*二週間を切る＝二週間より少ない。「〜を切る」は、「〜を下回る」という

こと。
例・このアパートの家賃が値下がりして、今、5万円を切った。

中文解說 男士說距離繳交截止日剩不到兩週了，要選合適的回答。
檢查錯誤的選項：
選項1說的是剩下不到一週，但男士說的是剩下不到兩週，因此與男士的話相互矛盾。
選項2，「二週間を切った／不到兩週」是剩下不到兩星期的意思，因此「二週間もある／還有足足兩週」是錯誤的。
詞彙和用法：
＊二週間を切る＝不到兩週（少於兩週。「～を切る」是「～を下回る／低於」的意思。例句：このアパートの家賃が値下がりして、今、5万円を切った／這個公寓的房租降價了，現在五萬圓有找。）

| 第1回 | 聴解 | 問題5 | P61-62 |

1番

解 答 1

日文解題 二人の話の流れをつかむ。
M…お皿とコップを出そうと言う。
F…紙のお皿やコップにしようと言う。
M…紙の食器はゴミが増えて環境に悪い。
F…環境への影響については、同じこと。
M…紙の食器を使うことに同意する。
間違えたところをチェック！
3　お客さんが持ってくるのは食べ物。
4　使っていない食器はリサイクルショップやフリーマーケットなどに持っていくこともできると言っているが、今、売るとは言っていない。
ことばと表現：
＊どっちもどっち＝どっちもあまり変わらないということ。

中文解說 要掌握兩人對話的走向。
女士說把餐盤和杯子拿出來吧。
男士則說改用紙餐具吧。
女士回答使用紙餐具會增加垃圾，對環境不好。
男士認為兩種餐具對環境的汙染程度是一樣的。
女士同意使用紙餐具。
檢查錯誤的選項：
選項3，客人會帶來的是食物。
選項4，雖說要把不用的餐具拿去二手商店或是跳蚤市場賣掉，但並沒有說要現在立刻賣出。
詞彙和用法：
＊どっちもどっち＝半斤八兩（兩者沒什麼差別的意思。）

2番

解　答	4

日文解題 社員たちは、コンサート会場などに入るときに本人かどうかを見分ける機械について話している。

中文解說 職員們正在談論進入演唱會會場時，辨識入場的是否為本人的識別機器。

3番　質問1

解　答	4

日文解題 地震や台風で停電になった時には役立つと父親は言っている。
間違えたところをチェック！
3　ゴルフでも8時間は歩かないと父親は言っている。

中文解說 爸爸說遇到地震或颱風導致停電的時候就能發揮作用了。
檢查錯誤的選項：
選項3，爸爸說就算是打高爾夫球的時候也沒辦法走八個小時。

3番　質問2

解　答	1

日文解題 女の子は、ふつうのスポーツシューズでいい。充電のことを気にしながらスポーツをしても楽しくないから、欲しくない、と言っている。
間違えたところをチェック！
2　高いのを気にしているのは母親。
3　短時間で充電できればいいのにと言っているのは、父親。

中文解說 女孩只想穿普通的運動鞋。女孩說心裡總是惦記著充電，反而沒辦法專心享受運動的樂趣，所以不想要。
檢查錯誤的選項：
選項2，在意價格高低的是媽媽。
選項3，說"要是用更短的時間充飽電就好了"的是爸爸。

1

| 解　答 | 3 |

日文解題　「寿命」は、そのものの命の長さ。

読み方をチェック：

寿（ジュ／ことぶき）　例・長寿、寿の言葉。

中文解說　「寿命／壽命」是指人的生命長度或物品的耐用期限。

注意讀音：

寿唸作ジュ／ことぶき。例如：長寿（ちょうじゅ・長壽）、寿の言葉（ことぶきのことば・賀詞）。

2

| 解　答 | 2 |

日文解題　「建前」は、表向きの方針。対義語は「本音」。

読み方をチェック：

建（ケン／コン／た - てる／た - つ）　例・建築、建設、建立、家を建てる、寺が建つ。

前（ゼン／まえ）　例・以前、前進、前に進む。

中文解說　「建前／原則、表面話」是指表面上的方針。反義詞是「本音／真心話」。

注意讀音：

建唸作ケン／コン／た - てる／た - つ。例如：建築（けんちく・建築）、建設（けんせつ・建設）、建立（こんりゅう・建立）、家を建てる（いえをたてる・建造房子）、寺が建つ（てらがたつ・建蓋寺院）。

前唸作ゼン／まえ。例如：以前（いぜん・以前）、前進（ぜんしん・前進）、前に進む（まえにすすむ・向前走）。

3

| 解　答 | 1 |

日文解題　「響く」は、音などが周りに伝わって聞こえる。反響すること。

その他の選択肢の漢字は、2「描く」3「築く」4「輝く」。

読み方をチェック：

響（キョウ／ひび - く）　例・反響、交響楽団、電車の音が響く。

中文解說　「響く／聲響」是指可以聽見聲音傳到四周，或指回音。

其他選項的漢字分別為：選項2「描く／描繪」、選項3「築く／修築」、選項4「輝く／閃耀」

注意讀音：

響唸作キョウ／ひび - く。例如：反響（はんきょう・反響、回音）、交響楽団（こうきょうがくだん・交響樂團）、電車の音が響く（でんしゃのおとがひびく・響起電車的聲音）。

4

解　答　4

日文解題　「縮む」は、長さが短くなること。
その他の選択肢の漢字は、1「絡む」2「弾む」3「望む」。
読み方をチェック：
縮（シュク／ちぢ-む／ちぢ-まる／ちぢ-める）　例・縮小、布が縮む、差が縮まる、命を縮める。

中文解說　「縮む／縮小」是指長度變短。
其他選項的漢字分別為：選項1「絡む／纏繞」、選項2「弾む／彈起」、選項3「望む／希望」。
注意讀音：
縮唸作シュク／ちぢ-む／ちぢ-まる／ちぢ-める。例如：縮小（しゅくしょう，縮小）、布が縮む（ぬのがちぢむ，布料縮水）、差が縮まる（さがちぢまる，差距縮短）、命を縮める（いのちをちぢめる，減壽）。

5

解　答　3

日文解題　「兆し」は、物事が起ころうとするしるし。
他の選択肢の漢字は、2「印」　4「志」。
読み方をチェック：
兆（チョウ／きざ-し／きざ-す）　例・兆候、前兆、春の兆し、新芽が兆す。

中文解說　「兆し／預兆」為事情要發生前的徵兆。
其他選項的漢字分別為：選項2「印／標記」、選項4「志／志向」。
注意讀音：
兆唸作チョウ／きざ-し／きざ-す。例如：兆候（ちょうこう，徵兆）、前兆（ぜんちょ，前兆）、春の兆し（はるのきざし，春天的先兆）、新芽が兆す（しんめがきざす，新芽萌發）。

6

解　答　1

日文解題　「専ら」は、そればかりという意味。類義語に「ひたすら」など。
読み方をチェック：
専（セン／もっぱ-ら）　例・専門、専用、休日は専らゴルフだ。

中文解說　「専ら／專心地」意思是只專心做一件事。相似詞有「ひたすら／一心一意」等等。
注意讀音：
専唸作セン／もっぱ-ら。例如：専門（せんもん，專門）、専用（せんよう，專用）、休日は専らゴルフだ（きゅうじつはもっぱらゴルフだ，一放假就是去打高爾夫球）。

7

解　答　3

日文解題　「手口」は犯罪のやり方という意味。
例・泥棒の手口。
他の選択肢の意味もチェック：
1「手際」仕事を片付けるやり方。例・手際がいい。
2「手順」物事を片付ける順序。例・仕事の手順。
4「手取り」税金などを引かれて実際に受け取る金額を「手取り（てどり）」というが、丁寧に教える様子を「手取り（てとり）足取り」という。例・手取り足取り教える。

中文解說　「手口／手法」意思是犯案的伎倆。
例如：泥棒の手口（小偷的手法）
注意其他選項：
選項1「手際／本領技巧」是處理工作的方法。例如：手際がいい。（好本領。）
選項2「手順／步驟」是指處理事物的順序。例如：仕事の手順。（工作的順序。）
選項4「手取り／淨利」指扣除稅金等手續費後，實際收到的金額，唸作「手取り（てどり）」。還有一種常用說法是形容仔細教導的樣子「手取り（てとり）足取り／親自指導」。例如：手取り足取り教える。（親自傳授。）

8

解　答　3

日文解題　「台無し」は全くだめになること。
他の選択肢の意味もチェック：
1「あべこべ」関係や順序が逆だということ。例・あべこべに怒られてしまった。
2「由来」物事が起こるもとになるところ。例・言葉の由来。
4「色違い」求めているものと色が違うこと。例・色違いの傘はありませんか。

中文解說　「台無し／糟蹋」指完全不能使用了。
順便學習其他選項的意思：
選項1「あべこべ／顛倒」指關係或順序相反。例如：あべこべに怒られてしまった。（反倒挨罵了。）
選項2「由来／由來」指事物發生的原因。例如：言葉の由来。（語言的由來。）
選項4「色違い／顏色不同」指要的是顏色不同的物品。例如：色違いの傘はありませんか。（這種傘有別的顏色嗎。）

9

解　答　1

日文解題　「みっともない」は人から見られると恥ずかしい様子。
他の選択肢の意味もチェック：
2「めざましい」目が覚めるほど素晴らしい様子。例・めざましい発達。

3「にくらしい」にくく思える様子。例・いたずらばかりする弟はにくらしい。
4「そそっかしい」落ち着きがなく不注意な様子。例・彼女は案外そそっかしい。

中文解説「みっともない／不成體統」指被別人看到這種狀態會很羞恥。
順便學習其他選項的意思：
2「めざましい／令人驚豔的」指令人眼睛一亮的出色模樣。例如：めざましい発達。（驚人的進展。）
3「にくらしい／可恨的」指覺得討厭的樣子。例如：いたずらばかりする弟はにくらしい。（一天到晚惡作劇的弟弟真討厭。）
4「そそっかしい／冒失」指慌張、心不在焉的樣子。例如：彼女は案外そそっかしい。（沒想到她竟如此冒失輕率。）

10

解 答 2

日文解題 「支配下」の「下」は言葉の下に付けて「～のもと」という意味を表す接尾語。「支配下」は、支配されているもとという意味。例・影響下。
他の選択肢の意味もチェック：
1「状」手紙を表す接尾語。例・感謝状。
状態を表す接尾語として使われることもある。
3「圏」限られた範囲を表す接尾語。例・北極圏。
4「層」社会の中のある集団を表す接尾語。例・読者層。

中文解說 「支配下／在控制之下」的「下」是接在詞語後面的接尾語，表示「～のもと／～之下」。「支配下」是指置身於被支配的情況下。例如：影響下（受到影響之下）。
順便學習其他選項的意思：
1「状／函」是表示書信的接尾語。例如：感謝状（感謝函）。
有些接尾語會用來表示狀態。
3「圏／圈」是表示有限範圍的接尾語。例如：北極圏（北極圈）。
4「層／群」是表示社會中某些集團的接尾語。例如：読者層（讀者群）。

11

解 答 4

日文解題 「サボる」はずる休みをすること。
他の選択肢の意味もチェック：
1「おしむ」残念に思う。例・別れを惜しむ。
2「まぎれる」ほかのことと一緒になってわからなくなること。例・寂しさがまぎれる。
3「はずす」はめてあるものを外すこと。例・眼鏡をはずす。

中文解說 「サボる／偷懶」指偷懶休息。
順便學習其他選項的意思：
選項1「おしむ／惋惜」指覺得遺憾。例如：別れを惜しむ。（捨不得離別。）
選項2「まぎれる／混淆」指和其他東西混在一起分不清楚。例如：寂しさがまぎれる（排遣寂寞）。3「はずす／取下」指摘下戴著的東西。例如：眼鏡をはずす。（摘下眼鏡。）

12

| 解 答 | 1 |

日文解題 「打ち切る」は途中でやめること。「打ち切られる」は受け身形。

他の選択肢の意味もチェック：

2「取り組む」物事に真剣にぶつかること。例・宿題に取り組む。

3「受け止める」受けてささえること。例・ボールを受け止める。問題を受け止める。

4「使い果たす」は全部使ってしまうこと。例・お金を使い果たす。

中文解說 「打ち切る／中止」指中途放棄。「打ち切られる／被打斷」是被動形。

順便學習其他選項的意思：

選項2「取り組む／埋頭」認真的解決事情。例如：宿題に取り組む。（埋頭做作業。）

選項3「受け止める／接住、處理」是指接受與支持。例如：ボールを受け止める。

（接住球。）、問題を受け止める。（解決問題。）

4「使い果たす／用盡」指全部花光。例如：お金を使い果たす。（把錢花光。）

13

| 解 答 | 3 |

日文解題 「あくまで」はどこまでも。

他の選択肢の意味もチェック：

1「ろくに」じゅうぶんに、後ろに否定形をともない。例・ろくに勉強もしない。

3「どうせ」どっちみち。例・どうせ間に合うまい。

4「案の定」思っていたとおり。例・彼は案の定遅刻だ。

中文解說 「あくまで／終歸」的意思是說到底。

順便學習其他選項的意思：

1「ろくに／好好地」指很好地，通常後面接否定詞。例如：ろくに勉強もしない。

（不好好學習。）

3「どうせ／反正」指無論如何。例如：どうせ間に合うまい。（反正來不及了。）

4「案の定／果然」指和想像中一樣。例如：彼は案の定遅刻だ。（他果然遲到了。）

14

解答 1

日文解題

「着工」は工事を始めること。

1「開始」は物事を始めること。

他の選択肢の意味もチェック：

2「開業」商売などを始めること。例・蕎麦屋を開業する。

3「着陸」飛行機などが陸地に着くこと。例・着陸の合図が点灯する。

4「完了」終わること。「開始」と反対の意味。例・工事が完了する。

中文解説

「着工／動工」指開始進行工程。

選項1「開始／開始」指事物的開始。

順便學習其他選項的意思：

選項2「開業／開張」指開始買賣等。例如：蕎麦屋を開業する。（蕎麥麵店開幕。）

選項3「着陸／降落」指飛機之類的交通工具抵達陸地。例如：着陸の合図が点灯する。（打開著陸的燈誌。）

選項4「完了／結束」指結束。和「開始／開始」意思相反。例如：工事が完了する。（完工。）

15

解答 3

日文解題

「さする」は手のひらを動かして体などをこすること。

3「こする」は「さする」よりやや強く押し付けて動かすこと。

他の選択肢の意味もチェック：

1「抱く」両腕でかかえること。例・子猫を抱く。

2「たたく」腕で打つこと。例・太鼓をたたく。

4「探す」人や物を見つけようとすること。例・仕事を探す。

中文解説

「さする／摩挲」指移動手掌搓磨身體的動作。

選項3「こする／搓」指比用「さする／搓磨」更強的力道按壓。

順便學習其他選項的意思：

選項1「抱く／抱」指用雙臂抱住。例如：子猫を抱く。（抱著小貓。）

選項2「たたく／敲打」指用手拍擊。例如：太鼓をたたく。（打鼓。）

選項4「探す／找尋」指尋找人或事物。例如：仕事を探す。（找工作。）

16

解答 4

日文解題

「他よりまし」は、他よりはいくらかいいこと。

4「他より少しよい」。

他の選択肢の意味もチェック：

1「～よりだいぶ強い」強さを比べている。～に比べてかなり強い様子。例・

母は父よりだいぶ強い。

2「～よりやや大きい」大きさを比べている。～より少し大きい様子。例・私の机は、弟のよりやや大きい。

3「～よりとても速い」速さを比べている。～より非常に速い様子。例・飛行機は新幹線よりとても速い。

中文解說

「他よりまし／比其他的好一點」指至少比其他人事物來得好一些。

選項4的意思是「他より少しよい／至少比其他的好一些」。

順便學習其他選項的意思：

選項1「～よりだいぶ強い／比～強多了」用於比較強度，也就是「比～強多了的樣子」。例如：母は父よりだいぶ強い。（媽媽比爸爸厲害多了。）

選項2「～よりやや大きい／比～稍大」用於比較大小，也就是「比～稍微大一點的樣子」，例如：私の机は、弟のよりやや大きい。（我的書桌比弟弟的稍微大一點。）

選項3「～よりとても速い／比～快多了」用於比較速度，也就是「比～快很多的樣子」。例如：飛行機は新幹線よりとても速い。（飛機比新幹線快多了。）

17

解　答　2

日文解題

「一段と」は前よりいっそうという意味。

2「ますます」前より程度がさらに増える様子。

他の選択肢の意味もチェック：

1「すぐに」何かをした後、時間をおかずに。例・すぐに出かけよう。

3「いくらか」少しは。例・昨日に比べて、今日はいくらか暖かい。

4「だんだん」前に比べて少しずつ変わる様子。例・ピアノがだんだん上手になった。

中文解說

「一段と／益發」是指比過去更上一層的意思。

選項2「ますます／越加」是指比以前的程度更強大的樣子。

順便學習其他選項的意思：

選項1「すぐに／立即」指「做完某事後馬上～」。例如：すぐに出かけよう。（立刻出門吧！）

選項3「いくらか／多少有一點」意思是有那麼一點。例如：昨日に比べて、今日はいくらか暖かい。（和昨天相比，今天暖和了點。）

選項4「だんだん／越來越」是指相較於從前，一點一點改變的樣子。例如：ピアノがだんだん上手になった。（鋼琴彈得越來越好了！）

18

解　答　1

日文解題

「あっさり」は、問題なく簡単にという意味。

1「すんなり」物事が順調に行われる様子。

他の選択肢の意味もチェック：

2「きっぱり」迷いなくしっかりとしている様子。例・誘いをきっぱり断る。

3「しっかり」きちんとしている様子。例・しっかり考えて決める。

4「てっきり」間違いなくそうだと信じる様子。例・てっきり遅刻だと思ったが、間に合った。

中文解説	「あっさり／輕易」是形容沒問題、很容易。

「あっさり／輕易」是形容沒問題、很容易。

1「すんなり／順利」指事情順利進行的樣子。

順便學習其他選項的意思：

2「きっぱり／斷然」形容毫不猶豫、乾脆俐落的子。例如：誘いをきっぱり断る。（斷然拒絶邀請。）

3「しっかり／可靠的」形容認真的様子。例如：しっかり考えて決める。（好好考慮後再決定。）

4「てっきり／肯定是」形容深信不疑的様子。例如：てっきり遅刻だと思ったが、間に合った。（原以為肯定遲到，沒想到居然趕上了。）

19

解答 3

日文解題

「立て替える」人が払うべきお金を一時払っておくこと。

3「貸す」は、「立て替える」つまり、貸すことと同じ。

他の選択肢の意味もチェック：

1「直す」悪いところを元のようにすること。例・故障したテレビを直す。

2「預ける」自分のものを人に頼んで守ってもらうこと。例・お金を銀行に預ける。

4「整える」きちんとした形にすること。例・服装を整える。

中文解説

「立て替える／墊付」指暫時代付他人應付的款項。

選項3「貸す／借出」和「立て替える／墊付」同樣是指借錢給別人。

順便學習其他選項的意思：

選項1「直す／修繕」指修理故障的地方，使其恢復原本的狀態。例如：故障したテレビを直す。（修理故障的電視。）

選項2「預ける／存放」指把自己的東西交給別人保管。例如：お金を銀行に預ける。（把錢存入銀行。）

選項4「整える／整頓」指仔細整理成有條不紊整齊的狀態。例如：服装を整える。（整理服裝。）

だい かい 第2回	げんごちしき もじ ごい 言語知識（文字・語彙）	もんだい 問題4	P66-67

20

解答 1

日文解題

「過労」は、働きすぎて疲れること。

例・毎日の育児とパートで、母は過労だ。

その他の文では、2「労働」、3「ご苦労」、4「努力」などが適当な言葉。

中文解説

「過労／過勞」指勞累過度。

例如：毎日の育児とパートで、母は過労だ。（媽媽每天都要照顧小孩和兼差工作，已經過度疲勞了。）

其他選項的句子，選項2應改為「労働／勞動」、選項3應改為「ご苦労／您的辛苦」、選項4應改為「努力／努力」，才是正確的句子。

21

解　答　1

日文解題　「さっさと」は行動などを素早くする様子。
例・宿題が済んだらさっさと寝なさい。
その他の文では、2「なるべく早く」、3「ざっと」、4「やっと」などが適当な言葉。

中文解說　「さっさと／迅速的」指迅速行動的様子。
例如：宿題が済んだらさっさと寝なさい。（功課寫完後就趕快睡吧。）
其他選項的句子，選項2應改為「なるべく早く／儘早」、選項3應改為「ざっと／大概」、選項4應改為「やっと／終於」，才是正確的句子。

22

解　答　3

日文解題　「もれる」は隠していたことが外に知れるという意味。
例・情報がもれないように厳しく管理する。
その他の文では、1「こぼれた」、2「逃げ出した」、4「くっついて」などが適当な言葉。

中文解說　「もれる／洩漏」意思是隱瞞的事情外洩了。
例如：情報がもれないように厳しく管理する。（嚴加管理以避免洩露資訊。）
其他選項的句子，選項1應改為「こぼれた／溢出了」、選項2應改為「逃げ出した／逃走了」、選項4應改為「くっついて／緊緊貼住」，才是正確的句子。

23

解　答　4

日文解題　「オーバー」は、言動がおおげさな様子。
例・舞台の上では、オーバーな演技のほうがよい。
その他の文では、1「非常に」、3「オーバーした」とは言わない。「オーバーな」なら適当。

中文解說　「オーバー／誇張」指言行誇張的様子。
例如：舞台の上では、オーバーな演技のほうがよい。（在舞臺上，誇張的演技比較吸引人。）
其他選項的句子，選項1應改為「非常に／非常」。選項3，沒有「オーバーした」這種說法。選項4應改為「オーバーな／誇張的」，才是正確的句子。

24

解　答　2

日文解題　「ほぼ」は、だいたいという意味。
例・今日の勉強はほぼ終わった。
その他の文では、1「とても」、4「多分」などが適当な言葉。

中文解說　「ほぼ／大略」是大概的意思。
例如：今日の勉強はほぼ終わった。（今天的功課差不多做完了。）
其他選項的句子，選項1應改為「とても／相當」、選項4應改為「多分／應該」，才是正確的句子。

25

解　答　1

日文解題　「溶け込む」は、一つになるという意味。
例・結婚して中国に行った彼女は、早くも周りの社会に溶け込んでいるそうだ。
他の文では、3「しみ込んで」、4「適応させられた」などが適当な言葉。

中文解說　「溶け込む／融入」是合為一體的意思。
例如：結婚して中国に行った彼女は、早くも周りの社会に溶け込んでいるそうだ。（聽說嫁到中國的她很快就融入周遭的社會環境了。）
其他選項的句子，選項3應改為「しみ込んで／滲入」、選項4應改為「適応させられた／適應了」，才是正確的句子。

26

解　答　4

日文解題　「あまりの（名詞）＋に」は、とても〜ので、という意味。例、
・この会社は給料はいいが、あまりの忙しさに辞める人が多いらしいよ。
他の選択肢の文型もチェック：
1「あまりに怖くて」なら正解。
2、3「怖さのあまり」なら正解。

中文解說　「あまりの（名詞）＋に／由於過度〜」是“因為非常〜”的意思。例句：
・這家公司的薪水不錯，但聽說實在太忙，辭職的人也不在少數喔。
檢查其他選項的文法：
選項1如果是「あまりに怖くて／非常恐怖」則為正確答案。
選項2或選項3如果是「怖さのあまり／太恐怖」則為正確答案。

27

解　答　2

日文解題　「（名詞）をおいて…ない」は、〜以外にない、という意味。「〜」を高く評価しているときの言い方。例、
・日本でこれだけ精巧な部品を作れるのは、大田製作所をおいてありません。
他の選択肢の文型もチェック：
1「（名詞）をよそに」は、〜のことを気にしないで、という意味。例、
・彼女は親の心配をよそに、故郷を後にした。
3「（名詞）をもって」は、〜で、の硬い言い方。名詞が期日の場合は、〜の時までで、という意味。例、
・本日をもって閉会します。
名詞が方法などの場合は手段を表す。例、
・君の実力をもってすれば、不可能はないよ。

4「（名詞）を限りに」は、〜の時までで終わりにする、と言いたいとき。

中文解說 「（名詞）をおいて…ない／除了〜就沒有…」是"除〜之外就沒有了"的意思。是對「〜」有高度評價時的說法。例句：

・在日本能夠製造出如此精巧的零件，就只有大田工廠這一家了。

檢查其他選項的文法：

選項1「（名詞）をよそに／不顧」是"不介意〜"的意思。例句：

・她不顧父母的擔憂，離開了故鄉。

選項3「（名詞）をもって／以〜」是"用〜"的意思，是較生硬的說法。如果填入的名詞為日期的情況，是"到〜時"的意思。例句：

・會議就到今天結束。

若是填入的名詞為方法等等，則用於表示手段。例句：

・只要發揮你的實力，絕對辦得到的！

選項4「（名詞）を限りに／從〜之後就不（沒）〜」用於想表達"到〜時為止（從此以後不再繼續下去）"。

28

解 答 2

日文解題 「（動詞辞書形）べく」は、〜するために、〜することができるように、という意味。硬い言い方。意味から考えて、2の他動詞形を選ぶ。

他の選択肢の文型もチェック：

1は自動詞で、「〜する」という意味にならない。

3、4は辞書形ではないので間違い。

中文解說 「（動詞辞書形）べく／為了」是"為了做〜、為了能做到〜"的意思。是較生硬的說法。從文意考量，要選他動詞的選項2。

檢查其他選項的文法：

選項1是自動詞，因此不會有「〜する／做〜」的意思。

選項3或選項4不是辭書形，所以不正確。

29

解 答 1

日文解題 「そのまま帰ってきた」ことを非難しているので、「あなたは子供ではないのに」という意味になる選択肢を選ぶ。「（名詞）では（じゃ）あるまいし」は、〜ではないのだから、という意味。

他の選択肢の文型もチェック：

2「（名詞）ともなると」は、〜くらい立場や程度が高いと、と言いたいとき。例、

・大学も4年目ともなると、授業のサボり方もうまくなるね。

3「（名詞）いかんによらず」は、〜に関係なく、という意味。例、

・レポートは内容のいかんによらず、提出すれば単位がもらえます。

4「（名詞）ながらに」は、〜のまま、という意味。例、

・その男は事件の経緯を涙ながらに語った。

中文解說 因為是責備「そのまま帰ってきた／就這樣回來了」，所以要選擇「あなたは子供ではないのに／你明明不是小孩子了」意思的選項。「（名詞）では（じゃ）

あるまいし／又不是〜」是"因為不是〜"的意思。

檢查其他選項的文法：

選項2「（名詞）ともなると／要是〜那就〜」用在想表達"到了〜某較高的立場或程度"時。例句：

・大學都已經上了四年，蹺課的方法也越來越純熟囉。

選項3「（名詞）いかんによらず／不管」是"和〜無關"的意思。例句：

・不論報告內容的優劣程度，只要繳交，就能拿到學分。

選項4「（名詞）ながらに／〜狀（的）」是"〜狀（做某動作的狀態）"的意思。例句：

・那個男人流著淚訴說了整起事件的來龍去脈。

30

解答 4

日文解題

「（動詞ない形）までも」は、〜という高い程度まではいかないが、その少し下のレベルだと言いたいとき。例、

・毎晩とは言わないまでも、週に一度くらいは親に電話しなさい。

問題文では、大成功より少し下のレベルの状態を表す選択肢を選ぶ。

中文解說

「（動詞ない形）までも／雖然〜仍是」用在想表達"雖然無法達到〜這麼高的程度，但可以達到比其稍低的程度"時。例句：

・雖不至於要求每天晚上，但至少一個星期要打一通電話給爸媽！

本題要選表示"比非常成功的程度差一點的狀態"的選項。

31

解答 3

日文解題

例え1分でも、という意味になる選択肢を選ぶ。「（1＋助数詞）たりとも…ない」は、わずか1（助数詞）もない、全くないと言いたいとき。例、

・あの日のことは1日たりとも忘れたことはない。

他の選択肢の文型もチェック：

1「（動詞辞書形）なり」は、〜してすぐ、という意味。例、

・リンさんはお父さんの顔を見るなり泣き出した。

2「（名詞）かたがた」は、別のことも同時にする、と言いたいとき。例、

・上司のお宅へ、日ごろのお礼かたがたご挨拶に伺った。

4「（名詞）もさることながら」は、〜もそうだがそれ以上に、と言いたいとき。例、

・この地域は景観はさることながら、地元の郷土料理が観光客に人気らしい。

中文解說

要選"即使一分也"意思的選項。「（1＋助数詞）たりとも…ない／那怕〜 也不（可）〜」用在想表達"一點（助數詞）也沒有、完全沒有"時。例句：

・那天的事，我至今連一天都不曾忘懷。

檢查其他選項的文法：

選項1「（動詞辞書形）なり／剛〜就立刻〜」是"做了〜後馬上"的意思。例句：

・林小姐一見到父親的臉，立刻哭了出來。

選項2「（名詞）かたがた／順便〜」用在想表達"同時進行其他事情"時。例句：

・我登門拜訪了主管家，順便感謝他平日的照顧。

選項4「（名詞）もさることながら／不言而喻～」用在想表達"～自不必說，並且比之更進一步"時。例句：

・這個地區不僅景觀優美，聽說當地的家鄉菜也得到觀光客的讚不絕口。

32

解　答　3

日文解題　「（い形、な形）限りだ」は、話者の気持ち、感情を表す言い方。非常に～だ、という意味。例、

・先輩にあんなきれいな奥さんがいるとは、羨ましい限りです。

他の選択肢の文型もチェック：

4は、楽しみにしているという状況を表し、話者の気持ちを表すことばではない。

中文解說　「（い形、な形）限りだ／真是太～」是表達說話者的心情和感情的說法。是"非常的～"的意思。例句：

・沒想到學長居然有那麼美麗的太太，真讓人羨慕得要命。

檢查其他選項的文法：

選項4用於表示期待著的狀況，並非表達說話者的心情。

33

解　答　2

日文解題　「頑固」「意地悪」「ケチ」はどれも悪口だが、それぞれ違う意味。したがって、追加を表す2が正解。例、

・あの店は安くておいしい。おまけに店員さんも感じがいい。

他の選択肢の文型もチェック：

1は、他のことばで言い換えるとき。つまり。硬い言い方。例、

・社長は88年入社、すなわち高田専務と同期だ。

3は、後から付け加えて説明する時の言い方。例、

・こちらが今話題のトレーニングマシーンです。ちなみにお値段は1万円。

4は、原因と結果をつなぐときのことば。硬い言い方。例、

・人間は弱い。それゆえ犯罪を犯すのです。

中文解說　「頑固／頑固」、「意地悪／壞心眼」、「ケチ／小氣」都是罵人的話，但意思都不同。因此，表示追加的選項2是正確答案。例句：

・那家店既便宜又好吃，而且店員待客也很得體。

檢查其他選項的文法：

選項1用在以其他詞語換句話說的時候。是"也就是說"的意思。是生硬的說法。例句：

・總經理於一九八八年進入公司，也就是和高田專務董事是同一屆的同事。

選項3是在後面補充說明的說法。例句：

・這就是目前廣受矚目的健身器材！順道一提，價格是一萬圓。

選項4是連接原因和結果的詞語。是生硬的說法。例句：

・人類太脆弱了。就因為如此，才會犯下罪行。

34

解 答 1

日文解題 「献身的な活動」と「再建はなかった」との意味から、二重否定の文を考える。
「（名詞、動詞辞書形＋こと）なくして」は、もし〜がなかったら…はない、と言いたいとき。例、
・先生の厳しいご指導なくして、今の私はありません。
他の選択肢の文型もチェック：
２「（名詞）をよそに」は、〜のことを気にしないで、という意味。例、
・彼女は親の心配をよそに、故郷を後にした。
３「（名詞）をもって」は、〜で、の硬い言い方。名詞が期日の場合は、〜の時までで、という意味。例、
・本日をもって閉会します。名詞が方法などの場合は手段を表す。例、
・君の実力をもってすれば、不可能はないよ。
４「（名詞、普通形）といえども」は、〜は事実だがでも、と言いたいとき。例、
・子どもといえども、人を傷つける嘘は許されない。

中文解說 從「献身的な活動／奉獻」和「再建はなかった／不可能重建」的文意來看，可知這是雙重否定的句子。「（名詞、動詞辞書形＋こと）なくして／假如沒有〜就不〜」用在想表達 "如果沒有〜就沒有…" 時。例句：
・如果沒有老師的嚴格指導，就不會有今天的我了。
檢查其他選項的文法：
選項２「（名詞）をよそに／不顧」是 "不介意〜" 的意思。例句：
・她不顧父母的擔憂，離開了故鄉。
選項３「（名詞）をもって／以〜」是 "用〜" 的意思，是較生硬的說法。如果填入的名詞為日期的情況，是 "到〜時" 的意思。例句：
・會議就到今天結束。
若是填入的名詞為方法等等，則用於表示手段。例句：
・只要發揮你的實力，絕對辦得到的！
選項４「（名詞、普通形）といえども／雖說〜可是〜」用在想表達 "雖然〜是事實，但〜" 時。例句：
・雖說還是小孩，但一樣不可以說謊傷害別人。

35

解 答 3

日文解題 「私は事故の責任を（　　）」という文の主語「私は」が省略されている。能動文「私は責任をとる」という文から、「私は責任をとらされる」という使役受身形の文を作る。

中文解說 原句是「私は事故の責任を（　　）／我（　　）事故責任」，主詞「私は／我」被省略了。這是從主動句「私は責任をとる」改寫成使役被動形「私は責任をとらされる／我被追究責任」的句子。

文法

1

2

3

CHECK

1

2

3

36

| 解　答 | 1 |

日文解題　この病気は　4薬を飲めば　2治る　1という　3ものではなく、毎日の生活習慣を改める必要があるのです。

「というものではない」は、～とは言えない、という意味。

4と2をつなげる。1と3をその後に置く。

文型をチェック：

「（普通形）というものではない」は、いつも～とは言えない、という意味。

例・ご飯は食べればいいってもんじゃない。栄養のバランスが大事なんだぞ。

中文解說　這種病　13並不是　光靠　4吃藥　2就會好，還需要改善每天的生活作息。

「というものではない／並非」是"並不是說～"的意思。

連接選項4和2，然後將選項1和3接在後面。

檢查句型：

「（普通形）というものではない／並非」是"並不是說總是～"的意思。例如：ご飯は食べればいいってもんじゃない。栄養のバランスが大事なんだぞ。

（飯並不是有吃就好。攝取均衡的營養也很重要。）

37

| 解　答 | 1 |

日文解題　個人商店ですから、売り上げ　3といっても　2せいぜい　1月に100万　4といったところ　です。

2は、多くても、という意味。2と1をつなげる。4はあまり高くない程度を表す言い方。1の後に4を置く。「売り上げ」の後に3を入れる。

文型をチェック：

3「（名詞、普通形）といっても」は、～から想像されるのとは違って、という意味。例、

・イギリスに留学していました。といっても半年ですが。

4「（名詞、動詞辞書形）といったところだ」は、程度は～以下であまり高くない、と言いたいとき。例、

・社長はあまり会社に来ません。週に2、3日といったところです。

中文解說　畢竟是個人經營的商店，3所謂　營業額　2頂多　4也只有　1每個月100萬而已。

選項2是"最多也～"的意思。將選項2和選項1連接起來。選項4是表示程度不太高的說法。選項1後面應接選項4。「売り上げ／營業額」後面應填入選項3。

檢查文法：

選項3「（名詞、普通形）といっても／雖說～，但～」是"～和想像的不一樣"的意思。例句：

・我曾經到英國留學，不過只去了半年而已。

選項4「（名詞、動詞辞書形）といったところだ／也只有〜」用在想表達
"程度不到〜，並不是很高"時。例句：

・總經理很少進公司，頂多一星期來兩三天吧。

38

| 解　答 | 3 |

日文解題 <u>4オリンピック出場</u>　<u>2をかけた</u>　<u>3試合</u>　<u>1とあって</u>、どの選手も緊張を隠せない様子だった。

「、」の前に置けるのは1。1の前に名詞の3を置く。4と2は3を説明している。

文型をチェック：

「（名詞、普通形）とあって」は、〜という特別な状況なので、と言いたいとき。例、

・3年ぶりの大雪とあって、都内の交通は麻痺状態です。

中文解説　<u>1畢竟是</u>　<u>2事關</u>　能否　<u>4參加奧運</u>　的　<u>3資格賽</u>，每一位選手當時都難掩緊張的神情。

「、」的前面應填選項1。選項1的前面應接名詞的選項3。選項4和選項2用於說明選項3。

檢查文法：

「（名詞、普通形）とあって／由於〜（的關係）」用在想表達"因為是〜這樣特別的情況"時。例句：

・由於是三年來罕見的大雪，市中心的交通呈現癱瘓狀態。

39

| 解　答 | 4 |

日文解題　彼が　<u>3がっかりしている</u>　<u>1ことは</u>　<u>4見る</u>　<u>2までも</u>　なかった。

4と2をつなげる。「見るまでもなかった」で、見なくてもわかるという意味。3と1をその前に置く。

文型をチェック：

「（動詞辞書形）までもない」は、程度が軽いので〜しなくてもいい、と言いたいとき。例、

・このくらいのミスなら、課長に報告するまでもないだろう。

中文解説　那時根本　<u>2用不著</u>　<u>4看</u>　就知道他　<u>3感到失望</u>　<u>1X</u>（的那種情況）。

連接選項4和選項2。「見るまでもなかった／用不著看」是"不用看也知道"的意思。選項3和選項1要填在它的前面。

檢查文法：

「（動詞辞書形）までもない／用不著〜」用在想表達"因為程度很輕，所以不做〜也沒關係"時。例句：

・這種程度的小失誤，用不著向科長報告吧。

40

| 解　答 | 1 |

日文解題　森君に関しては、成績が下がったこと　<u>4にも</u>　<u>3まして</u>　<u>1最近</u>　<u>2元気が</u>
<u>ない</u>　ことが心配です。
「こと」が二つあることに注目し、「成績が下がったこと」と「元気がないこ
と」を対比させる文を作る。1は2の前に置く。
文型をチェック：
「（名詞）にもまして」は、～以上に、と言いたいとき。例・父の借金にもま
して憂鬱なのは、兄の失業だ。

中文解説　比起森同學的成績下降，我　<u>4 3更</u>　擔心他　<u>1最近</u>　一直　<u>2沒什麼精神</u>。
注意題目中有兩個「こと」，這個句子是要對比「成績が下がったこと」和「元
気がないこと」這兩件事。選項1要接在選項2前面。
檢查句型：
「（名詞）にもまして」用在想表達 "比起～更～" 時。例如：父の借金にもま
して憂鬱なのは、兄の失業だ。（比爸爸的負債更讓人憂慮不安的是，哥哥失業
了。）

| 第2回　だい　かい | 言語知識（文法）　げんご ちしき ぶんぽう | 問題7　もんだい | P72-73 |

41

| 解　答 | 2 |

日文解題　　41　　の前の「それ」は、前の「1年に11日ほどのずれが生じること」。数
年に一度、13か月ある年を作れば、「それ」が解決される。つまり、　41
には、「解決するために」が入る。

中文解説　　41　　前面的「それ／這個問題」是上一句的「1年に11日ほどのずれが生じ
ること／一年會產生11天左右的偏差」。讓數年一次一年13個月，就能解決「そ
れ／這個問題」。也就是說，　41　　應填入「解決するために／為求解決」。

42

| 解　答 | 3 |

日文解題　1年に11日ほどのずれを解決するために数年に一度13か月ある年をつくって
いた→しかし、そうすると、暦と実際の季節がずれてしまい、不便だ→そこで、
考え出されてのが……という区分だ、という文脈である。

中文解説　文章脈絡是：為了解決一年有11天左右的偏差，讓數年一次一年13個月→但是
如此一來，月曆上的日期和實際的季節就有了差異，很不方便→於是便想出了……
這樣的區分方式。

43

解　答　4

日文解題　実際にa・bに言葉を入れて確かめてみよう。
「『七十二候』は、……aもともと古代中国でb考え出されたものである。」
という言葉を入れると意味が通じる。
間違えたところをチェック！
1「組み合わせた」が、2「最近」が、3a・bどちらも間違っている。

中文解説　把選項實際代入a和b確認看看吧！
「『七十二候』は、……aもともと古代中国でb考え出されたものである／
『七十二候』則是……a最早是在中國古代b所想出來的辦法」填入這兩個詞語
後，句子就說得通了。
檢查錯誤的選項！
選項1的「組み合わせた／組合起來的」、選項2的「最近／最近」、選項3的
a和b填入句子都不正確。

44

解　答　3

日文解題　直前に「単に太陽暦（新暦）といっている。」とあり、続けて「この」とあるので、「この」は「太陽暦」を指しているが、選択肢にないので、「太陽暦」
を言い換えた「新暦」が適当。

中文解説　前一句提到「単に太陽暦（新暦）といっている。／可以稱為太陽暦（新暦）」，接著提到「この／這種」，因此「この／這種」指的是「太陽暦／太陽暦」，但因為沒有這個選項，所以「太陽暦／太陽暦」的另一個說法「新暦／新暦」
是正確答案。

45

解　答　1

日文解題　昔の人の知恵が現代の生活にも役に立つということを「役に立たないとも限らない」と言い換えている。
間違えたところをチェック！
2「役に立つとも限らない」は役に立たないということ。
3・4は「とも限らない」に続かない。

中文解説　前人的智慧對現代的生活仍有益處，換句話說就是「役に立たないとも限らない／不一定沒有用」。
檢查錯誤的地方！
選項2「役に立つとも限らない／不一定有用」是沒有用處的意思。
選項3和選項4後面不會接「とも限らない／不一定」。

46

解　答	1

日文解題　最後の文に「前向きな気持ちが行動や人との交流を活発にして、脳にいい刺激を与えるなら、……超高齢社会を生き抜くための知恵…」とあり、逆に言えば、1のようになる。
間違えたところをチェック！
2「認知症が改善される」が、3「より強い刺激を求めるようになる」が、4「高齢者の幸福度や満足度が上がった」が間違っている。

中文解說　全文最後寫道「前向きな気持ちが行動や人との交流を活発にして、脳にいい刺激を与えるなら、……超高齢社会を生き抜くための知恵…／如果能透過積極的心態或行動，盡量與他人交流，進而給予腦部正向的刺激，……這些竅門有助於在超高齡社會中得到優良的生活品質」，因此反過來說，答案是選項1。
注意錯誤選項：
選項2「認知症が改善される／可以改善失智症」不正確。選項3「より強い刺激を求めるようになる／追求更強烈的刺激」不正確。選項4「高齢者の幸福度や満足度が上がった／年長者的幸福度和滿意度提升了」不正確。

47

解　答	3

日文解題　第2段落では、「安全性が高く、電力消費も抑えられる」について、第3段落の「今後さらなる普及が見込まれている」は「導入が増えそうである」ことを述べている。
間違えたところをチェック！
1「道路を交差させるため、信号機は従来より少なくて済む」が、2は「交通量によって利便性が制限されない」が、4「郊外を中心に導入されている」が、間違っている。

中文解說　第二段敘述的是「安全性が高く、電力消費も抑えられる／有助於提高安全性，也能減少電力消耗」，第三段的「今後さらなる普及が見込まれている／今後有望更加普及」所指的則是「導入が増えそうである／可能會持續引進」。
注意錯誤選項：
選項1「道路を交差させるため、信号機は従来より少なくて済む／由於形成十字路口，使得紅綠燈的數量比以往少」不正確。選項2「交通量によって利便性が制限されない／不因運輸量而阻礙便利性」不正確。選項4「郊外を中心に導入されている／主要裝設於市郊地區」不正確。

48

解 答	2

日文解題 第2段落第2文の内容をまとめたものを選ぶ。正しいかどうか確認するには、「それ」に各選択肢を入れて読んでみると。

2「『村上春樹の作品の世界に引き込まれて、彼の作品を読まずにいられなくなること』が日本国内だけでなく、海外でも同じように起きているのである。」となって、意味が通じることから、2が正しいとわかる。

中文解說 答案應為能夠總結第二段第二句內容的選項。只要將「それ」帶入各選項中試讀，即可確認是否正確。

選項2「『村上春樹の作品の世界に引き込まれて、彼の作品を読まずにいられなくなること』が日本国内だけでなく、海外でも同じように起きているのである。／『由於深受村上春樹作品的世界吸引，而非得拜讀他的作品不可』這種現象不只出現在日本國內，就連海外也是一樣的」，這段敘述與文章內容相符，因此可知選項2正確。

第2回	読解	問題9	P77-82

49

解 答	3

日文解題 第2段落をよく読む。地中の微生物が作り出す「エバーメクチン」という化合物をもとに寄生虫病に効く薬を開発し、多くの人々を失明の危険から救ったことである。

間違えたところをチェック！
1 地中から「エバーメクチン」という薬を発見したのではない。
2「新しい微生物を発見した」が間違い。
4「『エバーメクチン』という微生物」が間違い。

中文解說 請仔細讀第二段。第二段寫道以地底微生物產生的化合物「阿維菌素」為基礎，研發出能夠有效消滅寄生蟲的特效藥，挽救了許多面臨失明危機的人。

注意錯誤選項：
選項1，並不是在地底下發現「阿維菌素」這種藥。
選項2「新しい微生物を発見した／發現了新的微生物」不正確。
選項4「『エバーメクチン』という微生物／『阿維菌素』這種微生物」不正確。

50

解 答	2

日文解題「両者」とは、前に述べた二つのことがらを指す。ここでは、前に「科学」と「芸術」について述べ、両者（科学と芸術）が別々のものではなく一つに溶け合ってこそ「人類を好ましい方向に導く」と言っている。

中文解說「両者／兩者」指的是前面敘述的兩件事。這裡指的是前面提到的「科学／科學」

和「芸術／藝術」，這段的意思是：只有當這兩者（科學與藝術）合而為一的時候，才能引導人類邁向理想的道路。

51

解　答	4

日文解題　最後の文に、筆者の大村さんに対する思いが書かれている。
間違えたところをチェック！
１「才能に恵まれている」、２「専門分野にのみ力を注ぐ」、３「全てにおいて底が浅い」が間違っている。

中文解說　全文最後寫的是作者對大村先生的看法。
注意錯誤選項：
選項1「才能に恵まれている／天賦才華」不正確、選項2「専門分野にのみ力を注ぐ／只專注於專業領域」不正確、選項3「全てにおいて底が浅い／樣樣都不專精」不正確。

52

解　答	1

日文解題　２・３については第１段落に、４については第２段落の初めの文に書かれている。間違っているのは１。

中文解說　第一段提到選項2、3，第二段開頭提到選項4。不正確的是選項1。

53

解　答	2

日文解題　第２段落の２文目に、どの産業でいちばん多く働いているかが書かれている。農林水産業で、58.6％である。

中文解說　第二段第二行寫道哪個產業有最多人力屬於童工，文中提到有58.6％的兒童從事農林漁牧業。

54

解　答	3

日文解題　最後から２番目の段落に注目する。「日本も世界の児童労働と無関係ではない」とあるので、３が適切である。
間違えたところをチェック！
１「児童労働とは関係がない」、２「海外に進出することで途上国の児童労働を増やしている」、４「世界の児童労働は激減している」が間違っている。

中文解說　請見倒數第二段寫道「日本も世界の児童労働と無関係ではない／日本和全世界的童工問題並非毫不相關」，因此選項3正確。
注意錯誤選項：
選項1「児童労働とは関係がない／和童工毫不相關」不正確、選項2「海外に進出することで途上国の児童労働を増やしている／向海外拓展，因而使開發中國家的童工增多」不正確、選項4「世界の児童労働は激減している／世界上的童工銳減」不正確。

55

解 答 1

日文解題 （注）にあるように、「連鎖」とは、同じことが次々につながることである。例えば、親が貧困なら、その子も貧困、というように。
間違えたところをチェック！
他の選択肢は、「連鎖」の意味を含んでいない。

中文解說 如同（注１）所寫的，「連鎖／連鎖」是指同樣的事情一件接著一件。例如父母貧窮，孩子也跟著貧窮，連帶地其孫輩同樣貧窮，依此類推。
注意錯誤選項：
其他選項沒有「連鎖／連鎖」的意思。

56

解 答 4

日文解題 １～３については、下線部の後に書かれている。募金活動を行ったのは「貧困対策センター・あすのば」の若者たちなので、４が間違っている。

中文解說 底線部分後面有提及選項１～３。進行募捐活動的是「明日之星扶貧中心」的年輕人們，因此選項４不正確。

57

解 答 3

日文解題 最後の２段落に筆者の意見がまとめられている。政府が「寄付や募金」に頼らなくても、国の予算を使うべきだというのが筆者の主張。

中文解說 最後兩段總結了作者的意見。 作者認為政府應該動用國家預算，而非仰賴「寄付や募金／捐贈和募款」。

だい かい どっかい もんだい

第2回　読解　問題10　　　　　　　　　　　P83-85

58

解 答 2

日文解題 第２段落の２行目に「読む前に自分は何のために読むのかという目的を確認すること」とある。これに合うのは２。
間違えたところをチェック！
1　は、自分がその本を読む目的や価値を知るために調べること。
3　「書評からとらえておく」ということは書かれていない。
4　「有名な人かどうか」ということは書かれていない。

中文解說 第二段第二行寫道「読む前に自分は何のために読むのかという目的を確認すること／閱讀之前，要先確定自己閱讀的目的」。與此相符的是選項２。
注意錯誤選項：
選項１，應是為了瞭解自己閱讀這本書的目的和價值，才去調查該書的評價。

275

選項3，文中並沒有提到「書評からとらえておく／從書評中掌握」。

選項4，文中並沒有提到「有名な人かどうか／是否為名人」。

59

| 解 答 | 3 |

日文解題 下線部①の前の「そのために」が指す内容をとらえる。「その本が自分の目的に合う本なのか、読む価値があるのか」を知るために、ということである。したがって、3が正しい。

中文解說 要掌握底線部分①前面的「そのために／為此」所指的內容。這裡指的是「その本が自分の目的に合う本なのか、読む価値があるのか／那本書是符合自己目的的書呢？還是具有閱讀價值的書呢？」因此選項3正確。

60

| 解 答 | 1 |

日文解題 次の段落に「読書に入る前に十分な準備作業をして取り掛かれば、……本の内容を表面だけの理解にとどまらず、著者の主張を真に生きたものとして吸収出来る」とあるので、1が正しい。

中文解說 下一段寫道「読書に入る前に十分な準備作業をして取り掛かれば、……本の内容を表面だけの理解にとどまらず、著者の主張を真に生きたものとして吸収出来る／只要在開始讀書之前做足準備，……對書的內容便不僅是表面上的理解，也能真正內化作者的主張。」。因此選項1正確。

61

| 解 答 | 2 |

日文解題 最後の2段落に注目する。「自分と向き合うことは、自分を高めるだけでなく、……新たな自己発展のヒントも得られ……」から、2が正しい。

間違えたところをチェック！

1「手当たり次第に」、3「興味のない分野の本を読むことで」、4「気軽に本と向き合う」が、本文の内容と合っていない。

中文解說 請見最後兩段。從「自分と向き合うことは、自分を高めるだけでなく、……新たな自己発展のヒントも得られ……／面對自己不僅可以自我提升，……也可以得到自我發展的啟示……」可知選項2正確。

注意錯誤選項：

選項1「手当たり次第に／手邊有什麼書就看什麼」和文章內容不符、選項3「興味のない分野の本を読むことで／閱讀自己沒興趣的書種」和文章內容不符、選項4「気軽に本と向き合う／輕鬆地閱讀」和文章內容不符。

62

解 答 1

日文解題 Aは「なるべく早い時期から始める方が……」「子供を早くから専門的な指導者の下で教育すると……」「早期教育が子供の成長・発達に大いに役立つことを知れば……」など、Bは「果たして子供の早期教育は、いいことばかりであろうか」などとあるように、AもBも早期教育がいいか悪いか、つまり、是非について述べている。
間違えたところをチェック！
2「親の役割」については、A・Bともに特に述べていない。
3「弊害」について述べているのはBだけ。
4「結果」は、A・Bの観点ではない。

中文解説 A提到「なるべく早い時期から始める方が……／盡量從小開始比較好……」「子供を早くから専門的な指導者の下で教育すると……／讓孩子從小就接受專業教師的教導」「早期教育が子供の成長・発達に大いに役立つことを知れば……／若能了解早期教育對孩子的成長和發展有很大的幫助……」等等，B提到「果たして子供の早期教育は、いいことばかりであろうか／讓孩子接受早期教育，真的只有優點沒有缺點嗎」等等，A和B都談論到早期教育的好處和壞處，也就是優缺點。
注意錯誤選項：
選項2，A和B都沒有特別敘述關於「親の役割／父母應承擔的角色」。
選項3，有敘述到「弊害／弊病」的只有B。
選項4，「結果／結果」都不是A、B的觀點。

63

解 答 3

日文解題 A「早期教育は多少親からの強制であっても、……その後の各種の技能の習得にも大きな力となる」と、早期教育を積極的に勧めている。
B「習い事がいやになったりして興味を失くしかねない」「本来の自由な子供らしさが失われ、子供の心が傷ついてしまうかもしれない。」と弊害を述べ、「早期教育にはかなり問題が多いと言える」と結論を述べている。
間違えたところをチェック！
1B「子供に競争させてでも」が間違い。
2A「子供にやる気があれば」とは書かれていない。
4A「当然の義務」、b「いい加減な正確にしてしまう」が間違っている。

中文解説 A提到「早期教育は多少親からの強制であっても、……その後の各種の技能の習得にも大きな力となる／早期教育雖然或多或少是在父母強行主導之下採行的，……但將對未來學會各種技能有極大的助益」，積極提倡早期教育。
B則以「習い事がいやになったりして興味を失くしかねない／說不定會變得討厭上課後才藝班，反倒失去學習的興趣」「本来の自由な子供らしさが失われ、

子供の心が傷ついてしまうかもしれない。／說不定會使孩子失去了與生俱來的自由奔放，傷害了孩子的心靈」陳述早期教育的弊病，並以「早期教育にはかなり問題が多いと言える／可以說，早期教育有不少問題」作為結論。

注意錯誤選項：

選項1，B「子供に競争させてでも／即使讓孩子參與競爭」不正確。

選項2，A沒有提到「子供にやる気があれば／只要孩子有幹勁」。

選項4，A「当然の義務／理所當然的義務」不正確、B「いい加減な性格にしてしまう／讓孩子養成敷衍的個性」不正確。

だい かい 第 2 回	どっかい 読 解	もんだい 問題 12	P89-91

64

解 答	3

日文解題　「半端」とは、もともと、どちらともつかないことをいう。しかし、ここでは、中途半端ではなく、非常に多いという意味である。

中文解說　「半端」原本是指不徹底、模稜兩可，但在這裡並不是「中途半端／半途而廢」的意思，而是形容非常多。

65

解 答	2

日文解題　第3段落に、子供への仕送りが減ったことについて書かれている。「現在の厳しい社会状況では……」とあり、仕送りが減ったのは、厳しい社会状況が原因であることが読み取れる。

間違えたところをチェック！

1・3・4　学生生活の費用や授業料、入学金、親の生活費については触れていない。

中文解說　第三段寫道寄給孩子的生活費變少了。文中提到「現在の厳しい社会状況では…／在嚴峻的社會現況之下……」，由此可知生活費變少的原因是嚴峻的社會現況。

確認錯誤選項：

選項1、3、4都沒有提到學生的生活費或學費、註冊費和父母的生活費。

66

解 答	3

日文解題　最後の段落の「そもそも奨学金は」以下に、奨学金についての筆者の考えが述べられている。「誰にもただで支給され、返還義務のない給付型であるべき」が、その考えである。

中文解說　最後一段「そもそも奨学金は／獎學金原本是」之後，作者提出了對於獎學金的看法。作者認為「誰にもただで支給され、返還義務のない給付型であるべき／應該採取任何人都可以領取，並且沒有返還義務的支付型獎學金」。

67

解　答　4

日文解題　「学生たちが、お金の心配なく勉学に専心できるような国を挙げての奨学金制度を早急に作り直さなければならない」が、この文章で筆者が最も言いたいことである。

間違えたところをチェック！

１「親からの仕送りを多くするべき」、２「大学の授業料を無料にするべき」が間違っている。また、３は、全体的に間違いである。

中文解說　「学生たちが、お金の心配なく勉学に専心できるような国を挙げての奨学金制度を早急に作り直さなければならない／為了成為使學生們可以專注學習、不必為錢煩憂的國家，應該儘快重新制訂一套獎學金制度」是作者最想表達的意思。

注意錯誤選項：

選項１「親からの仕送りを多くするべき／父母應該多寄一些生活費」不正確、選項２「大学の授業料を無料にするべき／大學應該改為免學費」不正確。選項３整句都不正確。

だい 第 2 回	どっかい 読解	もんだい 問題 13	P92-93

68

解　答　2

日文解題　お知らせの文章に「書道教室新年親睦会を、下記のとおり開催いたします」とあるので、「新年会のお知らせ」がふさわしい。

中文解說　通知函裡提到「書道教室新年親睦会を、下記のとおり開催いたします／在書法教室舉行新年聚會，詳情如下」，因此以「新年会のお知らせ／新年聚會的通知」最為合適。

69

解　答　4

日文解題　「お茶の用意をしますので」は、銀座教室にお茶を用意しておきますので、お召し上がりください、ということで、おみやげとして持って帰ることではない。

間違えたところをチェック！

他の選択肢については、１は初めの文章中に、２と３は、記入して返信するようにと、書かれている。

中文解說　「お茶の用意をしますので／我們會備茶」意思是銀座教室會準備茶水讓大家享用，而不是贈送茶葉讓大家帶走。

注意錯誤選項：

其他選項，通知函一開始就提到選項１，選項２、３則是寫在回函中讓大家勾選。

1番

解答 3

日文解題
イラストの修正は、明日データを送ってもらってからする。
昨日の会議の報告書は、作成中なので、でき次第今日、部長に送る。
間違えたところをチェック！
1・2　男の人は、明日データが届いてからイラストの修正をするが、それを課長に送るとは言っていない。
4　香港に出発するのは明日から一週間。

中文解說
明天才會收到配圖的修圖檔案。
昨天開會的會議紀錄還在寫，完成以後會在今天之內傳送給經理。
檢查錯誤的選項：
選項1和選項2，明天男士才會收到檔案，所以今天無法修圖，也沒辦法把檔案傳給經理。
選項4，男士是明天出發去香港出差一個星期。

2番

解答 1

日文解題
空港で昼ごはんを食べないで、市内に行ってから食べようと話し合う。
市内を見学する前に博物館に行くことにするが、博物館まで1時間以上かかるから、昼ごはんは、空港に着き次第食べようということに決まる。
間違えたところをチェック！
2　市内の見学は博物館の後でもいいと言っている。
3　空港で昼ごはんを食べてから博物館へ。
4　ラーメン屋を探すのは、夜。
ことばと表現：
＊腹が減っては戦ができぬ＝お腹が空いていると肝心なことができないので、その前に、まずは食べてお腹を満たそう、という諺。

中文解說
兩人起初商量不在機場吃午餐，而是到市區再吃。
接著兩人決定參觀市區前先去參觀博物館，但是到博物館要花一個多小時，所以兩人還是決定一到機場就吃午餐。
檢查錯誤的選項：
選項2，對話提到參觀市區的行程可以挪到博物館之後。
選項3，兩人決定在機場吃過午餐後再前往博物館。
選項4，找好吃的拉麵店是晚上的事。
詞彙和用法：
＊腹が減っては戦ができぬ＝餓著肚子可沒辦法打仗（這是一句諺語，意思是肚子餓的話就無法完成要緊的事，所以做事之前要先填飽肚子。）

3番

解　答	3

日文解題
午前中の予約はいっぱい。
５時に家を出ると、引越し先に着くのは８時頃になってしまい、片付けができない。
時間帯が合わないから、つまり、希望の時間に予約ができないから、断った。
間違えたところをチェック！
他の選択肢については、女の人は何も言っていない。

中文解說
上午時段的預約已經額滿了。
五點離開舊家的話，到新家的時間大約是晚上八點，恐怕整理不完。
因為時間喬不攏，也就是說，無法預約想要的時段，所以女士拒絕了。
檢查錯誤的選項：
女士沒有提到關於其他選項的內容。

4番

解　答	4

日文解題
女の学生は、傘を貸すことを申し出る。
男の学生はそれを断り、その代わり、駅まで傘に入れていってほしいと言う。
女の学生は、その次も授業があるし、それに、前、男の学生からノートを借りたからそのお礼に傘を貸す、と言う。
間違えたところをチェック！
１　傘を買うお金はないと言っている。
２　女の学生の授業中、男の学生は図書館で待っていると、言っている。
３　女子学生は、次も授業がある。
ことばと表現：
＊お返し＝何かをしてもらったお礼。

中文解說
女學生提議借傘給男學生。
男學生拒絕了女學生的提議，並且說希望可以跟女學生一起撐傘到車站。
女學生回答自己下一堂還有課，而且也當作償還先前借筆記的人情，所以女學生還是將傘借給了男學生。
檢查錯誤的選項：
選項１，男學生提到沒有錢買傘。
選項２，指的是男學生原本提到的，在女學生上課時，男學生會在圖書館等她。
選項３，女學生下一堂還有課。
詞彙和用法：
＊お返し＝還人情（從對方那裡得到恩惠後的回報。）

5番

| 解 答 | 1 |

日文解題

医者は、患者に、総合病院を紹介しましょうかと言っている。
患者は、検査のために仕事を休まなければならないのは困ると言っている。
医者は、少し薬を飲んで様子をみてから検査をうけることを勧めている。
間違えたところをチェック！
2　薬を飲んでから検査を受けるとは決まっていない。薬を飲みながら様子を見て検査を受ける。
4　仕事は休まないでいいが、禁酒、禁煙をするようにと、医者は言っている。
ことばと表現：
＊～いかんによらず＝～がどうであっても。「胃の具合いかんによらず」とは、胃の具合がよくても悪くても、という意味。　。

中文解說

醫生提到要轉介病患到綜合醫院。
病患提到要做檢查就必須得向公司請假，這樣不方便。
醫生建議先吃藥繼續觀察，如果沒有改善再去做檢查。
檢查錯誤的選項：
選項2，並沒有決定吃藥後就去做檢查。而是吃藥繼續觀察，如果沒有改善再去做檢查。
選項4，醫生提到用不著向公司請假，但是請不要喝酒、抽菸。
詞彙和用法：
＊～いかんによらず＝無論～（不管～如何。「胃の具合いかんによらず」是"不管胃部的症狀是否緩解"的意思。）

6番

| 解 答 | 3 |

日文解題

スキー道具とスキー靴…スキー場で借りる。
スキーウェア…どうするか、考える。妹のを借りてもいい。
靴下…一応買っておく。普段も履けそうだし。
手袋…妹のを借りていく。
帽子…家にありそう。
スキーパンツ…この店で買うことにする。
よって、買うのは、靴下とスキーパンツ。
ことばと表現：
＊借りてく＝「借りていく」を省略した言葉。話し言葉でよく使う。

中文解說

滑雪的裝備和滑雪靴：在滑雪場租借。
滑雪裝：還在猶豫該怎麼辦。也可以借妹妹的來穿。
襪子：原則上先購買。對話中提到應該平常也有機會穿。
手套：向妹妹借。
帽子：家裡應該有。
滑雪褲：決定在這家店買。
因此，要買的有襪子和滑雪褲。
詞彙和用法：
＊借りてく＝去借（是「借りていく」的省略說法。常用於口語說法。）

1番

解答	2

日文解題 男の人の会社とグローバルクリックとの契約は、既に決まったものと思われていたのに、他の会社と契約してしまったことがわかった。それで、男の人はがっかりしている。
間違えたところをチェック！
1　元同僚の木島さんについては、元気そうでほっとしたと言っている。
3のようなことは誰も言っていない。
4　木島君に、グローバルクリックの矢田さんを紹介してもらったと言っている。

中文解說 男士原本以為公司和 Global Click 已經談妥要簽約，卻發現對方和其他公司簽約了。男士正因此感到沮喪。
檢查錯誤的選項：
選項1，男士提到前同事木島先生神采奕奕，讓人放心不少。
對話中沒有提到選項3的內容。
選項4，男士提到已經請木島先生介紹 Global Click 的矢田先生給他認識了。

2番

解答	4

日文解題 男の人は、一つ目～3つ目、全ての話について、理解しておらず、女の人との話も全くかみ合っていない。どの話についても内容がよくわからなかったのだ。

中文解說 男士從第一幕到第三幕，全部的故事都無法理解，無法好好和女士討論。因為無論哪個故事他都看不懂。

3番

解答	2

日文解題 女の人は、仕事が増えるのはしょうがないが、出張が増えるのが困ると言っている。
間違えたところをチェック！
1　なんとか間に合うし、タクシーでもいいと言っている。
3　仕事が増えることについては、「しょうがない」と、観念している。
4　女の人は、男の人の仕事ぶりについては何も言っていない。
ことばと表現：
＊厄介＝手数がかかり、煩わしい様子。

中文解說 女士提到工作變多也是沒辦法的事，但出差的次數增加就有點困擾了。
檢查錯誤的選項：
選項1，女士提到應該趕得上。萬一來不及，就搭計程車回去。
選項3，對於工作變多，女士認為是「しょうがない／沒辦法的事」。
選項4，女士完全沒有提及男士的工作態度。
詞彙和用法：
＊厄介＝麻煩（費事、繁瑣的樣子。）

4番

| 解　答 | 3 |

日文解題
女の教師が挙げている観光地は、次のような理由で適切ではない。
鎌倉…鎌倉は春に行ったので、行ってない所にしたい。
広島・京都・北海道…遠すぎる。
よって、日光がいいということになる。
ことばと表現：
＊行きましたっけ＝行ったでしょうか。「〜たっけ」は、不確実なことを相手
に尋ねる言い方。

中文解說
女老師提出的觀光地點，因為以下理由所以不合適。
鎌倉：因為春季一日遊去過了，所以不想再去。
廣島、京都、北海道：太遠了。
因此，日光是不錯的選擇。
詞彙和用法：
＊行きましたっけ＝去過了吧（去過了嗎。「〜たっけ／〜吧」是向對方確認不
確定的事情時的說法。）

5番

| 解　答 | 3 |

日文解題
男の人は、家が遠いため、宴会の途中で帰った。その後、部長が酔っ払って大
変だったので、「すみません」と謝っている。
間違えたところをチェック！
1　宴会には行って、みんなより早く帰った。
2　結構酔っ払ったのは部長。
4　女の人が「おいしい店だった」と言っているが、男の人が謝っている理由
ではない。

中文解說
男士家住太遠，所以在宴會中途先離場了。之後經理喝得很醉，給女士添麻煩了，
因此男士對女士說。「すみません／不好意思」以表示歉意。
檢查錯誤的選項：
選項1，男士參加了宴會，只是比大家更早離場。
選項2，在宴會中喝得爛醉的是經理。
選項4，女士雖提到「おいしい店だった／那家店的餐點很好吃」，但這並非男
士道歉的理由。

6番

| 解　答 | 4 |

日文解題
男の人は、説明をしっかり聞いてもらうためには、会社の商品について学び、
練習を繰り返すことだと述べている。
間違えたところをチェック！
1については、何も言っていない。
2　人と多く接することは、男の人が心がけていることではない。
3　パソコンで、ソフトを使って資料を作ることに時間をかけすぎるのはよく
ないと言っている。

ことばと表現：
＊〜を余儀なくされる＝やむをえず〜しなければならない。

中文解說 男士提到為了讓對方願意聆聽自己的說明，必須學習自家公司產品的相關資訊，反覆練習如何介紹。

檢查錯誤的選項：

演講中並沒有提到選項1的內容。

選項2，盡量接觸人群並非男士強調的重點。

選項3，男士認為花太多時間在電腦上製作資料並無益處。

詞彙和用法：

＊〜を余儀なくされる＝不得不〜（被迫必須〜。）

7番

解 答 1

日文解題 面接官は、この学生が日本語学校の時、欠席が多かったことを心配して、合格させるのを躊躇している。

間違えたところをチェック！

2　志望の理由は明確だと、男の面接官は言っている。

3・4　学校のことをよく知らなかったのは、緊張のために間違えたのでは、と女の面接官は言っているが、緊張しすぎていたことが不合格になった理由ではない。

ことばと表現：

＊見送る＝決めずにそのままにする。

例・社員に採用するのを見送る。

中文解說 面試官對於這位學生就讀日語學校時經常缺課而感到疑憂，正在猶豫是否錄取這位學生。

檢查錯誤的選項：

選項2，男面試官提到該學生報考的動機相當明確。

選項3和選項4，女面試官提到沒有深入了解本校可能只是緊張而一時口誤，因此太緊張並非不錄取的理由。

詞彙和用法：

＊見送る＝觀望（不決定、保持原樣。例句：社員に採用するのを見送る／暫時不錄取員工。）

第2回　聴解　問題3　P103

1番

解 答 2

日文解題 女の人の話の流れは次のようである。

東京23区のホームレスの数は、国や地方自治体の調査の2倍以上であることが、東京の研究者グループによって発表された。

このグループが今年の１月の深夜、新宿、渋谷、豊島の３区のホームレスの人数を調べたところ、約 670 人だった。

この調査から、ホームレスの人数は、23 区全体で、都・区調査の 2.2 倍以上であると思われ、これまでの調査の方法について疑問視する意見が聞かれる。

よって、２が正しい。

間違えたところをチェック！

1　都・区の調査によると、ホームレスの数は、1999 年夏以来減少している。

3　ホームレスの減少は「雇用情勢の改善のため」とみられると言っている。

4　このようなことについては話していない。

中文解說　女士談話的走向如下：

東京的研究團隊發表了調查報告：東京二十三區內實際的街友數量，是國家或地方自治團體的調查報告的兩倍以上。

這個團隊在今年一月的深夜時段，到新宿、澀谷及豐島這三區調查了在街上生活者的人數，合計大約是 670 名。

從這份調查報告推測，全二十三區內的街友人數，應該是都政府或區公所調查的 2.2 倍以上。因此有人對以往的調查方法提出質疑。

因此，選項２是正確答案。

檢查錯誤的選項：

選項１，根據都政府或區公所的調查，街友人數自 1999 年夏天開始持續減少。

選項３，有人認為街友的減少反映出雇用狀況的改善。

談話中並沒有提到選項４的內容。

2番

解　答　4

日文解題　母親は、息子へのおみやげとして、受験生である息子の気が散るようなもの、つまり、勉強のじゃまになるようなものは、いっさいダメだと父親に言っている。

間違えたところをチェック！

1　勉強のじゃまになるものはだめだと言っているが、勉強の役に立つものがいいとも言っていない。

2・3　健康にいいもの、気晴らしになるものなどというようなことは父親も母親も言っていない。「気晴らし」とは、気分が晴れるようなもののこと。気分転換。

中文解說　母親對父親說，送給兒子的禮物只要是會讓應考生分心的東西全都不行，也就是說，妨礙讀書的東西全都不行。

檢查錯誤的選項：

選項１，雖說不能送會妨礙讀書東西，但並沒有說要送對功課有幫助的東西。

選項２和選項３，父親和母親都沒有提到有益健康的東西和能讓心情放鬆的東西。「気晴らし／散心」是指"使人心情舒暢"，也就是轉換心情的意思。

3番

解 答	3

日文解題

「チームワーク第一」とは、協調性を重視するということ。

間違えたところをチェック！

1　女の人は「次々に仕事を任せてくる」と言っているが、その後、男の人は課長の立ち場上仕方がないと言っている。

2　部下には比較的厳しい。

4　課長は部下の個人的な都合も考えてくれているとは言っているが、課長が「個人主義者」だとは言っていない。

ことばと表現：

＊1　口が滑る＝思わず言ってしまうこと。

＊2　上＝上司。

中文解説

「チームワーク第一／團隊合作第一優先」是重視團隊協調性的意思。

檢查錯誤選項：

選項1，女士提到「次々に仕事を任せてくる／把工作一件又一件往我們身上堆」後，男士則說以課長的立場只能這麼做。

選項2，科長對部屬較嚴格。

選項4，雖然對話中提到科長會為每個員工著想，但並沒有說科長是個人主義者。

詞彙和用法：

＊1　口が滑る＝脫口而出（無意中說出來了。）

＊2　上＝上級、上司

4番

解 答	4

日文解題

女の学生は、ショックが大きいほどその後わいてくるエネルギーも大きいことを学んだと言っている。4が正解。

間違えたところをチェック！

1　女の学生は、「あきらめようかと思った」と言っているが、あきらめたら終わりだということを学んだとは言っていない。

2・3は、先生の言葉の中にはあるが、女の学生が学んだことではない。

中文解説

女學生說自己領悟到了打擊愈大，也相對激發出絕大的爆發力。因此選項4是正確答案。

檢查錯誤選項：

選項1，雖然女學生說「あきらめようかと思った／原本想放棄了」，但並沒有說領悟到一旦放棄就無法挽回了。

選項2和選項3都是教授說的，並非女學生學到的。

5番

解 答	2

日文解題

男の人は、飛行機を船と比べて、「こんなところから落ちたりしたら」「なんで飛行機はこんなところを飛べるのか不思議」と言っている。高いところが苦手なのだ。

間違えたところをチェック！

1 「機内食どころじゃない」と言っているが、機内食が苦手なのではない。

3 自由に動けないことがつまらないとは、女の人が言ったこと。

4 音に関しては何も言っていない。

中文解說 男士比較飛機和船後說了「こんなところから落ちたりしたら/萬一在這麼高的地方墜機」、「なんで飛行機はこんなところを飛べるのか不思議/飛機居然能在這麼高的地方飛行，實在不可思議」。由此可見他懼高。

檢查錯誤選項：

選項1，雖然男士提到「機内食どころじゃない/沒心情想飛機餐」，但並不表示他不喜歡吃飛機餐。

選項3，飛機不晃動就沒意思了是女士說的。

選項4，對話中沒有提及噪音。

6番

解答 4

日文解題 結局、男の人は、ガラス張りで防音装置がある部屋を作って、製品検査室にしたいと言っている。それに対して女の人は、「ひと通り測ってみて、写真を撮って、社に帰って見積もりを出します。」と言っているので、女の人の仕事は建築士であることがわかる。

中文解說 男士說要用玻璃隔出一間隔音的房間當作產品檢查室。對於這個要求，女士回答了「我先丈量和拍照，回到公司後再給您估價單。」，由此可知女士是一位建築師。

| 第2回 | 聴解 | 問題4 | P104 |

1番

解答 1

日文解題 「こんな雨」「傘をさすまでもない」と言っているので、雨は小雨。傘を買う必要はないと言っている1が正しい。

間違えたところをチェック！

3 男の人が「こんな雨」と言っているので、雨は現在も降っている。

ことばと表現：

＊～までもない＝～するほどのことではない。

中文解說 從男士提到的「こんな雨/這點小雨」、「傘をさすまでもない/用不著撐傘」可知這場雨是小雨。因此回答不必買傘的選項1是正確答案。

檢查錯誤選項：

選項3，因為男士說「こんな雨/這點小雨」，所以可知現在正在下雨。

詞彙和用法：

＊～までもない＝用不著～（還不到需要做～的程度。）

2番

2

日文解題 一生懸命働いている人に向かって、あまり無理をしないように注意している。
間違えたところをチェック！
1　怠けている人に、もっと頑張るように言っている言葉に対する答え。
3　もういい加減に休みなさい、などと言われたときの言葉。

中文解說 這是提醒拚命工作的人不要太勉強自己的情況。
檢查錯誤選項：
選項1是對偷懶的人說「頑張りなさい／要努力一點」時，對方的回答。
選項3，是當對方說「もういい加減に休みなさい／你真的該休息了」時的回答。

3番

解 答 3

日文解題 毎日暑くてたまらないと言われている状況。女の人はそれに同意している。
間違えたところをチェック！
1　「だいぶ涼しくなってね」と言われたときの言葉。
2　今年の夏は涼しいと言われたとき、同意する言葉。

中文解說 這是男士在抱怨每天都熱得受不了的狀況。女士也同意他的說法。
檢查錯誤選項：
選項1是當對方說「だいぶ涼しくなってね／變得相當涼爽了呢」時的回答。
選項2是當對方說「今年の夏は涼しい／今年夏天真涼爽」時，認同對方的回答。

4番

解 答 2

日文解題 新入社員ではないのに、人事部長の名前も知らないことを批判されている状況。
女の人は、恥ずかしがっている。
間違えたところをチェック！
1　「もう、当然人事部長の名前も知ってるよね」などと言われたときの答え。
3　「人事部長の名前、新入社員にも紹介したね」などと言われたときの答え。
ことばと表現：
＊〜じゃあるまいし＝「〜ではないのに・〜ではないにもかかわらず」という
意味。ここでは、「新入社員でもないのに、人事部長の名前を知らないのか」と、
批判を込めて言っている。

中文解說 這是被批評明明不是新進人員，竟然不知道人事經理的名字的狀況。女士正因此
感到羞愧。
檢查錯誤選項：
選項1是當對方說「もう、当然人事部長の名前も知ってるよね／真是的，你肯
定知道人事經理的名字吧？」時的回答。
選項3是當對方說「人事部長の名前、新入社員にも紹介したね／已經和新進人
員介紹過人事經理的大名了」時的回答。

詞彙和用法：

＊～じゃあるまいし＝又不是～（是「～ではないのに、～ではないにもかかわらず／明明不是～、儘管不是～」的意思。本題是在批評對方「新入社員でもないのに、人事部長の名前を知らないのか／明明个是新進人員，竟然連人事經理的名字都不知道嗎？」）

5番

解　答	1

日文解題 女の人は、あと二日、つまり、明後日まで待ってもらったらできるが、と言っている。

間違えたところをチェック！

2　「できるまであと何日か待ちましょうか」などと言われたときの言葉。

3　「あと二日ではとてもできません」と言われたときの言葉。

ことばと表現：

＊できないこともない＝「できない」を否定しているので、「できる」という意味になる。

中文解說 女士說再多等兩天，也就是希望對方能等到後天的意思。

檢查錯誤選項：

選項2是當對方說「できるまであと何日か待ちましょうか／請問還要等幾天才能完成呢？」時的回答。

選項3是當對方說「あと二日ではとてもできません／實在沒辦法趕在兩天之內完成」時的回答。

詞彙和用法：

＊できないこともない＝也不是無法（否定了「できない／無法」，所以是「できる／可以」的意思。）

6番

解　答	2

日文解題 男の人は、彼女に会ったので、楽しい人生を送ることができたと言っている。それを聞いて女の人は、よかったね、と喜んでいる。

間違えたところをチェック！

1　「彼女に会えなかったから、僕のこれまでの人生は寂しいものだったよ」などと言われたときの言葉。

3　実際は彼女に会っているので、寂しい人生ではなかった。

中文解說 男士說因為遇見了女朋友，所以才能過著愉快的人生。聽見男士這麼說，女士也替他感到開心，回答「よかったね／值得慶幸」。

檢查錯誤選項：

選項1是當對方說「彼女に会えなかったから、僕のこれまでの人生は寂しいものだったよ／因為沒有遇見她，所以我一直過著孤獨的人生」時的回答。

選項3，因為事實是有遇見女朋友，所以並沒有過著孤獨的人生。

7番

| 解　答 | 1 |

| 日文解題 | 男の課長と部下の女性との会話。女性が課長に対して、この仕事のことをあまりわかっていないと言ったことに課長が答えている状況。
間違えたところをチェック！
２・３「私に言わせてもらえば」という意味を間違えている。
ことばと表現：
＊私に言わせてもらえば＝遠慮なく言ってよければ、という意味。言いにくいことを言うときに使う言葉。
例・私に言わせてもらえば、いちばん悪いのはあなたよ。 |

| 中文解說 | 這題是男科長和女部屬的對話。女部屬正在對男科長抱怨他根本不了解這個案子，男科長接著回答她的情況。
檢查錯誤選項：
選項２和選項３誤解了「私に言わせてもらえば／請容我說一句」的意思。
詞彙和用法：
＊私に言わせてもらえば＝請容我說一句（是"如果讓我直說"的意思。用在要說難以開口的事情時。例句：私に言わせてもらえば、いちばん悪いのはあなたよ／請容我直說，最糟糕的就是你了。） |

8番

| 解　答 | 3 |

| 日文解題 | 楽しそうに目を輝かせて話を聞いている子どもたちを見て言っている言葉。
間違えたところをチェック！
１・２　つまらない話や怖い話を聞くときには、目をきらきらさせたりしない。 |

| 中文解說 | 這題是看到孩子們睜大了眼睛津津有味地聽著故事時說的話。
檢查錯誤選項：
選項１和選項２，聽見無聊或恐怖的故事時，並不會睜大眼睛聽得津津有味。 |

9番

| 解　答 | 2 |

| 日文解題 | 女の人は、明後日から出張なので連絡ができないことを相手の男性に謝っている。
間違えたところをチェック！
１　忙しくて出張にも行けないと言われたときの答え。
３　今日までは忙しくて出張ができないと言われたときの答え。 |

| 中文解說 | 女士正在為後天要出差所以無法聯絡的狀況向男士道歉。
檢查錯誤選項：
選項１是當對方說忙到沒時間出差時的回答。
選項３是當對方說一直忙到今天所以無法出差時的回答。 |

10 番

| 解 答 | 1 |

| 日文解題 | もっと早く来なかったことを後悔している状況。「こんなこと」とは、品物が売り切れていること。
間違えたところをチェック！
2・3　早く来なかったことを後悔しているので、答えの言葉として合わない。 |

| 中文解説 | 這是在為沒有提早到這裡而後悔的狀況。本題的「こんなこと／這種事」是指全數售完。
檢查錯誤選項：
因為題目是在為沒有提早來感到後悔，因此回答選項2和選項3都不合邏輯。 |

11 番

| 解 答 | 2 |

| 日文解題 | 女の人が、山口さんに頼んだが承知してくれないと言っている状況。男の人は、山口さんが承知してくれるまでもう少し交渉してみようと答えている。
間違えたところをチェック！
1　「山口さんに頼んだら、承知してくれました」と言われたときの言葉。
3　「きっとよく分からなかったんだろう」なら、正しい。
ことばと表現：
＊うんと言う＝承知する。 |

| 中文解説 | 這題的狀況是女士說明已經拜託山口先生了，可是他遲遲不肯答應。男士的回答是建議她試著繼續和山口先生交渉，或許他最後就會答應了。
檢查錯誤選項：
選項1是當對方說「山口さんに頼んだら、承知してくれました／我一拜託山口先生，他立刻答應了」時的回答。
選項3如果是「きっとよく分からなかったんだろう／他一定是不太了解（實際狀況）吧」則正確。
詞彙和用法：
＊うんと言う＝點頭答應（應允。） |

12 番

| 解 答 | 1 |

| 日文解題 | 川上さんに何も言ってなかったのなら「はい、伝えませんでした」、何か言ったのなら、「いえ、伝えました」と答える。よって、1の言い方が正しい。他は間違い。 |

| 中文解説 | 如果沒有告訴川上小姐，應該回答「はい、伝えませんでした／對，沒有告訴她」。如果有告訴川上小姐，則應回答「いえ、伝えました／不，已經告訴她了」。因此，選項1的說法是正確的。其他選項錯誤。 |

解 答	3

日文解題　「続けませんか」は、続けたほうがいいのでは、という意味。
間違えたところをチェック！
１　例えば「続けようと続けまいと、私たちの自由です」なら、答えとして成り立つ。
２　女の人は、「結論が出た」などとは言っていないし、結論が出たら会議は終わることになる。

中文解説　「続けませんか／不繼續嗎」是繼續下去比較好的意思。
檢查錯誤選項：
選項１如果回答「続けようと続けまいと、私たちの自由です／要不要繼續都是我們的自由」，則為正確答案。
選項２女士並沒有說「結論が出た／做出決議」，而且如果做出決議，會議也就結束了。

第2回（だいかい）	聴解（ちょうかい）	問題5（もんだい）	P105-106

1番

解 答	3

日文解題　女の人は留学生が多いサークルを探しているが、できれば「いっしょに人の役に立つような」「いっしょに社会の役に立つ」サークルがいいと言っている。その目的に合うのは、３。
間違えたところをチェック！
１　日本画については会話に出てきていない。
４　女の人は、「日本文化を紹介する」のではなく、逆に、留学生の国の文化を知りたいとは言っているが、最も興味があるのは留学生が多いボランティアサークル。

中文解説　女學生雖然想加入有許多留學生的社團，但可以的話更希望是「いっしょに人の役に立つような／一起助人」「いっしょに社会の役に立つ／一起對社會有所貢獻」這類的社團。符合這個目的的是選項３。
檢查錯誤選項：
選項１，對話中沒有提到日本畫。
選項４，女學生並不是要「日本文化を紹介する／介紹日本文化」，相反的，她說想了解留學生國家的文化。因此她最感興趣的是有許多留學生的服務性社團。

2番

解答	1

日文解題 大家さんや建築会社に関係が深いのは、1 不動産会社。「大家」とは、家を貸している人。不動産会社は、家や土地を必要としている客に、持ち主に代わって売ったり貸したりする業務をしている。
ことばと表現：
＊不自由しない＝困ることはない。

中文解說 和房東及建設公司有密切關係的是選項1不動產公司。「大家／房東」是指出租房屋的人。不動產公司的業務是代表屋主出售或租賃房屋、土地給需要的客人。
詞彙和用法：
＊不自由しない＝沒有問題（不會感到困擾。）

3番　質問1

解答	4

日文解題 弁護士は、近所同士のトラブルを解決するに当たって大切なのは、「今後もつきあいが続くということを頭において対処する」ことだと述べている。
ことばと表現：
＊頭におく＝忘れずに覚えておく。

中文解說 律師提到要解決鄰居糾紛，最重要的前提就是「今後もつきあいが続くということを頭において対処する／必須記住，雙方日後仍須保持往來」。
詞彙和用法：
＊頭におく＝放在心上（不忘記，記住。）

3番　質問2

解答	2

日文解題 夫婦と娘の会話から判断すると、この家族は、隣の夫婦について、よく世話をしてくれてありがたいと感謝していることがわかる。
間違えたところをチェック！
1・3　「顔はちょっと怖いけど、優しい」と娘は言っている。
4「口うるさい」（＝細かいことをうるさく言う）とは、言っていない。　。

中文解說 從爸媽和女兒的對話中可以判斷出，這一家人對於鄰居夫婦的經常關照感到非常感激。
檢查錯誤選項：
選項1和選項3，女兒提到酒井先生「顔はちょっと怖いけど、優しい／長相雖然有點可怕，其實心地很善良」。
選項4，對話中沒有提到「口うるさい／嘮叨」。

MEMO

第3回 言語知識（文字・語彙） 問題1

1

解答 4

日文解題 「是正」は、誤っている点を正しくすること。
他の選択肢の漢字は、1「訂正」。
読み方をチェック：
是（ゼ）　例・是非、是認。

中文解説 「是正／訂正」是指更正錯誤的部分。
其他選項的漢字：選項1「訂正／訂正」。
注意讀音：
是唸作ゼ。例如：是非（ぜひ，務必）、是認（ぜにん，同意）。

2

解答 4

日文解題 「不気味」は、正体がわからず、気味が悪い様子。「無気味」とも書く。
読み方をチェック：
不（フ／ブ）　例・不思議、無作法。
気（キ／ケ）　例・気分、気力、気配。
味（ミ／あじ／あじ-わう）　例・興味、趣味、甘い味、味わって食べる。

中文解説 「不気味／毛骨悚然」指由於不知道其真面目而感到害怕的樣子，也可以寫作「無気味／毛骨森然」。
注意讀音：
不，唸作フ／ブ。例如：不思議（ふしぎ，神秘）、無作法（ぶさほう，粗魯）。
気，唸作キ／ケ。例如：気分（きぶん，心情）、気力（きりょく，精力）、気配（けはい，動靜）。
味，唸作ミ／あじ／あじ-わう。例如：興味（きょうみ，興趣）、趣味（しゅみ，愛好）、甘い味（あまいあじ，甜味）、味わって食べる（あじわってたべる，嚐嚐味道）。

3

解答 1

日文解題 「営む」は、小さな店などを経営すること。
その他の選択肢の漢字は、2「挑む」3「慎む」4「歩む」。
読み方をチェック：
営（エイ／いとな-む）　例・営業、経営、パン屋を営む。

中文解説 「営む／經營」是指經營小店舖等等。
其他選項的漢字分別為：選項2「挑む／挑釁、挑戰」、選項3「慎む／慎重」、選項4「歩む／行走」。
注意讀音：
営唸作エイ／いとな-む。例如：営業（えいぎょう，營業）、経営（けいえい，經營）、パン屋を営む（パンやをいとなむ，經營麵包店）。

4

解 答	1

日文解題　「透き通る」は、向こう側が透けて見えること。

読み方をチェック：

透（トウ／す‐く／す‐かす／す‐ける）　例・透明、カーテンを透かして見る、向こうが透けて見える。

中文解説　「透き通る／透明」是指可以穿透看到另一側。

注意讀音：

透唸作トウ／す‐く／す‐かす／す‐ける。例如：透明（とうめい，透明）、カーテンを透かして見る（カーテンをすかしてみる，透過窗簾觀看）、向こうが透けて見える（むこうがすけてみえる，可以看見另一側）。

5

解 答	4

日文解題　「淡い」は、味や色などが薄い様子。

他の選択肢の漢字は、1「粗い、荒い」2「緩い」3「薄い」。

読み方をチェック：

淡（タン／あわ‐い）　例・濃淡、淡白、淡いあこがれ。

中文解説　「淡い／淡」是指顏色或味道等等淡薄的樣子。

其他選項的漢字分別為：選項1「粗い、荒い／粗糙、粗暴」、選項2「緩い／緩慢」、選項3「薄い／薄」。

注意讀音：

淡唸作タン／あわ‐い。例如：濃淡（のうたん，深淺）、淡白（たんぱく，清淡）、淡いあこがれ（あわいあこがれ，淡淡的憧憬）。

6

解 答	3

日文解題　「値」は、文字や式が表す数字。

他の選択肢の漢字は、1「技」2「札」4「釣」。

読み方をチェック：

値（チ／ね／あたい）　例・数値、価値、物の値段、見るに値する作品。

中文解説　「値／數值、價值」是指以文字或算式表達的數字。

其他選項的漢字分別為：選項1「技／技能」、選項2「札／鈔票」、選項4「釣／釣魚、找零」。

注意讀音：

値唸作チ／ね／あたい。例如：数値（すうち，數值）、価値（かち，價值）、物の値段（もののねだん，物品的價格）、見るに値する作品（みるにあたいするさくひん，值得一看的作品）。

7

| 解　答 | 4 |

日文解題　「還元」は利益などをもとに返すこと。
他の選択肢の意味もチェック：
1「回収」集めること。例・ごみの回収。
2「出資」資本を出すこと。例・企業に出資する。
3「譲歩」ゆずること。例・意見を譲歩して相手に従う。

中文解説　「還元／返還」是指將利潤返回給取得之處。
順便學習其他選項的意思：
選項1「回収／回収」是指收集。例如：ごみの回収（回収垃圾）。
選項2「出資／投資」是投入資本。例如：企業に出資する（投資公司）。
選項3「譲歩／讓步」是讓步妥協。例如：意見を譲歩して相手に従う（不堅持己見，接受對方的看法）。

8

| 解　答 | 3 |

日文解題　「大多数」はほとんど全て。
他の選択肢の意味もチェック：
1「最大数」最も大きい数。例・1から10までの最大数は10だ。

中文解説　「大多数／大多數」是指接近全數。
順便學習其他選項的意思：
選項1「最大数／最大數字」是指最大的數字。例如：1から10までの最大数は10だ。（從1到10的最大數字是10。）

9

| 解　答 | 1 |

日文解題　「お世辞」は相手を嬉しがらせるために過度にほめること。
他の選択肢の意味もチェック：
2「愚痴」言ってもしょうがない不平不満。例・愚痴をこぼす。
3「お説教」相手を正しくするために言い聞かせること。例・父のお説教が始まった。
4「お節介」余計な世話をすること。例・お節介を焼く。

中文解説　「お世辞／應酬話」是指為了讓對方高興而過度誇獎的褒詞。
順便學習其他選項的意思：
選項2「愚痴／牢騷」是指就算說了也無濟於事的抱怨。例如：愚痴をこぼす。（發牢騷。）
選項3「お説教／訓誡」為了讓對方做正確的事而說教。例如：父のお説教が始まった。（老爸又開始說教了。）
選項4「お節介／多管閒事」是指無謂的操心。例如：お節介を焼く。（愛管閒事。）

10

解　答	2

日文解題　「ポジション」は位置、立ち場のこと。

他の選択肢の意味もチェック：

１「プレゼン」「プレゼンテーション」の略。

３「レギュラー」「レギュラーメンバー」の略。例・サッカーチームのレギュラーになる。

４「エリート」ある集団の中で特別に選ばれた優秀な人。例・エリート教育。

中文解說　「ポジション／位置」是指位置、所站的立場。

順便學習其他選項的意思：

選項１「プレゼン／發表」是「プレゼンテーション／發表簡報」的簡稱。

選項３「レギュラー／正規的」是「レギュラーメンバー／正規選手」的簡稱。
例如：サッカーチームのレギュラーになる。（成為足球隊的正選隊員。）

選項４「エリート／菁英」是指在某集團中，被評選為優秀的人。例如：エリート教育。（菁英教育。）

11

解　答	1

日文解題　「手を引く」はやっていた仕事などをやめること。

他の選択肢の意味もチェック：

他の選択肢は「～を引く」という形にしても意味が通じない。

中文解說　「手を引く／縮手」是指放棄正在做的工作。

順便學習其他選項：

其他選項如果接上「～を引く」的句型則語意不通。

12

解　答	2

日文解題　「ついでに」はほかのことをするのと一緒に。

他の選択肢の意味もチェック：

１「ひいては」それが原因となって。例・ちょっとした油断がひいては大事故につながる。

３「そもそも」いったい。もともと。例・そもそも喧嘩の原因は何なのか。

４「てっきり」まちがいなく。例・てっきりそうだと思ったのに、違っていた。

中文解說　「ついでに／順便」是指和其他的事情一起做。

順便學習其他選項的意思：

選項１「ひいては／進而」是指該事作為原因（而涉及到下一事物）。例如：ちょっとした油断がひいては大事故につながる。（一點點疏忽將會導致嚴重的事故。）

選項３「そもそも／到底」是指究竟、原本。例如：そもそも喧嘩の原因は何なのか。（到底為什麼吵架呢？）

選項４「てっきり／一定」是指斬釘截鐵認定。例如：てっきりそうだと思ったのに、違っていた。（原本以為一定是這樣，結果我錯了。）

13

| 解　答 | 3 |

日文解題　「気にさわる」は、不愉快に感じること。

他の選択肢の意味もチェック：

1 「きにやむ」気にすること。例・病弱なことを気にやむ。

2 「気にかかる」心配すること。例・妹のことが気にかかる。

4 「気にしみる」という言い方はない。

中文解說　「気にさわる／感到不悅」意思是覺得不愉快。

順便學習其他選項的意思：

選項1「きにやむ／介意」是指在意。例如：病弱なことを気にやむ。（擔心生病。）

選項2「気にかかる／掛心」是指擔心。例如：妹のことが気にかかる。（擔憂妹妹。）

選項4，沒有「気にしみる」這種說法。

第3回　言語知識（文字・語彙）　問題3　P109

14

| 解　答 | 4 |

日文解題　「手入れ」はきれいに整えたりして世話をすること。

4 「世話」人や動植物などの面倒を見ること。

他の選択肢の意味もチェック：

1 「購入」お金を出して買うこと。例・家を購入する。

2 「処分」いらなくなったものの始末をすること。例・壊れた電気器具を処分する。

3 「分担」仕事などを分けて受け持つこと。例・仕事の分担を決める。

中文解說　「手入れ／照料」是指整理得很整齊、照顧得很周到。

選項4「世話／照顧」是指照顧人或動植物等等。

順便學習其他選項的意思：

選項1「購入／買進」是指付錢購買。例如：家を購入する。（買房子。）

選項2「処分／處分」是指丟掉不需要的物品。例如：壊れた電気器具を処分する。（丟棄壞掉的家電用品。）

選項3「分担／分擔」將工作分成不同部分各自負責。例如：仕事の分担を決める。（決定工作分擔。）

15

| 解　答 | 2 |

日文解題　「一挙に」はいっぺんに全部する様子。

2 「一度に」もほぼ同じ意味。

他の選択肢の意味もチェック：

1 「ようやく」やっと。例・作品がようやく完成した。

3「素早く」物事をするのがはやい様子。例・素早く隠れた。

4「簡単に」複雑でなく手軽にする様子。例・簡単に答える。

中文解説 「一挙に／一舉」是指一下子全部一起做的樣子。

選項2「一度に／同時」幾乎也是一樣的意思。

順便學習其他選項的意思：

選項1「ようやく／終於」是指總算。例如：作品がようやく完成した。（作品終於完成了。）

選項3「素早く／迅速的」指事情做得很快。例如：素早く隠れた。（迅速地躲起來。）

選項4「簡単に／簡單」是指不複雑、簡單的樣子。例如：簡単に答える。（簡單地回答。）

16

解 答 1

日文解題 「控える」は遠慮する、しないなどの意味。

1「やめる」しないようにする。

他の選択肢の意味もチェック：

2「ことわる」だめだと言う。1「やめて」と2「ことわって」は、結果としてすることは同じだが、言葉の意味としては違う。例・参加をことわる。

3「待つ」しばらくの間やめること。例・回復を待って面会をしてください。

4「延期する」期限を延ばすこと。例・雨のため、運動会は延期します。

中文解説 「控える／暫不…」是婉拒、不做的意思。

選項1「やめる／停止」是指停下來不繼續做某事。

順便學習其他選項的意思：

選項2「ことわる／拒絶」是指回絶。雖然回答選項1「やめて／停止」和選項2「ことわって／拒絶」的結果是相同的，但意思不同。例如：参加をことわる。（拒絶參加。）

選項3「待つ／等」是指暫停一會兒。例如：回復を待って面会をしてください。（請先等待身體康復再行會面。）

選項4「延期する／延期」是指延長期限。例如：雨のため、運動会は延期します。（運動會因雨延期。）

17

解 答 1

日文解題 「勝手な」は自分の気ままに振る舞う様子。

1「わがままな」自分の思うままに振る舞う様子。

他の選択肢の意味もチェック：

2「勝手な」は、「一人だけ」とは限らない。

3「別方向の」方向が他の人と違うこと。例・一人だけ別方向の道を行く。

4「危険な」危ない様子。例・危険な道を避ける。

中文解説 「勝手な／任意」指只顧自己方便的樣子。

選項1「わがままな／任性」指想做什麼就做什麼。

順便學習其他選項的意思：

選項2「勝手な／任意」不限定用於「一人だけ／只有一人」。

選項3「別方向の／不同方向」是指方向與其他人不同。例如：一人だけ別方向の道を行く。（只有自己一個人走上不同的道路。）

選項4「危険な／危險的」指危險的樣子。例如：危険な道を避ける。（避開危險的道路。）

18

| 解　答 | 3 |

日文解題

「仕切る」は、場所を区切るという意味もあるが、この問題では、取り仕切る、つまり、主になってまとめるという意味。

3「まとめる」うまくおさめる。

他の選択肢の意味もチェック：

1「紹介する」間に入って他の人に引き合わせること。例・兄を先生に紹介する。

2「昇進する」位や地位が上がること。例・部長に昇進する。

4「進める」物事を先の方に動かすこと。例・計画の実行を進める。

中文解說

「仕切る／隔開、掌管」雖有間隔開來的意思，但在這題是指掌管，也就是成為主要管理者的意思。

選項3「まとめる／彙整」是巧妙地歸納的意思。

順便學習其他選項的意思：

選項1「紹介する／介紹」是指居中牽線。例如：兄を先生に紹介する。（將哥哥介紹給老師。）

選項2「昇進する／晉升」是指職位或地位上升。例如：部長に昇進する。（晉升為經理。）

選項4「進める／推動」是指推動事情往前進展。例如：計画の実行を進める。（推動執行計畫。）

19

| 解　答 | 4 |

日文解題

「投げ出す」は本来の意味の他に、やっていることを諦めて途中でやめてしまうという意味がある。

4「途中でやめる」物事の半ばでやめること。

他の選択肢の意味もチェック：

1「断る」依頼や誘いなどを引き受けないこと。例・友達の誘いを断る。

2「他の人に頼む」例・自分の仕事を他の人に頼む。

3「安く売る」例・古着を安く売る。

中文解說

「投げ出す／投擲、放棄」除了投出去的原意之外，也用於形容做事半途而廢。

選項4「途中でやめる／半途放棄」是指做到一半不做了。

順便學習其他選項的意思：

選項1「断る／拒絕」是指不接受請託或邀約。例如：友達の誘いを断る。（拒絕朋友的邀請。）

選項2「他の人に頼む／拜託其他人」。例如：自分の仕事を他の人に頼む。（把自己的工作交託給別人。）

選項3「安く売る／賤賣」。例如：古着を安く売る。（賤賣舊衣服。）

20

解答　2

日文解題　「順調」は、物事が調子よく進むこと。

例・マンションの工事も順調に進んでいる。

その他の文では、1「順番に」、3「漸次」などが適当な言葉。

中文解説　「順調／順利」是指事情的進展毫無阻礙。

例如：マンションの工事も順調に進んでいる。（大廈的工程也進行得很順利。）

其他選項的句子，選項1應改為「順番に／依序」、選項3應改為「漸次／逐漸」，才是正確的句子。

21

解答　1

日文解題　「重んじる」は重くみる、大切にするという意味。

例・結婚に際しては、相手の誠実さを重んじます。

その他の文では、3「重くなって」、4「重ねて」などが適当な言葉。

中文解説　「重んじる／重視」是指看重、珍視。

例如：結婚に際しては、相手の誠実さを重んじます。（結婚時要注意對方是否誠實。）

其他選項的句子，選項3應改為「重くなって／漸趨惡化」、選項4應改為「重ねて／再三」，才是正確的句子。

22

解答　3

日文解題　「費やす」は、時間やお金を使うという意味。

例・トンネルの完成には長い年月を費やした。

その他の文では、1「工面する」、2「過ごした」、4「動員した」などが適当な言葉。

中文解説　「費やす／耗費」是指花費時間或金錢的意思。

例如：トンネルの完成には長い年月を費やした。（隧道的完工耗費了漫長的歲月。）

其他選項的句子，選項1應改為「工面する／籌集」、選項2應改為「過ごした／度過了」、選項4應改為「動員した／動員了」，才是正確的句子。

23

解答　2

日文解題　「きっかり」は、ちょうど、ぴったりという意味。

例・地震の寄付がきっかり100万円集まった。

その他の文では、1「ちょうど」、3「ぴったり」、4「すっきり」などが適当な言葉。

中文解説　「きっかり／恰恰」是指正好、剛好的意思。

例如：地震の寄付がきっかり 100 万円集まった。（籌措到整整 100 萬圓的地震賑災捐款。）

其他選項的句子，選項1應改為「ちょうど／正好」、選項3應改為「ぴったり／恰好」、選項4應改為「すっきり／整潔」，才是正確的句子。

24

解　答　4

日文解題　「取り組む」は、物事に熱心になることという意味。

例・難しい研究に取り組む。

その他の文では、1「横領した」2「催される」、3「熱中して」などが適当な言葉。

中文解說　「取り組む／致力於」是指熱衷於事物的意思。

例如：難しい研究に取り組む。（致力於艱苦的研究。）

其他選項的句子，選項1應改為「横領した／侵吞了」、選項2應改為「催される／舉行」、選項3應改為「熱中して／熱衷於」，才是正確的句子。

25

解　答　1

日文解題　「引き返す」は、もとのところに戻るという意味。

例・友達によく似た人を見かけて引き返したが、人違いだった。

他の文では、2「折り返した」、3「返して」、4「引き換える」などが適当な言葉。

中文解說　「引き返す／返回」是指回到原本的地方。

例如：友達によく似た人を見かけて引き返したが、人違いだった。（我看到與朋友長得很像的人，於是走回去確認，結果認錯人了。）

其他選項的句子，選項2應改為「折り返した／回覆」、選項3應改為「返して／回報」、選項4應改為「引き換える／交換」，才是正確的句子。

第3回　言語知識（文法）　問題5　　P112-113

26

解　答　1

日文解題　「～ものだ」は、人間や社会の真理について言うとき。問題文を、A（　　）B ものだ、と考えると、「Aのとき、いつもB」と言い換えることができる。そのような意味になるのは1。例、

・大人になると、子どもの頃の気持ちは忘れてしまうものだ。

この「と」は次の例と同じ、例、

・春になると桜が咲きます。

・このボタンを押すとおつりが出ます。

※「ものだ」は他に、過去の習慣を言うときや、あることを強く感じたと言いたいときなどの意味もある。

中文解説 「～ものだ／就會～」用在談論人類和社會的真理時。將題目想成“A（　　）Bものだ”，換句話說就變成「Aのとき、いつもB／A的時候，總是B」。而能使這個意思成立的是選項1。例句：
・一旦長大成人，兒時的感受也就隨之淡忘了。
這裡的「と／一～就～」意思和以下例句相同，例句：
・一入春後櫻花就會開了。
・一按下這個按鈕就會掉出零錢。
※「ものだ」也可以用來形容過去的習慣，或用於表達對某事有強烈的感觸時等等。

27

解　答　2

日文解題　「（名詞）ならでは」は、～しかない、～だけができる、と評価する言い方。例、
・映画のラストシーンは素晴らしかった。演出に定評のある松田監督ならではだ。
他の選択肢の文型もチェック：
3「（名詞、普通形）なり（の）」は、程度は高くないが、精一杯のことをする、という意味。例、
・先生がお休みの間、わたしなりに工夫して資料を作ってみました。
4「（名詞）あっての」は、～があるからこそ、という意味。例、
・ファンあってのプロスポーツだ。ファンサービスも選手の仕事と言えるだろう。

中文解説　「（名詞）ならでは／正因為～才有的」是評論“只有～、只有～能做到”的說法。例句：
・電影的最後一個鏡頭真是太精彩了！不愧是素有佳評的松田導演執導的作品！
檢查其他選項的文法：
選項3「（名詞、普通形）なり（の）／盡～所能」是“雖然程度不高，但非常努力地做”的意思。例句：
・老師休息期間，我盡己所能地試著努力彙整了資料。
選項4「（名詞）あっての／正因為～才能」是“正因為有～才能”的意思。例句：
・職業運動團隊必須仰賴球迷的支持才能永續經營，所以嘉惠球迷的福利也該算是選手的工作項目之一吧。

28

解　答　1

日文解題　二つの仕事をしているという文にする。「（名詞‐の、動詞辞書形）かたわら」は、～という本業をしながら他の仕事もしているとき。例、
・会社勤めのかたわら、近所の子供に英語を教えています。
他の選択肢の文型もチェック：
2「（動詞辞書形／た形）そばから」は、～しても、すぐまた次のことが起こる、という意味。例、
・片付けるそばから次の仕事が入って、休む暇もない。

3「（普通形）からには」は、〜のだから当然、と言いたいとき。例、
・引き受けたからには、最後までやります。
4「（動詞辞書形）ともなく」は、意識しないでする様子を表す。例、
・テレビを見るともなくみていたら、妹が映っていてびっくりした。

中文解說 要寫成能表示從事兩個工作的句子。「（名詞-の、動詞辭書形）かたわら／一面〜一面〜」是"從事〜這個本業的同時也從事其他工作"的意思。例句：
・一面在公司上班，一面教鄰居的小孩英文。
檢查其他選項的文法：
選項2「（動詞辭書形／た形）そばから／才剛〜就〜」是"即使做〜，下一件事馬上又緊接著發生"的意思。例句：
・正在收尾的時候，下一項工作又來了，根本沒有時間休息。
選項3「（普通形）からには／既然〜就〜」用在想表達"因為〜當然就要"時。例句：
・既然接下這份任務，就會做到完成為止。
選項4「（動詞辭書形）ともなく／無意中〜」用於表示沒有意識到的樣子。例句：
・不經心地瞥了電視一眼，赫然看到妹妹出現在螢幕上，嚇了我一大跳。

29

解答 3

日文解題 「（動詞た形）ところで」は、〜しても無駄だ、と言いたいとき。例、
・今から急いで行ったところで、どうせ間に合わないよ。
※「今さら」は、今になって、という意味。もう遅い、手遅れだ、という文になる。

中文解說 「（動詞た形）ところで／即使〜」用在想表達"即使做〜也沒用"時。例句：
・就算現在趕過去，反正也來不及了啦！
※「今さら／事到如今」是"事到如今"的意思。用在表達已經太遲了、為時已晚的句子中。

30

解答 1

日文解題 「（名詞-の、動詞辭書形／た形／ている形）手前」は、〜という立場や事情があるので、と言いたいとき。後には、そうしないと自分の評価が下がってしまうという意味の文がくる。例・僕に期待している両親の手前、大学を留年するわけにはいかない。
問題文は、私が遅刻厳禁と言ったのだから、私がそれを破ったのでは立場がないという話者の気持ちを言う文。

中文解說 「（名詞-の、動詞辭書形／た形／ている形）手前／由於」用於想表達"正因為位於某種立場或發生了某事"時。後面接表示"如果不這麼做，聲望就會下降"的句子。例如：僕に期待している両親の手前、大学を留年するわけにはいかない。（正因為父母對我抱以期待，所以我大學更不能留級。）
題目表達的是說話者"正因為是自己說了嚴禁遲到，所以說我更沒有立場打破這個規矩"的心情。

解　答	4

日文解題　「（名詞）ともなると」は、〜くらい立場や程度が高くなると、と言いたいとき。例・大企業の部長ともなると、休日も接待ばかりだ。

「ともなると」の前には、程度が進んだ状態を表す名詞が入る。問題文は、幼児や小学生ではなくもう中学生なので、と言っている。

中文解說　「（名詞）ともなると」用於想表達“一旦到達了〜的立場或程度”時。例如：大企業の部長ともなると、休日も接待ばかりだ。（一旦成為了大公司的經理，就連假日也是滿滿的應酬。）

「ともなると／一旦成為」前面接表示程度進步的名詞。題目是“因為已經不是幼兒和小學生，是國中生了”的意思。

解　答	2

日文解題　「（名詞、動詞辞書形）に至って」は、〜になって初めて、と言いたいとき。例・妻から離婚届を渡されるに至って、初めて妻の気持ちに気付く夫も少なくないという。

他の選択肢の文型もチェック：

1 「（動詞辞書形）べく」は、〜ようと思って、という意味。例・次の会議で発表するべく、現在資料を作成中です。

3 「（名詞）をもって」は、時を表す名詞のとき、〜の時までで終わり、という意味を表す。例・3月末日をもちまして、退職致します。

中文解說　「（名詞、動詞辞書形）に至って／直到〜才」用於想表達“直到〜才初次〜”時。例如：妻から離婚届を渡されるに至って、初めて妻の気持ちに気付く夫も少なくないという。（據說有不少丈夫在收到妻子的離婚協議書時，才初次留意到妻子的心情。）

檢查其他選項的句型：

選項1「（動詞辞書形）べく／為了」是“我想應該〜”的意思。例如：次の会議で発表するべく、現在資料を作成中です。（我現在正在製作下次會議報告要用的資料。）

選項3「（名詞）をもって」作為表示時間的名詞時，意思是“到〜的時候為止”。例如：3月末日をもちまして、退職致します。（我將在我三月的最後一天退休。）

解　答	4

日文解題　「（名詞）すら」は、極端な例をあげて、他ももちろんそうだ、とする言い方。〜さえ。例、

・父は病状が悪化し、自分の足で歩くことすら難しくなった。

他の選択肢の文型もチェック：

1 「（名詞、動詞辞書形）だに」は、〜だけでも、という意味。「聞く、考える、想像する」などの決まった動詞につくことが多い。例、

・細菌を兵器にするとは、聞くだに恐ろしい。

3「（動詞た形）きり」は、〜の後も同じ状態が続くことを表す。例、

・母とは国を出る前に会ったきりです。

「（名詞）すら／甚至連〜」是"舉出一個極端的例子，表示其他也肯定是如此"的說法。是"就連〜"的意思。例句：

・家父病情惡化，已經幾乎沒力氣自己走路了。

檢查其他選項的文法：

選項1「（名詞、動詞辭書形）」だに／一〜就〜」是"光是〜就會"的意思。多接在「聞く、考える、想像する／聽、想、想像」等特定動詞後面。例句：

・光是聽到要打細菌戰，就讓人不寒而慄。

選項3「（動詞た形）きり／自從〜就一直〜」表示"〜之後也繼續維持相同狀態"。例句：

・自從出國前向媽媽告別，一直到現在都沒再見到媽媽了。

34

解　答　1

「（名詞、動詞辭書形）に足る」は、十分〜できる、という意味。例、

・安井君は私の会社の同僚で、信頼に足る男ですよ。

他の選択肢の文型もチェック：

2「（名詞、動詞辭書形）に堪える」は、〜するだけの価値がある、という意味。例、

・この雑誌は品の悪い噂話ばかりで、読むに堪えないね。

「（名詞、動詞辭書形）に足る／足以〜」是"十分足夠〜"的意思。例句：

・安井先生是我公司的同事，相當值得信賴喔！

檢查其他選項的文法：

選項2「（名詞、動詞辭書形）に堪える／值得〜」是"有做〜的價值（值得做〜）"的意思。例句：

・這本雜誌刊登的全都是些惡意的謠言，根本不值得看嘛！

35

解　答　3

「この店（の主人）は私に…料理を」と考える。「（人）は私に」の述語は使役形の「食べさせる」。これに、（人）が主語なので「〜てくれる」をつけて、3が正解。

他の選択肢もチェック：

1は、使役受身形。例・嫌いな野菜を無理に食べさせられて、ますます嫌いになった。

2は、使役形「食べさせる」に、自分が主語の「〜てもらう」をつけたもの。例・若い頃は生活が苦しくて、よく先輩にご飯を食べさせてもらった。

4の言い方はない。

這題可以理解為「この店（の主人）は私に…料理を」。「（人）は私に」的述語要用使役形的「食べさせる」。又因為是以（人）為主詞，所以要接「〜てくれる」，選項3是正確答案。

檢查其他選項：

選項１是使役被動型。例如：嫌いな野菜を無理に食べさせられて、ますます嫌いになった。（被強迫吃我討厭的蔬菜，更加厭惡蔬菜了。）

選項２是在使役形的「食べさせる」後接以自己為主詞的「〜てもらう」。例如：若い頃は生活が苦しくて、よく先輩にご飯を食べさせてもらった。（我年輕的時候生活很艱苦，經常被學長請吃飯。）

沒有選項４的說法。

第3回 言語知識（文法） 問題6　P114-115

36

解　答　3

日文解題　点字とは、視覚障害者の　<u>4ための</u>　<u>1指で触れて</u>　<u>3読む</u>　<u>2文字の</u>　ことである。

「〜とは…のことである」という形で、「点字」ということばを説明している。１と３をつなげる。「視覚障害者の」の後に４、「ことである」の前に２を置く。１と３は２を説明している。

文型をチェック：

「（名詞）とは」は、ことばの意味や本質を説明するときの言い方。例・あなたにとって仕事とは何ですか。

中文解說　點字是指　<u>4為</u>　視障者所設計、可以　<u>1用手指觸摸</u>　<u>3理解</u>　的　<u>2文字</u>。

本題用「〜とは…のことである／〜是指…」的句型來說明「点字／點字」。連接選項１和３。「視覚障害者の／視障者」的後面接選項４，「ことである」的前面接選項２。選項１和３用於說明選項２。

檢查句型：

「（名詞）とは／（名詞）是指」用於表達詞彙的意思或解釋辭意時。例如：あなたにとって仕事とは何ですか。（對你而言，工作是什麼？）

37

解　答　2

日文解題　全財産を失ったというのなら　<u>3いざ知らず</u>　<u>4宝くじがはずれた</u>　<u>2くらい</u>で　<u>1そんなに</u>　落ち込むとはね。

「全財産を失った」と４とが対比すると考え、その間に３を置く。４と２をつなげる。１は「落ち込む」の前に置く。

文末の「とは」は驚きを表す言い方。「とは」の後に、〜驚きだ、〜呆れた、などが省略されている。

文型をチェック：

「（名詞、普通形）ならいざ知らず」は極端な例をあげて、〜ならそうかもしれないが、（でもこの場合は違う）と言いたいとき。例、

・プロの料理人ならいざしらず、私にはそんな料理は作れませんよ。

「（名詞、普通形）くらい」は、程度が軽いと言いたいとき。例、

・そのくらいの怪我で泣くんじゃない。。

中文解說　假如是失去了所有的財產倒還　<u>3另當別論</u>，<u>2只不過是</u>　<u>4彩券沒中獎</u>，<u>1用不著那麼</u>　沮喪吧。

考量到「全財産を失った／失去了所有的財産」和選項４是相對的，因此中間填入選項３。連接選項４和選項２。選項１填入「落ち込む／沮喪」前面。

句尾「とは」是表示驚訝的說法。「とは」後面的 "～驚人、～訝異" 被省略了。

檢查文法：

「（名詞、普通形）ならいざ知らず／倒還另當別論」先舉出一個極端的例子，表示 "如果是～也許是這樣，（但情況並非如此）"。例句：

・姑且不論專業的廚師，我怎麼可能做得出那種大菜嘛！

「（名詞、普通形）くらい／不過是～」用在想表達程度很輕的時候。例句：

・不過是一點點小傷，不准哭！

38

解　答　3

日文解題　突然の事故で　<u>4母親を失った</u>　<u>1彼女の悲しみは</u>　<u>3想像に</u>　<u>2かたくない</u>　。

主語は助詞「は」から、1だと分かる。4が1を修飾している。「～にかたくない（難くない）」は、見なくても分かる、と言いたいとき。

文型をチェック：

「（名詞、動詞辞書形）にかたくない」は、状況から考えて、～することは容易にできる、という意味。「想像にかたくない」という形で使うことが多い。例、

・彼女が強い決意を持って国を出たことは想像に難くありません。

中文解說　<u>2不難</u>　<u>3想像</u>　由於突如其來的意外而　<u>4失去了母親</u>　的　<u>1她有多麼悲傷</u>。

從助詞「は」來看，可知選項１是主語。選項４修飾選項１。「～にかたくない（難くない）／不難～（不難）」用在想表達 "即使不看也知道" 時。

檢查文法：

「（名詞、動詞辞書形）にかたくない／不難～」是 "從情況來看，要做到～是很容易的" 的意思。經常寫成「想像にかたくない／不難想像」的形式。例句：

・不難想像她抱著堅定的決心去了國外。

39

解　答　1

日文解題　逆転に次ぐ逆転で、<u>4一瞬</u>　<u>3たりとも</u>　<u>1気を抜くことの</u>　<u>2できない</u>　試合が続いている。

1、2をつなげて「試合」の前に置く。「～たりとも…ない」は、前に「一」と助数詞を置いて、全くない、という意味。

文型をチェック：

「1＋助数詞＋たりとも…ない」は、1～もない、全くない、という意味。例、

・一度たりともあなたを疑ったことはありません。

※「～に次ぐ～」は、次々に～が起こる、という状態を表す。

※「気を抜く」は、緊張を緩める、油断するという意味。

這場接連幾度逆轉、<u>3 連</u> <u>4 一分一秒</u> <u>3 都</u> <u>2 無法</u> <u>1 令人放鬆</u> 觀看的比賽仍在進行當中。

將選項1和選項2連接起來接在「試合／比賽」前面。「～たりとも…ない／連～都沒有…」前接「一」和助數詞，是 "全都沒有" 的意思。

檢查文法：

「１＋助数詞＋たりとも…ない／一～都沒有…」是 "連一～也沒有、全都沒有" 的意思。例句：

・我連一次也不曾懷疑過你！

※「～に次ぐ～／接連～」表示 "發生了一件又一件的～" 的狀態。

※「気を抜く／放鬆」是 "鬆懈緊張、大意" 的意思。

40

　4

娘の好きなアニメ映画を見たが、<u>2 大人の</u>　<u>1 鑑賞に</u>　<u>4 も</u>　<u>3 堪える</u>　素晴らしいものだった。

「～に堪える」は、～する価値があるという意味。２、１、３と並べ、「子供の鑑賞にはもちろん、大人の鑑賞にも」という意味で4を1と3の間に置く。

文型をチェック：

「（名詞、動詞辞書形）に堪える」は、～するだけの価値があるという意味。「～に堪えない」は、酷い状態でそうすることが我慢できないという意味。例、

・君の言い訳は嘘ばかりで、聞くに堪えないよ。

我看了女兒喜歡的動畫電影，即使　<u>2 以成年人</u>　<u>1 的眼光來看</u>，<u>4 同樣是</u>　一部　<u>3 相當</u>　傑出的作品。

「～に堪える／值得～」是 "值得做～" 的意思。連接選項２、１、３，要寫成「子供の鑑賞にはもちろん、大人の鑑賞にも／小孩就不用說了，就算以成年人的眼光來看，同樣是」的意思，因此選項4應填入選項1和選項3之間。

檢查文法：

「（名詞、動詞辞書形）に堪える／值得～」是 "有做～的價值" 的意思。

「～に堪えない／無法忍受～」是 "在負面的狀況下，無法忍受去做這件事" 的意思。例句：

・他的辯解統統都是謊言，我再也聽不下去了！

文法

1

2

3

CHECK

● 1

● 2

● 3

41

解 答 1

日文解題 若者言葉とは、若者にだけ通じる、言い換えると「若者にしか通じない」言葉である。「〜にしか」は、後に否定の語を伴って、限定する意味を表す。

中文解說 年輕人的獨特用語是指只有年輕人才懂的語言，換句話說就是「若者にしか通じない／只有年輕人才懂」的語言。「〜にしか／只〜」後面接否定的詞語，表示限定的意思。

42

解 答 3

日文解題 「のぞく」は、ほんの少しだけ見ること。この意味に合うのは、3「ちらっと」。間違えたところをチェック！
1「じっと」は、目を離さずに見つめる様子。2「かなり」は、だいぶ、非常にの意味で、ある程度以上であることを表す。4「さんざん」は、何度も何度も、などの意味で、程度などがはなはだしい様子を表す。

中文解說 「のぞく／看了一下」是指只看一點點。符合這個意思的是選項3「ちらっと／稍微」。
檢查錯誤的地方！
選項1「じっと／一直」是目不轉睛盯著看的樣子。選項2「かなり／相當」是相當、非常的意思，表示在一定程度之上。選項4「さんざん／狠狠地」是好幾次、一次又一次等意思，表示程度極為離譜的樣子。

43

解 答 1

日文解題 「フロリダ」の「フロ」は「風呂に入るから」の「フロ」、「リダ」は、「離脱する」の「リダ」。「イチキタ」も同様に、漢字の読みを組み合わせた略語だと言っている。

中文解說 「フロリダ」的「フロ」來自於「風呂に入るから／我要去洗澡了」的「フロ」，「リダ」則是「離脱する／暫時離開」的「リダ」。「イチキタ」也同樣是由漢字組成的略語。

44

解 答 4

日文解題 「了解」を「り」「りょ」、「怒っている」を「おこ」と略することに対して、ここまで極端に「略さなくてもいいのでは」と、筆者は考えている。

中文解說 對於把「了解／了解」省略成「り」、「りょ」，「怒っている／生氣」省略成「おこ」的這些縮寫，作者認為「略しなくてもいいのでは／沒有必要縮寫到這麼極端的地步」。

45

解　答　2

日文解題　若者たちも、何年か後には若者ではなくなるのだから、若者であるしばらくの間、若者言葉を使うことで言葉の遊びを楽しむのもいいことかもしれない、と、筆者は若者言葉に対して寛容な気持ちをしめしている。

中文解說　文章最後提到，這些年輕人幾年後也就不是年輕人了，趁現在還年輕，用年輕人的獨特用語享受文字遊戲或許也不錯。可見作者對於年輕人的獨特用語採取寬容的態度。

| 第３回 | 読解 | 問題 8 | P118-120 |

だい　かい　／　どっかい　／　もんだい

46

解　答　3

日文解題　「頭が下がる」とは、えらいと思って感心すること。100年もの昔に、日本から遠いマチュピチュに出かけ、地元のために力を尽くした野内さんの開拓者魂に感心しているのである。3が正しい。
間違えたところをチェック！
１・２・４　マチュピチュ遺跡の世界遺産や、意外な親善関係、マチュピチュ村の奇跡的な発展に感心しているわけではない。

中文解說　「頭が下がる／欽佩」是指覺得對方很厲害、佩服對方。這題的意思是對於早在一百年前從日本出發到遙遠的馬丘比丘，為了當地盡心盡力的開拓者野內先生感到欽佩。選項3是正確答案。
注意錯誤選項：
選項１、２、４，作者佩服的事物並不是馬丘比丘遺跡的世界遺產、意外的友好關係、或者馬丘比丘村奇蹟性的發展。

47

解　答　4

日文解題　第1段落の「仲間と歌う～動機はさまざまだ」にひとりカラオケに行く動機が並べられている。１～３の動機について述べたあと、「一方で」とあり、カラオケに一人で行くのをためらう気持ちが書かれている。

中文解說　第一段的「仲間と歌う～動機はさまざまだ／和朋友一起唱歌～有各式各樣的動機」列出了一個人去唱卡拉OK的動機。首先說明了選項１～３的動機，接下來以「一方で／另一方面」描述了猶豫著是否該一個人去唱卡拉OK的心情。

48

| 解 答 | 1 |

| 日文解題 | 「後半3回では、庭園での写生をもとに日本画を作成」「後半の講座を受講の場合、日本画材は各自で用意」とあるので、1が正しい。
間違えたところをチェック！
2「20日間」が間違い。
3「受講することができない」、4「必ず申し込まなければならない」とは、書かれていない。 |

| 中文解説 | 文中寫道「後半3回では、庭園での写生をもとに日本画を作成／後面三次課程是以庭園寫生當作參考範本，繪製日本畫」、「後半の講座を受講の場合、日本画材は各自で用意／若要參加後面三回講座，請自備日本書的材料」。選項1正確。
注意錯誤的選項：
選項2「20日間／二十天之內」不正確。
文中沒有提到選項3「受講することができない／無法出席課程」和選項4「必ず申し込まなければならない／必須申請」。 |

第3回（だい かい） 読解（どっかい） 問題9（もんだい）   P121-126

49

| 解 答 | 3 |

| 日文解題 | 第1段落で、「もったいない」の意味と、使い方の例が示されている。これに合うのは3である。
間違えたところをチェック！
他の選択肢は、それぞれ、1「おいしそうな」、2「もてる」、4「朗らかな」「明るい」などがふさわしい。 |

| 中文解説 | 第一段解釋「もったいない／浪費」的意思，並且舉出例子。與此相符的是選項3。
注意錯誤的選項：
其他選項的句子，選項1應改為「おいしそうな／看起來很好吃」、選項2應改為「もてる／受歡迎」、選項4應改為「朗らかな／爽快」、「明るい／開朗」，才是正確的句子。 |

50

| 解 答 | 2 |

| 日文解題 | 第3段落に注目する。「この言葉のように自然や物に対する敬意や愛などが込められている言葉」が他に見つからなかったからである。
間違えたところをチェック！
3「もったいない」という言葉を広めることが「消費削減や再生利用」に直接 |

役に立つと思ったから、とは、書かれていない。

<table>
<tr><td>中文解説</td><td>請見第三段。作者試著尋找「この言葉のように自然や物に対する敬意や愛などが込められている言葉／像這句話一樣，蘊含著對自然萬物的敬意和愛意的話語」，但沒有找到。
注意錯誤選項：
選項3，文中並沒有寫到作者認為推廣「もったいない／浪費」這個詞語對於「消費削減や再生利用／減少消費和回收利用」有直接的效用。</td></tr>
</table>

51

解　答	4

日文解題	最終段落に、筆者の思いが述べられている。これと合うのは４。 間違えたところをチェック！ １「これからの日本人の心の支え」、２「日本人の特徴をよく表している、３「日本でも時代遅れである」とは、述べていない。
中文解説	作者的想法寫在最後一段。與此相符的是選項４。 注意錯誤選項： 文中並沒有提到選項１「これからの日本人の心の支え／今後日本人的心靈支柱」、選項２「日本人の特徴をよく表している／徹底呈現出日本人的特徵」，以及選項３「日本でも時代遅れである／即使在日本也已經過時了」。

52

解　答	2

日文解題	「後者」とは、前に述べた二つのことのうち、後の方ということ。ここでは、「東京マラソン」と、「名古屋ウイメンズマラソン」について述べたので、後者とは「名古屋ウイメンズマラソン」のこと。
中文解説	「後者／後者」指的是稍早敘述過的兩件事之中，後面的那件事。因為這裡提到的是「東京マラソン／東京馬拉松」和「名古屋ウイメンズマラソン／名古屋女子馬拉松」這兩件事，因此後者是「名古屋ウイメンズマラソン／名古屋女子馬拉松」。

53

解　答	3

日文解題	第３段落初めに、「ある新聞の社説によると」とあるので、その後をよく読む。「制限時間を７時間と設定する大会が増えたことによって」とあるので、３が正しい。 間違えたところをチェック！ 他の選択肢は、「一番の原因」ではない。
中文解説	由於第三段在一開始提到「ある新聞の社説によると／根據某報社論」，請仔細閱讀接下來的內容。後面提到「制限時間を７時間と設定する大会が増えたことによって／大會增訂了『七小時』的時間限制」，因此選項３正確。 注意錯誤選項： 其他選項皆非「一番の原因／首要原因」。

54

| 解 答 | 4 |

日文解題 最終段落に、「人はなぜ走るのか」についての筆者の考えが書かれている。自分自身の自由な存在を確認することができ、また、達成感があるからだ。

中文解說 最後一段作者寫道針對「人はなぜ走るのか／人為什麼而跑呢」的看法。因為跑步可以印證自己是自由之身，而且可以獲得成就感。

55

| 解 答 | 4 |

日文解題 「数個」「数年」などの「数」は、具体的にいくつとは言えないが、漠然と「4～6」ぐらいを指すことが多いようである。3行目に「10数年前のこと」とあるので、15、6年前と取るのが妥当。

間違えたところをチェック！
1 「数十年前」は、50～60年前のこと。
2 「会社の帰り」「一人暮らし」とあるので、「子供だったころ」ではない。
3 「5、6年前」は、「数年前」である。

中文解說 諸如「数個／好幾個」、「数年／好幾年」這類表述法中的「数」這個字，通常並非指具體的數字，而是指大約「4～6」左右的數量。第三行寫道「10数年前のこと／十幾年前的事情」，因此推測是15或16年前較為恰當。

注意錯誤選項：
選項1「数十年前／幾十年前」是指50～60年前。
選項2，文中提到「会社の帰り／從公司回家的路上」、「一人暮らし／一個人住」，因此可知並不是「子供だったころ／小時候」。
選項3，「5、6年前／五、六年前」是指「数年前」。

56

| 解 答 | 2 |

日文解題 「それでも」の前の部分に注目して考える。「魚をひと切れ、りんごを一個…」など、少量の食料品しか買わなくても、ということ。

中文解說 請注意「それでも／即使如此」前面的部分再做判斷。前面提到「魚をひと切れ、りんごを一個…／切一片魚、一顆蘋果…」，意思是只買少量的食材就夠了。

57

| 解 答 | 3 |

日文解題 スーパーについて書かれている最後から2番目の段落をよく読む。そこに「ほんの一人分買うことはなかなか難しい」とある。これが、筆者が困っていることである。

間違えたところをチェック！
他の選択肢の内容は、本文で述べられていない。

中文解說 請從描述超市的倒數第二段開始詳讀。這裡寫道「ほんの一人分買うことはなかなか難しい／很難只買一人份」。這就是作者覺得棘手的事。

注意錯誤選項：
其他選項的內容文章中都沒有提到。

58

解　答	1

日文解題　下線部の後に「優美な姿」、また、終わりから2番目の段落に「見事に均整のとれた山の形」とあるように、富士山の均整のとれた姿を表している。どこから見てもなだらかな傾斜を描いているということ。

中文解說　底線後面提到「優美な姿／優美的姿態」，另外，倒數第二段寫道「見事に均整のとれた山の形／完全對稱的山形」，都在描述富士山對稱的樣貌。意思是無論從哪裡看，都是平穩的緩坡。

59

解　答	2

日文解題　「そのため」の「ため」は、原因・理由を表し、「ので・から」などと訳す。下線部の前に注目して、「その」が指す内容をとらえると、「富士山は今も生きている火の山である」ということである。以上の2点から2が正しい。
間違えたところをチェック！
他の選択肢は、下線部の後の「地域の人々は～祭りを行っている」に続かないので、間違いである。

中文解說　「そのため／因此」的「ため／因」表示原因、理由，可以解釋為「ので・から／由於、之故」。請見底線部分的前面，發現「その／那個」指的內容是「富士山は今も生きている火の山である／富士山現在仍是活火山」。從以上兩點可知選項2是正確答案。
注意錯誤選項：
其他選項無法和底線後的「地域の人々は～祭りを行っている／當地的人們～舉辦祭典」連接，因此不正確。

60

解　答	4

日文解題　「この火の山が噴火して被害をもたらすことのないよう」とあるので、4が正しい。
間違えたところをチェック！
1「富士山が神様の怒りにふれて」が間違い。
2・3のようなことは述べていない。

中文解說　文章提到「この火の山が噴火して被害をもたらすことのないよう／為了不讓這座火山爆發而造成傷害」，因此選項4正確。
注意錯誤選項：
選項1「富士山が神様の怒りにふれて／富士山觸怒了神靈」不正確。
文章沒有提到選項2和選項3的內容。

61

解答 4

日文解題 「つまり」は、前に述べたことをまとめて言い換えるときに使う言葉なので、前の父を見てみる。「人々は富士山を神の山、信仰の山として怖れ敬いながら」…「人びとの心の中」。
「富士を見て移り行く季節を感じ、富士にかかる雲の様子で明日の天気を知る」…「生活の中」＝「まさに人々の生活は富士山とともにある」。

中文解說 「つまり／換言之」是用於總結前面敘述之事的詞語，所以要看前面的句子。
「人々は富士山を神の山、信仰の山として怖れ敬いながら／人們一方面將富士山奉為神山、崇仰之山而備感敬畏」……「人びとの心の中／在人們的心中」。
「富士を見て移り行く季節を感じ、富士にかかる雲の様子で明日の天気を知る／遠眺富士山就能感到四季嬗遞，觀察覆蓋在富士山上的雲霧狀態就能預測明日的天氣」……「生活の中／生活中」＝「まさに人々の生活は富士山とともにある／人們的生活可以說與富士山休戚相依」。

第3回　読解　問題11　　　　　　　　　　P130-132

62

解答 1

日文解題 Aには「生活の全てが、～科学技術の発達が生み出した成果の上に成り立っている」とあり、Bには「科学技術の発達によって私たちの生活は大きく変化し、誰もがその成果を享受し…」とある。つまり、AでもBでも、「科学技術の発達によって私たちの生活は便利で豊かになった」ことを述べている。

中文解說 A提到「生活の全てが、～科学技術の発達が生み出した成果の上に成り立っている／生活中的一切～皆屬於科學技術發展的成果」，B提到「科学技術の発達によって私たちの生活は大きく変化し、誰もがその成果を享受し…／由於科學技術的發展，我們的生活有了很大的改變，任何人都能享受這樣的成果……」。
也就是說，A和B皆提到「科学技術の発達によって私たちの生活は便利で豊かになった／科學技術的發展使我們的生活變得更方便且豐富」。

63

解答 3

日文解題 Aでは先人が与えてくれた豊かな生活に満足することなく、それ以上の発達を目指すべきだと述べ、Bでは、科学技術の発達は、人々の命を奪ったり、自然を破壊したりしているので、改めて考えてみるべきだと述べている。
間違えたところをチェック！
1　科学技術がこれからどうなるかについては述べていない。
2　Aは、「子どもたちが責任をもって取り組むべき」とは述べていない。
4　Bについての記述が間違っている。

中文解說 Ａ提到不要滿足於先人給的富足生活，而應該以更進一步的科學發展為目標；Ｂ則提到科學技術的發展奪去了人命、破壞了大自然，因此應該重新思考科學發展的意義。

注意錯誤選項：

選項１，文中並沒有描述今後科學技術將如何發展。

選項２，Ａ沒有提到「子どもたちが責任をもって取り組むべき／孩子們應該承擔責任解決問題」。

選項４，關於Ｂ的敘述是不正確的。

64

解　答　1

日文解題　第４段落２行目「最大の原因として考えられるのは」以下に「何よりも社会構造の変化ではないだろうか」とあり、その後に「今日の社会は階層化がはっきりして、…」とあるので、１が正しい。

間違えたところをチェック！

２のようなことは書かれていないし、３・４は、若者が周囲に関心をなくした原因ではない。

中文解說　第四段第二行，「最大の原因として考えられるのは／思考主要原因」後面提到「何よりも社会構造の変化ではないだろうか／難道不是因為社會結構的變化嗎」，後面又提到「今日の社会は階層化がはっきりして、…／現今社會的階級分明，……」，因此選項１正確。

注意錯誤選項：

文中沒有提到選項２的內容。選項３、４並不是年輕人不關心周遭的原因。

65

解　答　3

日文解題　第５段落の「例えば教育の面で考えても」以下をよく読む。経済的に恵まれている家庭の子供達と、そうではない子供達の、その後の進路が明確に分離することを言っている。

間違えたところをチェック！

１「付き合うことが少ない」、２「卒業後属する階層によって」などが合わない。また、４のようなことは書かれていない。

中文解說　請看第五段後面的「例えば教育の面で考えても／例如從教育方面思考」。文中提到家境富裕的孩子和家境貧寒的孩子未來的出路明顯不同。

注意錯誤選項：

選項１的「付き合うことが少ない／很少往來」和選項２的「卒業後属する階層によって／根據畢業後所屬的階層」與文章內容不相符。另外，文中並沒有提到選項４。

66

| 解 答 | 2 |

日文解題　第6段落の最後に、社会の階層化によって「周囲に気を配るだけの余裕が無く
なってきている」と書かれている。2が正しい。
間違えたところをチェック！
1「不安に感じる」、3「満足する」、4「ねたむ」などとは書かれていない。

中文解說　第六段最後提到因為社會階級化，所以「周囲に気を配るだけの余裕が無くなっ
てきている／沒有餘力關心身邊的人」。選項2正確。
注意錯誤選項：
文中沒有提到選項1「不安に感じる／感到不安」、選項3「満足する／滿足」、
選項4「ねたむ／忌妒」等等。

| 解 答 | 1 |

日文解題　第2段落で「果たして今の若者はこの期待に応えることが出来るのだろうか」
と、問題をなげかけ、第7段落で、「そんな若者たちが、社会のことや選挙の
ことなど考えるはずがないではないか」と否定的な考えを述べている。
したがって、1が正しい。

67

中文解說　文章在第二段提出質疑「果たして今の若者はこの期待に応えることが出来るの
だろうか／現在的年輕人真的有辦法回應這份期待嗎」，並在第七段陳述否定的
想法「そんな若者たちが、社会のことや選挙のことなど考えるはずがないでは
ないか／這樣的年輕人，難道不應該好好思考關於社會和選舉的事嗎」。
因此選項1正確。

| だい
第3回 | どっかい
読解 | もんだい
問題 13 | P136-137 |

68

| 解 答 | 2 |

日文解題　騒音など生活上の問題は、「家庭生活相談」に相談するとよいので、相談日時
は火・木・金曜日の10時から12時まで。
間違えたところをチェック！
1は行政相談、3は交通事故相談、4はわいワーク東の相談日時。

中文解說　噪音之類的生活問題應該在「家庭生活相談／家庭生活諮商」時段諮詢。諮詢日
期時間是星期二、四、五的10點到12點。
注意錯誤選項：
選項1是行政諮詢的諮詢時間、選項3是交通事故諮詢的諮詢時間、選項4是「你
好工作」的諮詢時間。

69

| 解　答 | 3 |

| 日文解題 | 下の注意書きに「書類作成などの具体的な業務は行いません」とあるので、3が正しい。
間違えたところをチェック！
1は「法律相談」で、2は、どの相談でも専門家が相談を受ける。4は「わいワーク東」で、職業紹介ができると書いてある。 |

| 中文解說 | 最後的注意事項提到「書類作成などの具体的な業務は行いません／關於製作文件之類的具體業務內容，恕不提供諮商指導」，因此選項3正確。
注意錯誤選項：
選項1是「法律相談／法律諮詢」。選項2，無論哪種諮詢都是由專家擔任諮詢師。選項4「わいワーク東／你好工作」寫道可以幫忙介紹工作。 |

| 第3回 | 聴解 | 問題1 | P138-141 |

1番

| 解　答 | 3 |

| 日文解題 | 女の人が男の人に頼まれたのは、明後日富士工業に請求書を送ること。
間違えたところをチェック！
1　薄地のジャケットは、男の人がどこかで買って行くと言っている。
2　資料の印刷は、既に女の人が済ませている。
4　企画書は男の人が出張先でやると言っている。 |

| 中文解說 | 男士請女士幫忙的是，後天把請款單送到富士工業。
檢查錯誤的選項：
選項1，男士提到要去買一件薄外套。
選項2，女士已經把資料印好了。
選項4，男士說企畫書在國外處理就行了。 |

2番

| 解　答 | 3 |

| 日文解題 | 父親と娘は、母親のメモを見て、冷凍したカレーを食べることにする。
間違えたところをチェック！
1・2・3　焼きそばかラーメンを作ろうか、お弁当を買ってこようかなどと父親が言っていたが、その後、母親のメモを見つけ、冷凍のカレーを食べることになった。 |

| 中文解說 | 爸爸和女兒看了媽媽的留的字條後，決定要吃冰箱冷凍庫裡的咖哩。
檢查錯誤的選項：
選項1、2、3，雖然父親起先建議下廚炒麵、煮拉麵，或者去買便當，但看到媽媽留的字條後，決定要吃冰箱冷凍庫裡的咖哩。 |

321

3番

| 解 答 | 2 |

| 日文解題 | 店員は、帽子と靴下、靴を見せて、その中で帽子を勧めている。男の人も、かわいい帽子を見て、買う気になっている。
間違えたところをチェック！
4　靴下は、履かせない人もいると言っている。 |

| 中文解說 | 店員展示了帽子、襪子和鞋子給男士看後，推薦了其中的帽子。男士看了可愛的帽子，也決定要購買帽子了。
檢查錯誤的選項：
選項4，店員說有些媽媽盡量不讓寶寶穿襪子。 |

4番

| 解 答 | 2 |

| 日文解題 | 6時から本社で会議があるので、薬を買いに行ってくると男の人は言っている。
間違えたところをチェック！
1　会議が始まるのは6時で、今3時なので、男の人は、薬屋に行った後で本社に行く。
3・4　1階の医院に行くまでもないので、会社の帰りに自宅の近くの内科に行くと言っている。 |

| 中文解說 | 總公司的會議從六點開始，所以男士說要先去買藥。
檢查錯誤的選項：
選項1，會議六點開始，現在才三點，所以男士說要先去藥局，再去總公司。
選項3和選項4，因為男士說還用不著急著去一樓的醫院看病，下班後回去的路上再順便到家附近的內科就行了。 |

5番

| 解 答 | 1 |

| 日文解題 | 男の人の希望をまとめてみる。
赤・ピンク…女性向き。
茶
紺…学生っぽい。
模様入り…やはり、無地がいい。
よって、男の人は茶色の眼鏡を買う。
ことばと表現：
＊縁なしか、あっても薄い、明るい色＝縁なしか、縁があっても薄い明るい色の縁にしたいということ。 |

| 中文解說 | 整理出男士想要的眼鏡。
紅色、粉紅色：適合女性
褐色
深藍色：太學生氣
花紋相間：還是挑素色比較好
因此，男士買了褐色的眼鏡。 |

詞彙和用法：

＊縁なしか、あっても薄い、明るい色＝無框的，或者就算有框也是亮色系的細邊（意思是無框、或是亮色細框。）

6番

解 答	4
日文解題	女の人の勧めで、男の人は駅まで歩くことを今朝からやってみようと言っている。
中文解說	聽了女士的建議後，男士說要從今天早上開始試著走路到車站。

第3回 聴解 問題2 P142-146

1番

解 答	2
日文解題	「反対運動」とは、保育園建設に反対する運動。 激しい反対運動を生んだ社会の事情から考えるようにと、先生は学生に言っている。 間違えたところをチェック！ １・３のようなことは言っていないし、４は、先生が学生に考えて欲しいことではない。 ことばと表現： ＊待機児童＝保育園に入るのを待っている子ども。
中文解說	「反對運動」指的是反對建蓋托兒所的運動。 老師提點學生，應該從為何導致激烈的反對運動發生的社會因素開始思考。 檢查錯誤選項： 選項１和選項３的內容對話中沒有提到，選項４也並非老師希望學生思考的事。 詞彙和用法： ＊待機兒童＝候補兒童（等待進入托兒所的兒童。）

2番

解 答	1
日文解題	女の人は、四つの机のうち、二つを処分すること、また、その机の上に置いていた物を棚に入れてその棚を奥に移すことを提案している。 男の人は、それに賛成している。 間違えたところをチェック！ ２・４のようなことは言っていない。 ３　二つの机の上に置いている物を棚に入れてから奥に移動すると言っている。

中文解說　女士提議，在四張桌子中丟掉兩張，另外，把桌上的那些東西擺進櫃子，再將櫃子移到裡面。

男士贊成女士的提議。

檢查錯誤選項：

選項2和選項4的內容對話中沒有提到。

選項3，對話中提到先將放在兩張桌子上的東西收進櫃子，再把櫃子移到裡面。

3番

解答　2

日文解題　二人は、海の上にかかった橋を見ている。

間違えたところをチェック！

1　「高速道路が通っている」「海の上」「ゆっくり歩く」などから、二人が見ているのは高層ビルではない。

3　「電車や車では通ったことがある」から、公園ではない。

ことばと表現：

＊スリル＝ thrill　怖くてひやひやするような感じ。

中文解說　兩人正在看跨海大橋。

檢查錯誤選項：

選項1，從「高速道路が通っている／屬於高速公路的其中一個路段」、「海の上／橫跨海面」、「ゆっくり歩く／慢慢走過去」可知，兩人正在看的並不是高樓。

選項3，因為對話中提到「電車や車では通ったことがある／曾搭電車和汽車從那上面經過」，所以不是公園。

詞彙和用法：

＊スリル(thrill) ＝驚險刺激（因恐懼而膽顫心驚的感覺。）

4番

解答　3

日文解題　バイトは夕方からで今日が最後なので、今日行くことにしているし、それまでに引越しの準備をやると言っている。

歯医者には今日は行かない。明日行く予定。

間違えたところをチェック！

1　買い物に行くのはお母さん。

2・4　買い物にも行かないし、歯医者に行くのは明日。

ことばと表現：

＊ぼちぼち＝少しずつゆっくりやる様子。

中文解說　兒子提到今天傍晚是最後一次打工，所以決定不請假。去打工前，他要準備搬家的行李。

牙科今天已經額滿不能約診，所以預定明天再去。

檢查錯誤選項：

選項1，要去買東西的是媽媽。

選項2和選項4，兒子沒有要去買東西，而且明天才要去看牙醫。

詞彙和用法：

＊ぼちぼち＝慢慢地（一點一點慢慢地做的樣子。）

解 答	4

日文解題 女の人は、炊飯器のパンフレットに、写真が足りないと言っている。男の人はそれを聞いて、これから工場に写真を撮りに行ってくると答えている。
間違えたところをチェック！
　1　翻訳は、翻訳者からすぐ届く。
　2　日本語のチェックは終わったので、書き直しは不要。
　3　新製品を持ってくるようにとは言われていない。

中文解說 女士提到新型煮飯鍋的 DM 中的照片不夠。男士聽了之後，回答說他現在就去工廠拍照。
檢查錯誤選項：
選項1，譯者說等一下就會把譯文傳過來。
選項2，日文的文案已經全部檢查完了，因此並不需要重寫。
選項3，對話中沒有提到要帶新產品過去。

6番

解 答	1

日文解題 初め、男の人は、牧場は遠すぎると言っていたが、話しているうちにそうでもないような気がしてきたし、搾りたての牛乳も魅力で、牧場に行くことに決めた。
間違えたところをチェック！
　2・4　動物園、美術館は、「いいですね」とは答えたものの、結局、牧場に決めた。
　3　スキーは、明日の予定。

中文解說 雖然一開始男士說牧場太遠，但在談話過程中他又不這麼覺得了（男士提到現在又想走一走了），並且被現擠的牛奶所吸引，最後男士決定去牧場。
檢查錯誤選項：
選項2和選項4，雖然男士對於櫃臺人員提議的動物園和美術館回答了「いいですね／聽起來很不錯」，但最後還是決定去牧場。
選項3，滑雪是明天的行程。

7番

解 答	1

日文解題 女の人は、アンケートの結果を見て、まず、回答数が少ないことを問題視している。そして、今後、回答数を増やすために再度検討することを提案している。
間違えたところをチェック！
　2　このアンケートは、記名での回答だった。
　3・4については何も言っていない。
ことばと表現：
＊1　いかがなものでしょうか＝そのことに問題がある場合、「〜はいかがなものでしょうか」という言い方をする。
例・彼の責任にするのはいかがなものでしょうか。（彼の責任にすることには問題があるのでは？）。

＊２　画期的＝今までになかったことを初めてする様子。

中文解說　女士看了問卷調查的結果後，首先提出了填答人數太少的問題。並且提議為了增加今後的填答人數，必須重新檢討具名填答的必要性。

檢查錯誤的選項：

選項２，這份問卷是具名填答的問卷。

選項３和選項４的內容對話中並沒有提到。

詞彙和用法：

＊１　いかがなものでしょうか＝有待商榷（覺得某件事有問題時，會用「～はいかがなものでしょうか／關於～有待商榷」的說法。例句：彼の責任にするのはいかがなものでしょうか／是否該讓他負責還有待商榷。〈彼の責任にすることには問題があるのでは／讓他負責沒問題嗎？〉）

＊２　画期的＝嶄新（前所未見的事，初次發現的樣子。）

1番

解　答　4

日文解題　【全体構成】。

（導入）科学技術は常に進歩している→（問題提起）科学技術の目的は何か→（筆者の考え）安全に生きるための科学技術に人類の知恵を使いたい。

間違えたところをチェック！

１・２　文化や進化については述べていない。

３　自然災害が人々の平和を襲うとは言っているが、話の中心ではない。

中文解說　【整體架構】：

（破題）科學從不停下前進的腳步→（提出問題）科技進步的目的是什麼呢→（作者的想法）希望人類將智慧運用在增進生活安全的科學技術上。

檢查錯誤選項：

選項１和選項２，男士從頭到尾都沒有提到文化和進化。

選項３，雖然男士提到自然災害破壞了人類生活的和平，但這並不是男士談話的重心。

2番

解　答　2

日文解題　【会話の流れ】。

職場の人とうまく話ができないという女の人の相談。話しかけられやすい雰囲気を作ることを男の人がアドバイス。朝一番に職場に行くことを男の人が女の人に提案。

間違えたところをチェック！

１・３のようなことはアドバイスしていない。

４　偉い人が意外な話をしてきたりする、とは言っているが、偉い人に意外な

話をしてみるといいとは言っていない。

ことばと表現：

＊最小限＝最も少ない。必要なことだけである。

| 中文解說 | 【對話的走向】：

無法在職場上和同事多聊幾句的女士正在請教男士。男士建議，營造容易聊天的情境。男士向女士提議，早上第一個到公司。

檢查錯誤選項：

男士並沒有建議選項1和選項3的內容。

選項4，雖然男士提到高階主管也許會談起令人意想不到的話題，但並沒有建議女士試著和高階主管聊意想不到的話題。

詞彙和用法：

＊最小限＝最低限度（最少。只做必要的事。）

3番

| 解　答 | 1

| 日文解題 | 「笑う門には福来たる」は、いつもにこにこしている人や家族の家には、自然に幸福が訪れるという意味のことわざである。いつもにこにこしている人のまわりには、人が集まってくるし、物事もうまくいく。さらには健康にもよい、と言っている。つまりいつも「にこにこ」しているといいということを言っている。よって、1の「笑っている」が正解。

| 中文解說 | 「笑う門には福来たる／笑口常開福滿門」是指好事自然會發生在笑口常開的人身上。笑口常開的人會讓人想要親近，做起事來也能順利進行。並且常笑對身體有益。因此談話的主題是「にこにこ／笑」，因此選項1「笑っている／笑容滿面」是正確答案。

4番

| 解　答 | 3

| 日文解題 | で、例えばどんなときにSNSやメールを使う人が増えているかを述べている。これは、「言いにくいこと」の具体例である。

間違えたところをチェック！

他の選択肢については特に述べていないし、これらのことをSNSなどで伝える人が増えているわけではない。

| 中文解說 | 舉例說明在什麼樣的情況下，使用SNS或電子郵件的人正在逐漸增加。而這裡舉的例子正是「言いにくいこと／難以啟齒的訊息」。

檢查錯誤選項：

談話中沒有特別敘述其他選項的內容，也沒有提到在這些情況下用SNS等管道傳達訊息的人正在增加。

5番

解答 2

日文解題
走ったりダンスをしたりする学校の行事は運動会。二人は、運動会を見てきたところ。
間違えたところをチェック！
走ったりダンスをしたりするのは、他の行事にはない。
4　純一は、スポーツより音楽が得意だから、運動会でのダンスが素晴らしかったと言っている。

中文解說
學校的活動中要跑步、跳大會舞的是運動會。這是兩人觀賞完運動會後的對話。
檢查錯誤選項：
其他選項的活動不需要跑步、跳大會舞。
選項4，女士提到純一的音樂比運動拿手，所以他非常努力地跳大會舞。

6番

解答 3

日文解題
医者の注意をまとめてみると、
【だめな物】お酒・コーヒー・コーラ・肉を加工したもの・揚げ物・脂肪が多いもの。
【よい物】乳製品・消化がよく、胃にやさしいもの。
うどんやとうふの煮物は消化がよい。また、ヨーグルトは積極的に食べるようにと勧められている。よって、3が適当。
間違えたところをチェック！
1　てんぷらはよくない。
2　カレーは刺激物だし、肉を加工したハムもよくない。
4　ラーメン、揚げぎょうざは脂っこい。

中文解說
整理醫生說的注意事項：
【應避免的食物】酒、咖啡、可樂、肉類加工品、油炸物、脂肪含量高的食物
【對身體好的食物】乳製品、容易消化、不會造成胃部負擔的烏龍麵、豆腐燉菜。
另外，醫生建議盡量多吃優格。因此，選項3是正確答案。
檢查錯誤選項：
選項1，炸蝦是油炸物，應避免。
選項2，咖哩是刺激性食物。肉類加工品的火腿也應避免。
選項4，拉麵、鍋貼的油脂含量高，應避免。

1番

解答 1

日文解題 男の人は、前に言ったことについて、そんなつもりで言ったんじゃない、と、弁解している状況。女の人はそれに対して、気にしていないからいいよ、と言っている。

間違えたところをチェック！
2 「君は、僕が好きだなんて言わなかったじゃない」などと言われたときの言葉。
3 「そんなこと、僕は言わなかったよ」と言われたときの言葉。

中文解説 這題的情況是男士在為自己先前說過的話辯解，自己並不是那個意思。對於男士的辯解，女士回答她沒放在心上，沒關係。

檢查錯誤選項：
選項2是當對方說類似「君は、僕が好きだなんて言わなかったじゃない／妳當初並沒有說妳喜歡我啊」時的回答。
選項3是當對方說「そんなこと、僕は言わなかったよ／我沒說過那種話哦！」時的回答。

2番

解答 2

日文解題 「思うようにならない」は、ここでは、プリンターが思うように動かないということ。
女の人は、説明書を読んでみたかと聞いている。
間違えたところをチェック！
1 「高いものを買ってしまった」と言われたときの言葉。
3 会話として成り立っていない。

中文解説 「思うようにならない／不像我想的那樣」在本題的意思是印表機無法按照男士希望的方式運轉，也就是操作起來並不順利。因此，女士問男士是否看過說明書了。

檢查錯誤選項：
選項1是當對方說「高いものを買ってしまった／花大錢買下昂貴的東西了」時的回答。
選項3的回答不合邏輯。

3番

解答 3

日文解題 犯人が事件を起こした原因を聞いている。
間違えたところをチェック！
1 犯人の昔の職業を聞かれたときの言葉。
2 事件を起こした時の凶器（＝犯人が人を傷つけるときに使う刃物など）は何だったのかと聞かれたときの言葉。

中文解說	男士問的是犯人犯案的動機。

檢查錯誤選項：

選項1是當對方詢問犯人以前的職業時的回答。

選項2是當對方詢問作案的凶器（犯人用來傷人的刀具等物品）是什麼時的回答。

4番

解　答	1

日文解題	残酷なニュースを見て、男の人が「寒気がする」（＝ぞっとする）と女の人に言っている状況。

間違えたところをチェック！

2　「こんなニュースを見ると、早くこのアイスクリームを食べたくなるね」などと言われたときの言葉。

3　雪が積もった富士山の写真などを見て、感想を述べている。

中文解說	這題的狀況是男士看到殘忍的新聞後，和女士說這則新聞令人「寒気がする／打冷顫」（ぞっとする／毛骨悚然）。

檢查錯誤選項：

選項2是當對方說「こんなニュースを見ると、早くこのアイスクリームを食べたくなるね／看了這個消息，好想趕快嚐嚐這種冰淇淋啊！」時的回答。

選項3是看了積雪的富士山之類的照片之後，敘述的感想。

5番

解　答	3

日文解題	よくできている器を見て、腕前の優れた職人さんが多いと感心している状況。

間違えたところをチェック！

1・2　「腕がいい」の意味を間違えている。

ことばと表現：

＊腕がいい＝腕前が優れている。

中文解說	這題的狀況是看到精緻器具後，讚嘆道有許多技藝高超的工匠。

檢查錯誤選項：

選項1和選項2誤解了「腕がいい／技藝高超」的意思。

詞彙和用法：

＊腕がいい＝技藝高超（手藝出色。）

6番

解　答	1

日文解題	「家族手当」とは、家族がいる社員に会社から支給されるお金。

間違えたところをチェック！

2　何かのために、お金が必要だと言われたときの言葉。

3　怪我などの治療をしてもらったときの言葉。

中文解說	「家族手当／扶養津貼」是公司支付給需要扶養家人的員工的津貼。

檢查錯誤選項：

選項2是當對方說為了某原因，而需要一筆錢時的回答。

選項3是因受傷之類的情況而接受了治療時說的話。

7番

解答　2

日文解題　片岡さんという人について、相手に与える感じがいいと褒めている状況。
間違えたところをチェック！
1　「体重が70キロもあるんですよ」などと言われたときの言葉。
3　「怖そうだ」などと言われたときの言葉。
ことばと表現：
＊人当たりがいい＝人に与える印象や感じがいいこと。

中文解説　這題是在誇獎片岡小姐給別人印象很不錯的情況。
檢查錯誤選項：
選項1是當對方說「体重が70キロもあるんですよ／片岡小姐有70公斤哦！」時的回答。
選項3是當對方說「怖そうだ／片岡小姐給人感覺很恐怖。」時的回答。
詞彙和用法：
＊人当たりがいい＝給人蠻好的印象（意思是讓別人留下很不錯的印象和感覺。）

8番

解答　3

日文解題　男の人は、佐藤君の言うことは理屈に合っていると言っている。女の人はそれに同意しているという状況。
間違えたところをチェック！
1　「佐藤君の言うことは、自分本位だよね」などと言われたときの言葉。
2　「佐藤君は自分の意見を持ってないよね」。
などと言われたときの言葉。
ことばと表現：
＊一本筋が通っている＝しっかりした理屈に合っている。

中文解説　這題的狀況是男士提到佐藤說話有條有理。女士也認同男士的說法。
檢查錯誤選項：
選項1是當對方說「佐藤君の言うことは、自分本位だよね／佐藤說的話總是以自我為中心呢」時的回答。
選項2是當對方說「佐藤君は自分の意見を持ってないよね／佐藤沒有自己的想法」時的回答。
詞彙和用法：
＊一本筋が通っている＝有條有理（立論清楚，符合邏輯。）

9番

解答　2

日文解題　女の人は、菅原さんの話がいつも自慢話ばかりで嫌になると言っている。いつも同じ話だと退屈なので、男の人はそう答えている。
間違えたところをチェック！
1　「菅原さんの話は、いつもすごくおもしろいのよ」などと言われたときの言葉。
3　「菅原さんの話はとても難しい」などと言われたときの言葉。

| 中文解說 | 女士在抱怨菅原先生總是自吹自擂，令人厭煩。老是聽同樣的話很無聊，所以男士這麼回答她。
檢查錯誤選項：
選項1是當對方說「菅原さんの話は、いつもすごくおもしろいのよ／菅原先生說話總是相當風趣哦」之類的話時的回答。
選項3是當對方說「菅原さんの話はとても難しい／菅原先生說話很難懂」之類的話時的回答。 |

10番

| 解　答 | 2 |

| 日文解題 | 男の人は、見た映画がつまらなかったので、他の映画を見ればよかったと言っている。
間違えたところをチェック！
1　「とてもいい映画だったね」と言われたときの言葉。
3　「最近あまりいい映画がないから、見ないことにしてる」などと言われたときの言葉。 |

| 中文解說 | 因為剛看完的電影很無聊，因此男士正在抱怨如果當初選別部電影就好了。
檢查錯誤選項：
選項1是當對方說「とてもいい映画だったね／真是一部好電影呢」時的回答。
選項3是當對方說「最近あまりいい映画がないから、見ないことにしてる／因為最近沒什麼好電影，還是決定不看了」之類的話時的回答。 |

11番

| 解　答 | 1 |

| 日文解題 | 女の人が、禁煙することを宣言している状況。
男の人は、それを聞いて「えらい」と感心し、応援すると言っている。
間違えたところをチェック！
2　「たばこはやめたくない」と言われたときの言葉。
3　女の人は「今日できっぱりやめる」といっているので、「少しずつでも減らしたほうがいい」という答え方は合わない。「たばこはやめようと思う」などと言われたときの言葉としては適切。 |

| 中文解說 | 這是女士在宣告自己決定戒菸的狀況。
男士聽了她的話後，佩服的說「えらい／了不起」，並替她加油打氣。
檢查錯誤選項：
選項2是當對方說「たばこはやめたくない／我不想戒菸」時的回答。
選項3，因為女士說「今日できっぱりやめる／從今天起徹底戒菸」，若是回答「少しずつでも減らしたほうがいい／一天少抽一支也好」並不合邏輯。如果對方說的是「たばこはやめようと思う／我想戒菸」，那麼選項3就是合適的回答。 |

12番

| 解　答 | 3 |

| 日文解題 | 男の人は、日本料理の中では豆腐が特に好きだと言っている。聞いた人は、寿司やてんぷらより好きなのかと意外に思っている。 |

間違えたところをチェック！

1　「私も」には「大好きです」などが続く。

2　豆腐が好きだと言っている人に対して、「おいしくないですから」とは言わない。「豆腐が苦手なんです」などと言われたときの言葉。

ことばと表現：

＊へえ＝驚いたり、意外に思ったりするときに発する言葉。

例・へえ、君も昔、彼女が好きだったの。気づかなかったなあ。

中文解説 | 男士說日本料理中他特別喜歡豆腐。對方聽了感到驚訝，沒想到竟然比壽司和炸蝦還要喜歡。

檢查錯誤選項：

選項1「私も／我也」後面應該要接「大好きです／非常喜歡」。

對於說喜歡豆腐的人，不會說「おいしくないですから／豆腐不怎麼好吃」。選項2是當對方說「豆腐が苦手なんです／我不敢吃豆腐」之類的話時的回答。

詞彙和用法：

＊へえ＝是哦！（驚訝、感到意外時說的話。例句：へえ、君も昔、彼女が好きだったの。気づかなかったなあ／是哦，你以前也喜歡她呀？我當時都沒發現呢！）

13 番

解　答 | 1

日文解題 | 子どもの成績について、両親が話している状況。母親が心配しているのに対して、父親は、しばらく様子をみてみようと言っている。

間違えたところをチェック！

2　「合格できたら喜ぶでしょうね」などと言われたときの言葉。

3　母親は、ひろしが合格できるかどうかを心配しているのだから「合格したら最後、がんばるだろう」という言い方は間違っている。

ことばと表現：

＊～したら最後＝「いったん～したら、それまで」ということ。「合格したら最後」は、「いったん合格したら」という意味で、「合格したら最後、勉強なんてするものか」などと続く。

中文解説 | 這題的狀況是父母親正在討論孩子的成績。對於媽媽的擔心，爸爸則是說暫時再觀察一陣子。

檢查錯誤選項：

選項2是當對方說「合格できたら喜ぶでしょうね／及格的話一定會很高興吧」時的回答。

選項3，因為媽媽擔心的是小廣能否及格，所以「合格したら最後、がんばるだろう／一旦及格了，他應該就會努力了」的說法是錯誤的。

詞彙和用法：

＊～したら最後＝一旦～（是「いったん～したら、それまで／一旦～，就完了」的意思。「合格したら最後／一旦及格」是「いったん合格したら／一旦及格」的意思。因此選項3後半應該改成「合格したら最後、勉強なんてするものか／一旦及格了，哪還會唸書」。）

1番

解答 3

日文解題
3が正しい。
間違えたところをチェック！
1・2　しなければならないことが間違い。
4　②番目が間違い。
ことばと表現：
＊値段がつく＝いくらで買い取ってくれるか決まる。

中文解說
從對話中可知，選項3是正確答案。
檢查錯誤選項：
選項1和選項2，並不是必須要做的事。
選項4，順序②錯誤。
詞彙和用法：
＊値段がつく＝評估價格（決定要以多少價格收購。）

2番

解答 1

日文解題
2・3・4は適当だとわかる。
間違えたところをチェック！
1　「イベントをやること自体はみんな前向き」とあるので、1の問いは必要ではない。
ことばと表現：
＊前向き＝積極的であること。
例・その件につきましては、前向きに検討させていただきます。

中文解說
從對話中可知，選項2、3、4都是正確的。
檢查錯誤選項：
選項1，對話中提到「イベントをやること自体はみんな前向き／舉辦員工活動的目的是提升大家的積極度」，所以不需要問選項1的問題。
詞彙和用法：
＊前向き＝積極（積極的。例句：その件につきましては、前向きに検討させていただきます／關於那個問題，我們將會認真討論。）

3番　質問1

解答 2

日文解題
いろいろな分野で、女性のリーダーを増やす、つまり、女性の活躍を推進することに関する人々の意見を調べた調査である。よって、2が正しい。

中文解說
提到"在各種領域…更多女性成為主管"，也就是說，這是針對推動女性活躍於職場，調查民眾意見的民意調查。因此，選項2是正確答案。

| 解　答 | 4 |

日文解題　兄は働きやすいと言っているが、妹は、「子どもが生まれたら仕事を続けられるか心配」と言っている。つまり、女性にとっては働きづらいと思っていることがわかる。

ことばと表現：

＊育児休暇＝子どもが小さい間の一定期間、休暇を与える制度。

中文解說　相較於哥哥說自己的工作蠻輕鬆的，妹妹則說「子どもが生まれたら仕事を続けられるか心配／擔心生了小孩以後，不知道還能不能繼續外出上班」。由此可知對於女性而言，工作條件並不友善。

詞彙和用法：

＊育児休暇＝育兒假（在孩子小的時候給予固定休假天數的制度。）

【致勝虎卷 08】

新制日檢！絕對合格
N1單字、文法、閱讀、聽力
全真模考三回＋詳解 [16K+MP3]

2019年02月　初版

發行人 ●	林德勝
作者 ●	吉松由美、田中陽子、西村惠子、山田社日檢題庫小組
日文編輯 ●	王芊雅
出版發行 ●	山田社文化事業有限公司
	106台北市大安區安和路一段112巷17號7樓
	Tel：02-2755-7622
	Fax：02-2700-1887
郵政劃撥 ●	19867160號　大原文化事業有限公司
總經銷 ●	聯合發行股份有限公司
	新北市新店區寶橋路235巷6弄6號2樓
	Tel：02-2917-8022
	Fax：02-2915-6275
印刷 ●	上鎰數位科技印刷有限公司
法律顧問 ●	林長振法律事務所　林長振律師
ISBN ●	978-986-246-524-0
書+MP3 ●	定價　新台幣430元